키메라의 땅

키메라의 땅

le temps des chimères
bernard werber

1

베르나르 베르베르 장편소설 김희진 옮김

LE TEMPS DES CHIMÈRES
by BERNARD WERBER

Copyright (C) Éditions Albin Michel et Bernard Werber – Paris 2023
Korean Translation Copyright (C) The Open Books Co., 2025
All rights reserved.

나의 세 키메라,
작가 조나탕,
음악가 뱅자맹,
무용수 알리스에게

제 1 막	**씨앗**	11
제 2 막	**뿌리**	133
제 3 막	**줄기**	233

일러두기

이 이야기는 당신이 이 책을 펼치고 읽기 시작하는 순간으로부터 정확히 5년 후에 일어난다.

제 1 막　　　　　　　　　　　**씨앗**

1

어둠 속에 한 줄기 불빛이 빛난다.

한 손에 손전등을 든 남자가 파리 자연사 박물관의 인적 없는 지하 복도를 살금살금 걸어간다.

전시회 때 쓰려고 보관된 갖가지 크기의 동물 골격들이 어슴푸레한 가운데 눈에 들어온다. 기묘한 자세로 굳어진 채 더러 입을 떡 벌리고 있는 동물들은 빛줄기가 텅 빈 눈구멍을 스치고 지나가며 그림자를 드리우는 순간 되살아나는 것 같다.

포르말린 냄새가 짙게 떠돈다.

먼지 때문에 방문자는 재채기를 하지만, 밤이 이슥한 이 시각 그 소리를 들을 사람은 주변에 없다.

남자는 정보원에게 받은 도면을 따라 나아간다. 몇 발짝 걸어가자 103이라는 숫자가 쓰인 문이 나온다. 숫자 아래에는 원호 세 개가 세모꼴을 이룬 표시가 붙었고 〈생물학적 위험〉이라고 써 있다. 그 밑에는 〈위험〉, 그리고 〈관계자 외 출입 금지〉라고 적혀 있다.

방문자는 잠금장치를 살펴본다.

주머니에서 가느다란 금속 막대 두 개를 꺼내 열쇠 구멍에 밀어 넣는다. 몇 번 만지작대자 딸깍 소리가 나며 잠금이 풀린다. 문손잡이를 밀고 조심스럽게 문턱을 넘는다.

실험실 안 벽들은 회색이고 매끄럽다.

맨 안쪽에 타일로 마감된 하얀 실험대들이 있고 현미경이며 시험관, 한밤의 방문자로선 용도를 알 수 없는 다양한 기구들이 놓여 있다. 한복판에 컴퓨터가 놓인 책상이 하나 있다. 오른쪽으로는 검은 문이 있다. 왼쪽에는 번호 매겨진 파일들이 빽빽이 꽂힌 책장이 있다.

책장 앞으로 간 그는 두툼한 문서들을 하나하나 살피다가 드디어 관심 있는 파일을 찾아낸다. 흥분하여 그것을 뽑아내 책상에 얹는다. 손전등 불빛으로 비추니 표지에는 이렇게 쓰여 있다.

〈변신 프로젝트〉.

그는 문서를 펼친다.

눈에 들어오는 내용에 머리가 얼떨떨하다.

한 장 한 장 넘길수록 경악이 커진다. 정보원이 일러 주었던 것보다 훨씬 더 놀랍다. 이 엄청난 발견이 가져올 파급과 폭로되면 뒤따를 폭발적 반응을 생각하니 만족스러운 작은 웃음소리가 숨길 수 없이 새어 나온다.

문서 내용을 사진으로 찍으려고 그는 스마트폰을 꺼낸다.

돌연 오른쪽에 있는 검은 문에서 어렴풋한 소리가 들린다. 무언가 스치는 듯한 소리. 그는 손전등을 끄고 스마트폰을 챙긴다. 몇 초 후 또 소리가 들린다. 그는 휴대 전화 화면을 켜고 그 빛에 의지해 문 쪽으로 다가간다.

나무문에 귀를 갖다 댄다. 소리는 멎었다.

남자는 제 심장이 두방망이질 치는 것을 느낀다. 숨을 크게 들이쉬고 문을 열기로 작정한다. 자물쇠는 흔한 종류고 앞서 열었던 실험실 문 못지않게 수월히 열린다. 가만히 문을 밀자 삐그덕 소리가 난다.

이미 축축한 이마에 구슬땀이 맺힌다. 그는 스마트폰 화면을 끄고, 손전등을 움켜쥐고 들어간다.

검은 문이 세 개 있는 복도가 나온다.

먼지와 포르말린 냄새 대신, 다른 낯선 냄새가 감돈다. 숲의 향, 나무, 흙, 늪의 냄새.

문마다 알파벳 대문자 표시가 하나씩 있다. D 문. N 문. A 문. 남자는 되는대로 N 문을 선택해 방으로 들어선다.

천장이 어마어마하게 높은 그 방은 어둠에 잠겨 있다. 높이가 적어도 3미터는 되는 유리로 된 큐브가 방 한가운데를 차지하고 있다.

남자는 안에 무엇이 들어 있는지 보려고 손전등 빛을 유리벽으로 향한다. 안에는 군집을 이룬 푸르스름하고 하늘거리는 긴 해초가 비슷한 색의 액체에 잠겨 있다.

손전등을 옆구리에 끼고 다시금 스마트폰을 꺼내 사진을 찍으려는 찰나, 해초들이 일렁이기 시작한다.

두 손, 이어서 인간과 흡사한 얼굴이 식물 섬유들을 헤치고 솟아난다. 얼굴은 처음에는 방문자를 보고 놀랐다가 이내 그를 향해 살갑게 활짝 미소 짓고 의미심장한 윙크를 던진다.

남자는 눈이 휘둥그레졌다가 비명을 지른다. 뒷걸음질 치다 손전등과 스마트폰을 놓치고, 그것들은 요란한 소리를 내며 바닥에 떨어진다.

그러고는 부리나케 달아난다.

2

 그만 좀 울려……. 그만 좀 울리라고!

 알리스 카메러는 머리를 베개에 파묻는다. 몇 분 전부터 누군가 이 젊은 여자의 스마트폰에 줄기차게 전화를 걸었고, 고막을 찌르는 전화벨 소리가 그에겐 몇 시간은 울린 것처럼 여겨졌다.

 그는 한쪽 눈을 뜨고, 다른 눈도 마저 뜨고는 짜증스럽게 알람 시계를 바라보고 아침 6시임을 확인한다. 휴대 전화를 확 붙잡는다. 이런 시각에 전화를 거는 생각 없는 사람이 누구람? 발신자 이름이 표시된다.

 〈뱅자맹 웰스〉.

 한숨을 쉬고, 벨 소리가 멎을 때까지 기다렸다가 다시 잠을 청할 자세로 돌아간다.

 날카로운 벨 소리가 다시 울린다.

 알리스는 베개에 머리를 파묻고 팔로 베개를 단단히 감싼다.

 그러다가 마침내 진이 빠져 전화를 받는다.

「네 연구소가 침입당했어.」 알리스가 뭐라 말할 겨를도 없이 뱅자맹 웰스는 곧장 말한다. 「야간 경비원들이 현장에서 손전등과 스마트폰을 발견했어. 침입자의 정체도 밝혀냈지. 어느 인터넷 잡지 기자야. 디에고 마르티네스. 특종 사냥꾼으로 유명해.」

알리스는 아연실색하여 머리맡 등을 켜고 침대에 앉는다.

「그가 어떻게 네 연구를 알아냈는지는 아직 몰라. 아마 네 동료 중 하나가 발설했을 텐데, 조사해 보면 확실해지겠지. 하지만 유출되는 걸 막기엔 이미 너무 늦었어……. 내일이면 분명 프로젝트는 공개되고 온갖 언론에 실릴 거야.」

「그럼…… 모두 끝이네.」

그리고 내가 지금껏 이룩한 성과는 모조리 헛것이 되겠지.

「알리스, 겁먹을 것 없어. 내게도 방책이 있거든. 내 계획은 이래. 이 친구를 저지하려 애쓰는 대신 그가 신나게 날뛰도록 부추기는 거야. 그것도 공식적으로. 모두에게 진실을 밝힐 때가 왔어.」

3

백과사전: 대립

자연은 제 모든 창조물들 간에 대립을 일으켜 진화를 강제한다.

창조물 하나가 더 이상 변화하지 못하면, 자연은 그것을 제거하는 것이 아니라 새로운 모습, 약간 다른 모습을 취하게 한다. 이 새로운 방식으로는 더 잘 적응할지 보기 위해서다.

이 과정에는 논리도 윤리도 없다. 자연은 옳고 그름을 따짐 없이 제 창조물들의 존재에 덧붙임을 한다. 그 후, 대양과 사막과 평원과 정글의 무성함 속에서 저희들끼리의 투쟁 혹은 협력 전략을 택해 가능한 한 오래 살아남고 번성하는 것은 그들 몫이다.

에드몽 웰스, 『상대적이며 절대적인 지식의 백과사전』

4

「정숙해 주십시오. 자, 부디 조용히 해주세요. 제발 부탁드립니다!」

연구부 장관 뱅자맹 웰스가 초조하게 웅성거리는 기자들을 앞에 두고 강대에 서 있다.

뱅자맹은 세모꼴 두상에, 크고 까맣고 반짝이는 눈을 지녔다. 이는 웰스 가문의 전형적인 특징인데, 그래서 웰스가 사람들은 섬뜩할 정도로 작가 프란츠 카프카와 닮았다. 오늘 이 자리에 선 장관은 검은색으로 차려입었다. 검은 정장, 검은 셔츠, 검은 넥타이. 그는 펜으로 강대 위의 유리잔을 두드려 소리를 낸다.

「부탁드립니다! 부탁드립니다! 제발 좀 조용히 해주십시오!」

드디어 그 말이 먹힌다. 마침내 모두가 자기에게 귀 기울이는 듯하자, 그는 마이크를 향한다.

「기자 여러분, 먼저 이렇게 와주신 데 감사 말씀을 드립니다. 오늘 우리가 모인 것은 간밤에 일어난 자연사 박물관 침입 사건을 논하기 위해서입니다. 침입 사건으로 말미암아 변신 프로젝트가 세상에 밝혀졌고, 디에고 마르티네스 기자가 상세히 서술했지요. 마르티네스 기자는 저널리즘 분야에서 이른바 〈특종〉이라 부르는 것으로 이미 유명한 분입니다. 마르티네스 기자는 한밤중에, 짚고 넘어가자면 불법적으로 자연사 박물관 건물에 침입했을 때, 프로젝트에 대한 명확한 진술을 읽었다고 주장합니다. 인터넷에 일부 내용을 올렸는데, 언론에 광풍을 일으킬 만한 도발적인 내용이지요.」

연구부 기자 회견실에 술렁임이 커진다. 웰스는 다시금 펜으로 유리잔을 두드린다.

「부디 정숙해 주십시오!」

마침내 정적이 돌아오자 장관은 말을 잇는다.

「부인해 봐야 아무 소용 없겠지요. 변신 프로젝트는 실제 존재합니다. 디에고 마르티네스의 기사 내용 역시 사실입니다.」

수런대는 소리가 한층 높아진다.

「하지만 한 가지 명확하게 해둘 점이 있습니다. 변신은…… 프로젝트일 뿐입니다. 그저 프로젝트에 불과합니다. 그렇기에 저는 이 점을 공식적으로 밝히고 싶었던 겁니다. 아직 마르티네스 기자의 기사를 읽지 못한 분들을 위해, 이 자리에 담당자를 소개합니다. 변신 프로젝트를 제안하고 주도한 진화 생물학 교수 알리스 카메러는 최신 유전자 조작 기술을 이용해 세 가지 아종으로 다양화된 새로운 인류를 개발하려 합니다. 공중을 나는 인간, 땅을 파고들어 가는 인간,

헤엄치는 인간이죠.」

끝났어, 말하고 말았어. 이제 온 세상이 알게 됐어. 내가 너무나 두려워하던 이 순간······.

회견실이 또 한차례 술렁인다. 연구부 장관은 청중을 진정시키려 한다.

「압니다, 알아요. 여러분께는 뭐랄까······ 시대를 앞서간다? 그 말이 적당하겠군요. 지나치게 시대를 앞선다고 여겨질 겁니다. 불편하기까지 할 정도겠죠. 하지만 단어가 중요한 게 아닙니다. 오늘 아침의 발표는 갑작스럽고 터무니없는 몰이해와 반감을 불러일으켰습니다.」

뱅자맹 웰스는 심호흡을 한다.

「고작 몇십 분 만에 허위 정보가 나돌기 시작했습니다. 요즘 세상에는 뭐든지 빠르다고 하실지 모르겠지만요. 가장 먼저 음모론 블로거들이 기사를 널리 퍼뜨렸습니다. 그리고 악의적인 자들이 조직적으로 벌인 치밀하고 흉흉한 중상모략과 비방전이 이어졌습니다. 이에 야당이 가세하여 한층 격화되었죠. 이를 기회 삼아 이 혁신적인 프로젝트에 자금을 지원하는 우리 정부의 이미지를 훼손할 심산이었던 겁니다. 그런데 한말씀 드리자면, 우리가 이처럼 대담한 연구를 지원하는 건 우리 연구부에 과학을 진보시키고자 하는 의지가 있기 때문입니다. 어떠한 경우라도 우리는 기존의 방식에서 벗어난 발전을 두려워하지 않습니다. 정부 관계자로서 제가 언제나 혁신적인 연구자들을 지지하리라는 점 알아주시기 바랍니다. 그들이 비열한 비방을 받는다면, 그들의 발견이 언론의 주목거리만을 노리는 악의 있는 자들에게 조롱당한다면, 저는 직접 설명하고 자기방어를 할 기회를 제공할 겁니다. 그런 의미에서, 기자 여러분, 알리스 카메러 교수를 박수로 맞아 주시기 바랍니다. 서른 살의 젊은 나이인 카메러 교수는 탁월한 생물학자입니다. 이미 후성 유전학 분야의 세계 일류 전문가로 인정받고 있으며 생명체의 진화와 DNA 변이에 대한 연구로 국제적인 명성을 누리고 있죠.」

자, 내 차례야.

숨 쉬어. 제대로 숨 쉬는 거야.

길고 검은 머리를 하나로 올려 묶고 커다란 초록색 눈을 한 젊은 여성이 첫 줄의 좌석에서 일어나 연단에 올라 강대 앞에 선다. 오늘 이 자리에 그는 수수한 흰 옷차림을 했다. 흰 재킷, 흰 셔츠, 흰 치마.

그는 회견실을 둘러본다.

이들은 하이에나야. 내가 실수하기만을 기다리고 있어. 딱 맞는 말들을 찾아야 해.

알리스는 마이크에 다가서서 똑똑하고 힘 있게 말한다.

「자기 전문 분야에 혁명을 일으키려는 이가 있으면 언제나 필연적으로 세 집단이 형성됩니다. 아무것도 변하지 않기를 바라는 이들, 같은 일을 하고자 하나 뒤늦은 이들, 그리고 아무것도 모르면서 가장 머릿수가 많고 가장 적대적인 이들이 하는 말을 자기 의견이라고 여기며 되풀이하는 대다수 군중. 그 말들이 거짓임에도 그렇죠. 감정에 휩쓸려 성찰하지 못하기 때문입니다.」

앞에 놓인 물잔을 들고, 한 모금 천천히 마시며 모두의 주의를 끌었음을 확인한다. 잔을 내려놓고 청중을 바라본다.

「변신 프로젝트 이야기를 해봅시다. 그렇습니다, 프로젝트는 실재합니다. 예, 저는 가능하다고 믿습니다. 지금은 실험적인 단계에 불과하다는 것은 사실입니다. 그럼에도, 지극히 충격적으로 여겨질 수 있다 해도, 저는 프로젝트가 실현될 날이 오기를 진심으로 바랍니다. 왜냐고요? 우리 인류의 생존에 반드시 필요하기 때문입니다.」

잠시 말을 멈췄다가 다시 이어 간다.

「저는 생물 다양성이 대자연의 현명함을 보여 주는 증거라고 믿습니다. 한 동물은 여러 다른 형태를 늘려 감으로써 저를 둘러싼 환경 변화에 적응합니다. 개미를 예로 들어 봅시다. 개밋과에는 1만 2천 개의 종이 있습니다. 오늘날 알려진 가장 큰 개미의 몸집은 가장 작은 개미의 60배에 달하죠. 인간으로 치자면 키가 1미터인 사람이 있고 60미터에 달하는 사람도 있는 셈입니다.」

과학자는 리모컨을 들고 뒤쪽 벽에 걸린 화면에 봉제 인형처럼 생긴 동물의 사진을 띄운다.

「우리와 좀 더 가까운 동물인 여우원숭이는 132개 종이 공존하는데, 크기, 털, 색, 능력이 저마다 다릅니다. 날여우원숭이라고도 불리는 필리핀날원숭이는 앞다리와 뒷다리 사이에 막이 있어 장거리를 활강할 수 있죠.」

화면에 푸른 하늘을 날아가는 필리핀날원숭이 영상이 잠시 나온다.

「헤엄칠 줄 아는 여우원숭이도 있습니다. 땅속에 굴을 파는 여우원숭이도 있습니다. 하지만 날기, 헤엄치기, 땅속에 살기를 동시에 할 줄 아는 종은 없죠. 각각 생리적 특수성이 있습니다.」

다른 사진.

「우리와 한층 더 가까운 원숭이는 125종에 달하며, 저마다 특정한 크기가 있고 재주, 사회적 관계, 능력 면에서 서로 뚜렷한 차이를 보입니다.」

이번에는 인간의 두개골 사진이 나타난다.

「그럼 인간은 어떤가? 여러분은 물으시겠죠. 혹시 잊으셨을 분들을 위해, 먼 옛날에는 우리의 직계 조상 호모 사피엔스 말고도 세 가지 인류가 존재했다는 사실을 일깨워 드립니다. 먼저 1856년 발견된 호모 네안데르탈렌시스가 있습니다. 우리보다 뇌가 더 컸죠. 그들의 뇌 용적이 1,700제곱센티미터였던 데 비해 우리의 뇌 용적은 1,300제곱센티미터에 불과하니까요. 죄송스러운 말씀이지만 따라서 네안데르탈인은 아마 우리보다 지능이 더 높았을 게 분명합니다. 다음으로 2003년 발견된 호모 플로레시엔시스가 있습니다. 1미터 10센티미터로 키는 작았지만 비강은 더 넓었는데, 이는 후각이 고도로 발달했다는 증거이며 그들은 우리보다 훨씬 더 많은 냄새를 감지했습니다. 마지막으로 2010년 발견된 호모 데니소벤시스가 있습니다. 손이 크고 손가락이 길었던 그들은 우리보다 손재주가 좋았습니다. 이 〈다른 인류〉 세 종은 사라지고, 우리 사피엔스만이 남았습니다.」

알리스는 화면에 유명 인플루언서의 사진을 띄운다. 매끄럽고 광채 나는 얼굴에 가슴은 빵빵하다. 입술은 도톰하게 부풀렸고, 속눈썹은 과하게 연장했고, 손가락 끝의 긴 손톱에는 야자수가 있는 석양 그림의 네일 아트를 했다. 사진에서 인플루언서는 자그마한 요크셔테리어를 트로피처럼 들고 있는데, 녀석은 혀를 빼꼼 내밀고 머리에는 작은 다이아몬드가 잔뜩 박힌 나비 리본을 달았다. 사진에는 〈폴로어 5백만 명〉이라고 쓰여 있다.

좌중에서 웃음소리가 퍼졌는데, 마침내 기자들의 태도가 누그러든다는 증거다.

알리스는 물을 한 모금 더 들이켠다.

「여기서 한마디 하겠습니다. 사피엔스라는 말의 어원은 〈지적인〉, 〈신중한〉, 〈이성적인〉, 더 단순하게는 〈현명한〉이라는 뜻의 라틴어 사피오sapio인데, 대체 얼마나 자만심이 강해야 자신이 속한 종을 사피엔스라고 이름 붙일 수 있는 걸까요?」

짐짓 애석한 표정을 지어 보인다.

「솔직해집시다. 우리는 현명하지 않습니다. 그렇기는커녕 어리석고, 분별없고, 비이성적이고, 무엇보다도 이 지구상에 우리와 함께 살아가는 다른 종들을 한없이 경시합니다. 너무나 오만한 나머지 우리가 자연을 지배할 수 있다고 믿습니다. 그래서 우리는 모든 것을 획일화하려 듭니다. 농업 기업들은 가장 생장이 빠르고 강인한 단 한 종류의 밀을 개발하려 연구했습니다. 마찬가지로 우리는 우유 생산량이 가장 많은 한 종류의 암소만을 대량 사육했죠. 양털이 제일 많이 나오는 양 한 종. 지방을 제일 많이 축적하는 돼지 한 종. 넓적다리가 가장 두툼하고 깃털은 최대한 적은 닭 한 종. 이들 동식물종은 최대한의 수익을 내기 위해 더 많이, 더 빨리 생산할 목적으로 선택되어 복제되었습니다. 하지만 질병이 발생한다면, 밀의 백분병, 광우병, 양의 진전병, 아프리카 돼지 열병, 조류 독감 같은 병이 돈다면 어떻게 될까요? 우리가 만든 단일 종들은 스스로를 지키지 못하고 단번에 떼죽음을 맞을 겁니다.」

알리스는 묶은 머리에서 삐져나온 검은 머리칼 한 타래를 눈 위로 쓸어 올리고는 잠시 틈을 두었다가 말을 잇는다.

「변신 프로젝트는 어머니 자연을 모방하여 우리 자신을 다시 다양화하려는 것입니다. 웰스 장관이 말씀하셨듯, 세 가지 인간 아종을 창조하여 그리 머지않은 미래에 우리가 맞닥뜨릴 시련에 대처하려는 것이 목적입니다. 각 아종은 혼종, 다시 말해 인간과 다른 종의 이종 교배의 결과물입니다. 첫 번째는 날아다니는 인간으로, 저는 영어에서 따온 〈에어리얼Aerial〉이라는 이름으로 명명했습니다. 인간과 박쥐의 혼종입니다. 두 번째는 땅을 파는 인간이며 영어로 〈디거Digger〉라는 이름입니다. 이는 인간과 두더지의 혼종입니다. 마지막으로 세 번째 헤엄치는 인간, 〈노틱Nautic〉은 인간과 돌고래의 혼종입니다. 이들 명칭을 선택한 데에는 목적이 있습니다. 에어리얼, 디거, 노틱, 각 혼종의 첫 글자를 모아 보면, 우리 세포 깊숙이 새겨진 암호, 생명의 비밀인

ADN[1]이 됩니다.」

알리스 카메러는 좌중이 이 상서로운 우연의 일치를 되새기며 감격하도록 말을 멈추고 물을 한 모금 더 마신다.

「이처럼 공기, 물, 흙이라는 세 요소를 손에 넣음으로써 우리 종의 생존을 보장하려 합니다. 지진이 일어난다면 날 줄 아는 이들은 무사하겠지요. 쓰나미가 닥칠 경우 헤엄칠 줄 아는 이들은 살아남을 겁니다. 지구 온난화가 극심해질 때, 서늘한 지하에 거주하며 햇볕을 피할 수 있는 이들은 버틸 수 있겠죠.」

그는 긴 한숨을 쉰다.

「그렇습니다. 기자 여러분, 이제 변신이 무엇인지 아시겠지요. 이 프로젝트에서 선보이는 다양성은 우리 인류의 영속을 위해 반드시 필요합니다. 요약하자면 이런 등식으로 말할 수 있겠네요. 인간 50퍼센트 + 동물 50퍼센트 = 신인류 100퍼센트.」

「질문 있으십니까?」 뱅자맹 웰스 장관이 묻는다.

금발 여자가 손을 든다.

「『사이언스 매거진』의 파비엔 르그랑입니다. 기사에 따르면 디에고 마르티네스는, 카메러 교수님의 실험실에 숨겨진 거대한 수족관에서, 그의 말을 빌리면 〈괴물〉을 발견했다고

---

[1] 데옥시리보 핵산의 약자는 영어로는 DNA이지만 프랑스어에서는 어순이 바뀌어 ADN이 된다. A, D, N이라는 순서에도 의미가 있기에, 일반 명사로 쓰일 때는 DNA, 알리스가 조합한 머리글자로 쓰일 때는 ADN이라 표기했다. 이하 모든 주는 옮긴이의 주이다.

하는데요.」

알리스 대신 장관이 대답한다.

「그 사진이 있습니까? 무슨 증거라도? 마르티네스 기자는 과학과 비합리의 경계선상에서 특종을 좇는 인물로 유명하죠. 귀신 들린 집이나 외계인에 관한 기사도 여럿 썼고요.」

좌중에 비웃음이 감돈다.

「저희는 이 회견에 참석해 달라고 마르티네스 기자를 초청했습니다만,」 뱅자맹 웰스는 말한다. 「아무래도 직접 나와 그가 말하는 〈수족관의 괴물〉과의 만남과 경험담을 우리에게 들려줄 필요는 없다고 여긴 듯합니다.」

「자연사 박물관 실험실에 불법 침입했다는 이유로 체포될까 두렵다고 합니다.」 금발의 기자가 대답한다. 「그는 이 기자 회견이 자신을 노린 덫이라고 여깁니다. 어쨌든 자기 블로그에는 그렇게 썼더군요.」

「알겠습니다. 마르티네스 기자는 자기가 국가의 법을 무시하고 행동해도 된다고 믿는 데다가 피해망상까지 있군요.」

「하지만 그 실험실에서 기묘한 생명체를 보았다고 단언하는데요.」 기자는 물고 늘어진다.

「기자님, 증거가 없다면 그건 목격담에 불과합니다.」 장관은 힘주어 말한다. 「목격담이란 모두 주관적이라는 것을 우리는 잘 알죠. 한편 그가 오늘 우리 중에 없다는 사실은, 제가 보기에는 그가 날카로운 질문으로 거짓말을 밝혀낼 노련한 기자님들과 마주할 준비가 되어 있지 않음을 입증하는 것 같군요. 물론 공들여 쓴 작품에 순전한 상상력으로 빚어낸 자극적인 색채를 가미해 블로그계와 언론의 관심을 끄는 데는 성공했지만 말입니다.」

「그래도 이게 본인이 대표하는 정부가 지원하는 실제 과학 프로젝트였다는 사실은 시인하신 거죠, 장관님?」 기자가 다시 묻는다.

「물론입니다. 하지만 여러 다른 프로젝트 중 하나일 뿐이에요. 분명 잘 아시겠지만 연구부에서는 몹시 대담한 과학 연구 수백 개를 지원하고 개중에는 이 프로젝트보다 훨씬 더 놀라운 것도 많답니다. 정말이에요. 한 예로 프랑스 대통령을 대신할 최신 인공 지능을 장착한 컴퓨터 로봇을 제작하려는 프로젝트도 있지요…….」

이 말에 몇몇이 웃음을 터뜨린다.

작달막한 한 남자가 손을 든다.

「〈TV 뉴스〉의 프레데리크 스텐츠입니다. 카메러 박사님께 질문드리고 싶습니다.」

「말씀하세요.」 알리스가 대답한다.

「인간의 다른 아종들을 창조하려는 계획에서, 박사님은 자신을 신이라 여깁니까?」

「저는 저 자신을 단순한 자연의 예찬자로 여깁니다.」 알리스는 침착하게 대꾸한다. 「우리를 둘러싼 확연히 보이는 기적, 자연 그 자체가 있는데, 하늘에서 보이지 않는 신을 찾을 필요가 있을까요?」

꼭 필요하다고 여긴 이 말을 하게 된 것이 뿌듯해, 청중을 향해 미소를 짓고 말을 계속한다.

「자연의 다채로운 풍경, 서로 너무나 다른 꽃들, 온갖 형태와 크기의 동물들, 이것이야말로 기적 중에서도 가장 큰 기적 아닐까요? 본 적도 없는 그 〈아버지 하느님〉과의 관련은 사양이지만, 매 순간 그 작품을 예찬할 수 있는 어머니로서의 자연은 기꺼이 그려 볼 수 있습니다. 그리고 제가 보는 것은 다양성 덕분에 경이로운 세상입니다. 각각 특별한 재능과 능력을 지닌 수백만 종이 있는 세상이지요. 왜 모든 것을 통제하고 획일화하려 하나요? 잠시 상상해 보세요, 우리 지구에 단 한 종의 물고기, 나무, 풀, 새, 곤충만 있다면 어떨지! 여러분이 두려워해야 하는 것은 다양성이 아니라 획일성입니다.」

「다른 질문 있으십니까?」 알리스 카메러에 대한 청중의 호감이 떨어질 것을 우려하고 뱅자맹 웰스 장관이 묻는다.

작달막한 기자가 다시 손을 든다.

「교수님은 1920년대 두꺼비 실험으로 유명해진 오스트리아의 파울 카메러 박사의 후손이시죠?」

알리스의 얼굴이 굳는다.

「맞습니다. 왜 그러시죠?」

「카메러 박사가 과학계 최악의 사기꾼 중 하나로 여겨진다는 사실을 일깨워 드리기 위해서죠. 그는 1927년 동료 과학자들이 날조를 밝혀내자 자살했습니다. 따라서 제 질문은 다음과 같습니다. 그의 지적 부도덕함이라는 유산을 받아들이시나요?」

이 사실을 모르고 있었던 것이 틀림없는 기자들 사이에서 웅성거림이 번진다.

과학자는 침착함을 잃지 않고 대꾸한다.

「파울 카메러 이야기를 알고 계시다면, 그가 질투 어린 동료들에 의해 모략에 빠졌다는 게 얼마 전 밝혀졌음을 모르지 않으실 텐데요. 그들은 그를 조롱거리로 만들려고 모의하여 그의 실험에 손을 댔습니다. 지금은 그의 죽음이 자살이 아닌 자살로 가장한 살인이었음을 확실히 압니다.」

젊은 과학자는 물을 좀 더 마시고 이야기를 계속한다.

「크리스토퍼 콜럼버스는 말했습니다. 〈인간 진보의 결과물 중 모두의 찬성으로 얻어진 것은 아무것도 없다. 그리고 남들보다 앞서 빛을 알아보는 이는 다른 이들의 의견을 거스르고 빛을 향해 가야 하는 운명에 처한다.〉」

「마지막 질문 있습니까?」 장관은 상황이 걷잡을 수 없어지는 것을 막으려고 묻는다.

키가 크고 수염을 기른 남자가 일어선다.

「나는 질문이 아닌 답을 하려 합니다.」

그는 웃옷 속에서 권총을 꺼내더니 팔을 들고 외친다.

「인류를 혼종 괴물로 대체하려는 시도에 반대한다!」

그러고는 방아쇠를 당긴다.

5

백과사전: 제브란, 티그롱, 투르코만, 노새[2]

혼종 동물은 고대부터 인간에게 알려졌다.

그들은 대개 각 부모보다 역량이 출중하다.

예를 들어 노새는 암말과 수나귀의 교배에서 태어난다. 제 부모보다 훨씬 힘이 세고 강인하지만 생식 능력이 없다는 단점이 있다.

그 외에도 다음과 같은 동물이 있다.

— 상글로숑: 수멧돼지와 암퇘지의 교잡종

— 무셰브르: 숫양과 암염소, 혹은 숫염소와 암양의 교잡종

— 크로코트: 수늑대와 암캐의 혼종

— 보노지: 암컷 침팬지와 수컷 보노보의 혼종

---

2 제브란zébrâne은 얼룩말zèbre과 당나귀âne의 교배에서 나오며 영어로는 종키zonkey라고 한다. 티그롱tigron은 암사자와 수호랑이의 교배 결과물로 영어로는 타이곤tigon이라고 한다. 투르코만은 단봉낙타와 쌍봉낙타의 교배종이다.

—홀핀: 암컷 범고래와 수컷 돌고래의 교잡종

어미와 아비가 되는 동물에 따라 이름은 달라진다. 수사자와 암호랑이의 혼종은 리그르ligre라 불리는 반면 수호랑이와 암사자의 혼종은 티그롱이다.

인간의 개입이 없다면 사자와 호랑이라는 이 두 종은 결코 서로 만날 일이 없는데, 사자는 아프리카에, 호랑이는 아시아에 서식하기 때문이다.

쌍봉낙타와 단봉낙타의 혼종 투르코만의 경우는 한층 흥미진진하다. 쌍봉낙타는 혹이 두 개, 단봉낙타는 한 개이므로, 이 교배에서 태어난 동물은 혹이 한 개…… 하고도 반이다.

에드몽 웰스, 『상대적이며 절대적인 지식의 백과사전』

6

「넌 정말 운이 좋았던 거야, 알리스.」

뱅자맹 웰스는 친구가 입원한 병실에 앉아 있다.

「총알은 어깨 피부를 스쳤을 뿐이고, 널 공격한 자가 연달아 쏘기 전에 제압할 수 있었으니.」

초록색 눈의 젊은 여자는 일어서서 어깨에 붕대가 제대로 감겨 있는지 확인하고, 셔츠와 재킷을 걸치고 마지막으로 베이지색 앵클부츠를 신는다.

「지금은 네가 당분간 몸을 좀 사리고 있는 게 최선이야.」 뱅자맹 웰스는 선언한다.

알리스가 짐을 다 챙기고, 둘은 병실을 나서 병원 복도를 걸어가며 간호사, 환자, 부상자 들과 마주친다.

병원 밖에는 플래카드를 높이 든 시위대가 모여 있다. 〈인류는 다양화될 필요가 없다〉, 〈우리 세금이 우리를 괴물로 대체하려는 실험에 쓰여선 안 된다〉, 〈미치광이 과학자들의 광기에 반대한다〉는 말이 쓰여 있다.

시위 참여자들은 되풀이하여 구호를 외친다. 「카메라, 경고했다. 네 미친 짓은 끝이다!」

경찰들이 줄지어 서서 시위대를 저지하지만 과학자와 장관 쪽으로 달걀이 날아든다.

뱅자맹 웰스는 가죽 가방을 머리에 얹어 방패 삼고 알리스를 관용차에 태운다. 알리스가 차 문을 닫자마자 달걀 하나가 차창에 부딪쳐 깨진다.

운전사가 차를 출발시키고 점점 더 격해지는 시위대를 지나친다.

차가 앞으로 나아간다.

「그런데 뱅자맹, 넌 왜 내 편을 들어 주니?」

「정말 그래, 난 늘 네 편이었지, 그건 뭐랄까…… 습관 같은 거야.」 그는 미소 지으며 답한다. 「고등학교 때부터 우린 서로를 도왔어, 기억나지? 어쩌면 우리에게 공통점이 있기 때문일 거야. 조상이 지워 준 부담감이라는 공통점. 우리 증조할아버지는 개미 전문가 에드몽 웰스였고, 네 증조할아버지 파울 카메러는 두꺼비 전문가셨지. 두 분 다 학자로서 자연을 치밀하게 관찰하고, 놀라운 발견들을 하고, 그 발견을 전파하려 노력했고, 결국은…….」

「……두 분 다 끝이 좋지 않았다고?」

「……그보다 동시대인들의 편협한 정신과 대립해야 했다는 말이 옳겠지.」 뱅자맹은 부드럽게 표현한다. 「어쨌든 너와 나 둘 다 비슷한 혈통을 물려받았고, 선구자였던 유명한 조상님을 둔 부담감에 아주 어릴 때부터 시달렸어.」

「평범한 무명인의 후손이라는 행운은 아무나 누리는 게

아니니까.」 알리스는 장난스레 말한다.

「가족 유산에 부끄럽지 않은 모습을 보여야 한다는 건 육중한 짐이야.」

「생각해 보면 파울 카메러는 언제나 나의 등대였어.」 잠시 사이를 두었다가 알리스가 말한다. 「그분 역시 그 시대에 일부 동료들의 반계몽주의와 싸웠지.」

「에드몽 웰스 역시 나의 등대였어. 『상대적이며 절대적인 지식의 백과사전』을 읽었을 때 난 개미 관찰 덕분에 우리가 우리 종에 대해 알고 새로운 전망을 이끌어 낼 수 있었다는 걸 알게 됐어. 내 조상은 인류의 진화가 세 가지 경향을 따를 거라 추론하셨지. 더 작고, 더 여성적이고, 더 굳게 연대하는 쪽으로.」

알리스는 뱅자맹을 바라보며 세모꼴 두상에 크고 검은 눈을 지닌 그도 개미를 닮았다고 생각한다.

웰스가 사람들이 개미를 닮아서 개미에 관심이 많은 건지, 관심 깊게 연구하다 보니 생김새마저 닮게 된 건지 모르겠군.

뱅자맹은 말을 계속한다.

「그리고 너희 집안에서나 우리 집안에서나, 위대한 과학자의 후손들은 조상의 연구를 이어받아 계속했지. 우리 아버지 다비드 웰스가 특히 그런 경우고.」

「그리고 지금은 뱅자맹 네가 그 백과사전을 이어 가고 있다, 그거지?」

「대대로 물려받은 취미라고 할 수 있지. 지식을 모으고, 이해하고, 전파하는 것.」

「그『상대적이며 절대적인 지식의 백과사전』에는 어떤 종류의 지식이 있니?」

「이야, 지금은 흥미가 끌려?」 뱅자맹은 놀란다. 「대학 때 내가 그 주제를 꺼내려고만 하면 하늘을 쳐다보며 이야기를 딴 데로 돌렸으면서……」

「지금 이런 상황에서는 노력이라도 해보는 게 좋을 것 같네.」 알리스는 의미심장하게 윙크하며 대꾸한다.

「그렇게 알고 싶다면야. 백과사전은 모든 것을 총망라해. 과학적이고 역사적인 정보, 재미있는 일화, 그런가 하면 요리법이나 기상천외한 수수께끼도 있지.」

「어떤 수수께끼?」

웰스는 생각해 본다.

「예를 들면 이런 샤라드.[3] 빅토르 위고가 고안했다고 해. 처음에는 유치해 보일 수 있지만 성찰할 거리를 주지, 두고 보면 알아. 나의 첫 번째는 수다쟁이bavard이고, 두 번째는 새oiseau이고, 세 번째는 카페에 있다au café. 전체를 합치면 디저트다.」

알리스는 곰곰이 생각한다.

「수다쟁이? 모르겠다……. 까치를 두고 수다쟁이라고 하지. 까치는 새이기도 하고……. 감도 안 와. 힌트라도 하나 줘.」

「힌트는, 엄청나게 쉽다는 거야.」

---

3 음성을 이용한 단어 맞히기 놀이로, 한 단어를 이루는 음절들이 각각 단어를 이루도록 쪼개고 그에 따른 힌트를 제시하면 조합하여 원 단어를 맞히는 방식이다.

「그런 게 힌트라고?」화난 척하며 알리스가 항의한다.

「응. 이렇게도 말할 수 있지. 너무 쉽기 때문에 찾지 못하는 거라고.」

「알았어, 됐어. 답을 알려 줘.」

「스스로 알아내는 게 훨씬 더 재미있을걸. 넌 반드시 답을 찾아낼 거야.」

알리스는 더 파고들지 않는다. 어깨를 으쓱하며 뾰로통해져 입을 내민 채 포기한다.

뱅자맹 웰스는 웃는다.

「생각해 봐, 우리 사이가 고등학교 시절 우정에서부터 이어졌다니. 이후에 서로 다른 길을 가긴 했지만 완전히 연락이 끊긴 적은 한 번도 없었지. 넌 연구자가 됐고, 난 정치가가 됐고.」

「연구 및 고등 교육과 혁신부 장관은 단순히 정치가라고 할 만한 지위가 아니거든.」

「난 어수룩하지 않아, 알리스. 우리 정치가들은 역사에 잊히겠지. 전쟁을 벌이는 대통령들만이 역사의 기록에 남을 거야. 하지만 너처럼 혁신적인 프로젝트를 밀고 나간 과학자들은 성공하든 실패하든 사람들에게 기억될 거야. 내가 네 변신 프로젝트를 후원한 건 어쩌면 그런 개인적인 이유에서일지도 모르지. 물론 프로젝트가 놀랍도록 적절하다고 여긴 것도 있지만 말이야. 난 네 작업의 후원자로서 지상에 내 존재의 흔적을 남길 기회를 잡아 두는 거야.」

「넌 내게 후원자 그 이상이었어, 내게 영감을 선사했지.」

알리스는 대답한다. 「기억나지, 처음 내 생각은 그저 제 날개로 날 수 있는 혼종을 개발하려는 것이었어. 공중, 물, 땅이라는 특화된 환경에 적합한 세 종을 창조하라고 조언한 건 너였어. 〈이왕 할 바에야 각 생태적 대재난의 경우에 맞춰 한 종씩을 준비해야 해〉라고 말한 건 너였지.」

「내 생각이 아닌 우리 아버지 다비드의 생각이었어. 어떤 사태에든 대비할 수 있도록 인간의 몸을 변화시켜야 한다고 본 점에서 그분은 너와 같은 직관이 있었지.」

「넌 너무 겸손하다니까, 뱅자맹. 내가 생각한 에어리얼에 더해 디거와 노틱이라는 아이디어를 준 것도 너였고, 난 정말 고맙게 생각해. 내 발명이 외국에도 알려지도록 영어 이름을 붙이자고 한 것도 너였잖아.」

밖에는 비가 오기 시작한다. 차창에 남은 달걀 흔적이 차츰 사라진다. 와이퍼가 좌우로 움직인다. 그 소리는 심장 뛰는 소리를 닮았다.

「넌 또 내게 최고의 선물을 줬지.」 알리스는 계속해서 말한다. 「팀이 아닌 혼자 연구할 수 있도록 허가하고 지원해 줬어. 난 연구자 집단 전체에 팽배한 위계질서와 경쟁의식의 중압감을 견딜 수가 없었어.」

뱅자맹은 어깨를 으쓱한다.

「넌 혼자 일하지만 난 아냐. 난 여기저기 설명해야 해. 레지티뮈스 대통령은 어젯밤 말씀하셨어. 〈장관의 엉뚱한 프로젝트로 말썽이 생기는 걸 원치 않습니다〉라고. 재선을 노리는 선거 운동이 머지않았고 네가 언론에 곱지 않게 비친 탓에 대통령은 자기 이미지를 걱정하고 있어. 지지율이 떨어지지 않아야 하는데, 네가 납세자들의 돈으로 인류를 파멸시킬 거라 여기는 사람이 대부분이니 말이야.」

그는 한숨을 쉰다.

「게다가 너의 그…… 논쟁적인 프로젝트의 진척 상황에 대해 묻기까지 하셨어.」

「바로 그거야, 뱅자맹, 난 진전을 보이고 있어. 시간만 좀 더 주면 돼. 괜찮은 수준이 됐다는 판단이 서는 대로 맨 처음 네게 알려 줄 거야.」

장관의 어조가 갑자기 달라진다.

「내 말을 이해하지 못했구나. 이런 사건이 벌어진 이상 우리에겐 더 이상 시간이 없어. 한시바삐 내가 네 연구실을 방문해 연구를 어디까지 진행했는지 레지티뮈스 대통령께 보고할 수 있어야 해.」

「아직 너무 일러.」 알리스가 털어놓는다.

「보여 주지 않으면 자금 지원을 계속할 수 없어.」

알리스는 그의 눈을 똑바로 바라본다.

「날 협박하는 거야?」

그는 눈길을 피하지 않는다. 알리스는 화가 나서 거칠게 씩씩대다가 고개를 돌린다.

「좋을 대로 해. 그래야겠지, 돈 대주는 게 너니까. 분명히 말해 두지만, 마음에 안 들 거야.」

「자연사 박물관으로 가죠.」 장관이 운전사에게 지시한다.

비에 젖은 파리의 거리가 차창 밖으로 지나간다. 이 도시의 풍경에서 눈길을 떼지 않은 채 알리스는 한숨을 쉰다.
「아주 마음에 안 들 거야…….」

7

 그들은 진화 과학 전시관을 걸어간다.

 박제 동물들이 가장 작은 것부터 큰 것까지 한 줄로 전시되어 있다. 마치 진화가 크기라는 단 하나의 기준을 따라서만 이뤄졌다는 듯.

 눈이 있어야 할 자리를 채운 유리구슬 때문에 박제 동물들은 텅 빈 채 멍한 시선을 하고 있다.

 알리스 카메러는 뱅자맹 웰스를 이끌고 거대한 건물의 미궁을 누빈다. 둘은 계단을 따라 지하로 내려간 다음 계속해서 이어지는 복도들로 접어든다.

 공기 중에 먼지가 부유한다. 장관은 재채기를 한다.

「여기 오는 사람은 거의 없어.」 알리스가 말한다. 「그러고 보니 그 얘기를 못 들었네. 방문자의 정체를 어떻게 알아냈지?」

「디에고 마르티네스? 처음에는 경비원이 바닥에서 주운 스마트폰을 통해서였고, 다음은 감시 카메라들 덕분이었지. 그자는 스키 모자도 복면도 착용하지 않았어.」

뱅자맹은 걸음을 멈추고 자기 스마트폰을 꺼내 기자가 박물관 복도를 여기저기 뒤지고 다니는 영상을 보여 준다.

「경비원이 대처하기까지 시간이 걸려서 마르티네스는 경비원들이 손쓰기 전에 달아날 수 있었지.」

그들은 걸음을 계속해 103번 문 앞에 도달한다. 보초를 서던 경비원이 장관을 알아보고 어설픈 군대식 경례를 하고 두 사람을 들여보낸다.

「적어도 디에고 마르티네스는 자물쇠를 파손하진 않았네, 나름대로 섬세하게 행동했는걸.」 과학자는 한마디 한다. 「불법 침입한 흔적이 거의 안 보이는데.」

「그자의 범죄 기록을 확인해 봤지. 전직 도둑이었다가 선정적인 언론 쪽으로 방향을 틀었더군.」

「그 파파라치는 어떻게 생겼어? 혹시 날 쫓아다닐지 모르니 얼굴을 알아 둬야지.」

뱅자맹은 다시 스마트폰을 꺼내 처음 구금되었을 때 찍힌 디에고 마르티네스의 머그 숏을 보여 준다. 정면 사진 하나와 측면 사진 둘. 뺨에 Y 자 모양 큰 흉터가 있다. 스페인식 이름과 경찰 사진 때문인지, 알리스의 눈에는 콜롬비아의 마약상 파블로 에스코바르와 닮아 보인다.

알리스는 주머니에서 열쇠를 꺼내 잠긴 문을 열고 실험실 불을 켠다. 실험실 한가운데, 큰 책상 위에 변신 프로젝트 문서가 펼쳐진 채 놓여 있다.

맞은편에 문 하나가 더 있다. 알리스는 문을 열고 D, N, A 세 문이 있는 복도로 들어선다.

「이제 네 실험 구역의 남은 부분을 보자……」 뱅자맹이 말한다.

알리스는 N 문의 손잡이를 밀어 열고 불을 켠다. 뱅자맹은 들어와서 물과 파르스름한 해초가 가득한 3미터 높이의 유리 수조를 발견한다. 그는 궁금해하며 다가선다.

그 순간 늘어진 해초 틈으로 뭔가가 솟아오르고 첫눈에 장관은 그것이 원숭이라고 여긴다. 입에 송어를 문 원숭이.

웰스는 뒷걸음질 치다가 못 박힌 듯이 선다. 눈앞의 영장류는 물갈퀴 달린 손을 유리 벽에 대고 있다. 털은 없다. 피부는 약간 푸르스름한 회색이고, 윤기가 돈다.

해초 틈새의 존재는 이빨로 문 송어가 빠져나올 정도로 한껏 미소를 짓더니 우호적으로 보이는 윙크를 한다.

「네 투자의 결과물이야.」 알리스가 말한다.

뱅자맹 웰스는 얼이 빠져 수조에서 눈을 떼지 못한다.

「기자가 본 괴물이 이거야?」

「괴물이 아냐, 뱅자맹, 얘는 원숭이와 돌고래의 혼종이야. 일단은 마카쿠스 아쿠아리우스라는 학명을 붙였지만, 개인적으로 말 걸 때는 외젠이라고 부르지. 그리스어로 〈출신이 훌륭한〉이라는 뜻이야.」

알리스는 혼종 쪽을 바라보며 손짓한다.

「안녕, 외젠.」

원숭이-돌고래는 뾰족한 이빨을 드러내며 입을 한층 크게 벌린다. 마치 좋은 인상을 주려는 것 같다.

장관의 거북함을 가시게 하려 애쓰며 알리스는 설명한다.

「영장류 부분과 고래류 부분의 유전자 코드를 작성하는 게 관건이야. 요리사에 비유하자면, 내 요리법과 다양한 재료를 배합하는 방식이 요리가 성공이냐 실패냐를 판가름하는 거지. 여기서는 DNA 사슬 맨 끝이 재료에 해당하는 거고.」

놀라움에서 헤어나지 못한 채 뱅자맹 웰스는 수생 원숭이를 쳐다본다. 녀석은 못 보던 얼굴을 만나 몹시 기쁜 듯 온갖 친해지려는 몸짓을 해 보인다.

「몰랐어, 네가…….」

「성공했을 줄?」 알리스가 말을 끊는다.

「어쨌든 놀랍다……. 그러니까, 내 말은…… 이렇게 빨리 결과를 냈을 거라곤 예상하지 못했어.」

「그렇게 빠르지도 않아…….」

「너의 외젠은 몇 살이지?」

「세 살. 어린애야.」

뱅자맹은 당황하여 질겁한다.

「그럼 3년 동안 내게 비밀로 했다는 거야? 살아 있는 혼종 개체들을 만들었으면서?」

「네게 보이기 전에 외젠의 상태가 안정적으로 유지되는지 확실히 해두고 싶었어.」 알리스는 변명한다. 「기껏 널 불렀는데 시체를 보게 되면 안타깝잖아…….」

원숭이-돌고래는 장관을 향해 계속 인사의 몸짓을 한다. 이 새로운 존재에 강한 흥미를 느끼는 것 같다.

「이게 다가 아냐. 날 따라와.」

그들은 D라고 쓰인 문의 방으로 향한다.

장관의 눈에 갈색 흙이 가득 담긴 거대한 큐브가 들어온다.

「외젠의 먹이를 기르는 밭이야?」

알리스가 유리를 세 번 두드린다. 부드러운 흙을 휩쓸며 소용돌이가 지나간다.

검고 가느다란 털이 피부를 빽빽이 뒤덮은 얼굴이 나타난다. 이번에도 뱅자맹 웰스는 가볍게 뒷걸음질 친다.

충격이 지나가자 그는 다가서서 유리 큐브 안의 생명체를 좀 더 자세히 관찰한다. 이 역시 영장류지만, 눈과 귀가 잘 보이지 않을 정도로 조그맣다. 반면 코는 침팬지의 코보다 더 튀어나오고 분홍색 맨살이 드러난 코끝은 벌름거린다. 입 위에는 연한 색의 긴 털로 된 수염이 있다. 반쯤 열린 입에서 비버나 다람쥐 이빨 같은 큰 앞니 두 개가 드러나 보인다.

얼굴 옆에서 거대한 손 두 개가 갑자기 나오는데 손가락 끝에는 짐승 발톱 같은 크고 굵은 손톱이 붙어 있다.

동물은 손을 삽처럼 이용해 갈색 물질 속을 이동하여 유리에 옆구리를 갖다 댄다.

「원숭이-돌고래 혼종이 물갈퀴 달린 손을 이용하는 것처럼 흙 속을 자유자재로 돌아다니는군……. 놀라워…….」

뱅자맹은 놀라움을 감추지 못한다.

「그럼 이 녀석 이름은……?」

「마카쿠스 테라리우스. 나는 마리앙투아네트라고 부르지만.」

「그렇다면 암컷이군.」 장관은 주목한다. 「그럼 마리앙투아네트의 부모는……?」

「개코원숭이와 두더지야.」

알리스는 손가락으로 동물의 입을 가리킨다.

「길쭉한 앞니 덕분에 뿌리를 끊을 수 있고 나무처럼 훨씬 단단한 물질도 자를 수 있지. 발톱이 달린 큰 발 덕분에 부드러운 흙 속을 마치 반액체의 진흙탕 속처럼 돌아다닐 수 있고.」

그러고는 장관을 향해 돌아선다.

「계속 볼 준비 됐어?」

웰스는 고개를 끄덕인다. 둘은 방을 나선다. 알리스는 마지막 문, A를 연다.

거대한 새장과 새장 한가운데 있는 나무가 즉시 장관을 사로잡는다.

가지 하나에 아주 연한 베이지색의 길쭉한 열매 같은 것이 달려 있는데, 장관은 언뜻 그것이 거대한 바나나라고 여긴다.

알리스가 휘파람을 분다. 그 열매가 떨린다. 그러더니 금이 가고 쩍 벌어지며 거꾸로 된 얼굴을 드러낸다.

입과 코 밑에 있는 눈이 눈꺼풀을 파르르 떤다. 균열이 한층 벌어지며 두 날개가 펴진다. 날개는 투명에 가까운 연한 색의 얇은 막으로 이뤄졌는데 이 기묘한 원숭이의 몹시 긴 손가락뼈에 연결되어 있다.

「마카쿠스 아에리우스를 소개할게. 긴팔원숭이, 높은 나무에 살며 가지에서 가지로 옮겨 다니는 원숭이 알지? 그것과 박쥐의 혼종이야.」

「그런데 팔이 없네?」뱅자맹이 놀란다.

「천사처럼 말이지? 날개가 달리고 팔도 있고? 둘 다 있는 건 논리적이지 않아. 포유류는 네발 동물이지 여섯 발 동물이 아니니까, 당연히 팔이, 더 정확히는 손이 날개가 되는 거지. 새도 마찬가지잖아.」

기묘한 동물은 잠시 새장 속을 파닥파닥 날아다니지만, 공간이 좁아 금세 방문객들 앞으로 온다.

「날 수 있는 동물이라면, 왜 새와 교배하지 않았니?」장관이 묻는다.

「앨버트로스 유전자로 시도해 봤는데 깃털 때문에 해결할 수 없는 문제가 생기더라.」

뱅자맹은 긴팔원숭이-박쥐를 바라보며, 흰색에 가깝게 밝은색만 아니라면「드라큘라」같은 공포 영화에 나오는 뱀파이어와 닮았다고 생각한다.

「암컷이야 수컷이야?」그가 묻는다.

「조제핀은 암컷이야. 상체에 작은 젖꼭지 여섯 개가 보이지.」

날짐승이 가까이 있는 틈에 장관은 자세히 관찰한다. 긴 주둥이, 둥글고 커다란 검은 눈에 크고 높이 솟은 뾰족한 두 귀가 눈에 띄는데, 귀 안쪽에는 줄무늬가 있다.

「말 걸어 봐도 돼. 청각이 고도로 발달했거든. 속삭이기만 해도 돼.」

「어…… 안녕, 조제핀…….」

동물은 원숭이의 꾸르륵대는 소리와 새의 짹짹거림이 섞인 듯한 날카롭고 짧은 울음소리를 연달아 내어 대꾸한다.

「〈너의〉 조제핀이 뭐라고 하니?」

「얘는 배가 고파. 사료 급식기를 설치해 줬지만, 과일을 통째로 먹는 걸 좋아해. 내킨다면 먹이 줘도 돼.」

알리스는 청사과가 가득 담긴 궤짝을 가리킨다. 장관은 사과를 하나 집어 새장의 흰 창살 틈으로 내민다.

조제핀은 잽싸게 입으로 간식을 낚아채, 손가락처럼 뒷다리에서 이어진 긴 발가락으로 사과를 쥐고 만족스러운 듯 씹으며 조금씩 삼킨다.

다 먹고 나자 울음소리를 낸다. 장관은 청사과를 하나 더 준다.

「나는…… 나는 정말 놀랐어, 대단해.」 그는 인정한다.

배가 한껏 부른 조제핀이 파닥거린다. 장관은 이 날개 달린 원숭이에 사로잡혔다.

「조제핀은 날개만 달린 게 아냐, 박쥐의 고유한 다른 특성들도 갖고 있지. 뼈는 속이 비어 가볍고, 고도가 높은 곳에서도 기압에 구애받지 않고 숨 쉴 수 있어. 좋아하는 먹이는 당연히 다양해. 과일과 꽃 외에도 작은 새나 큰 곤충을 씹어 먹길 좋아해. 애에겐 단백질 공급원이지. 변신 프로젝트에서는 존재 전체가 총체적으로 재구상돼. 신체 부위들을 외과적으로 이식해 한데 붙이는 1900년대 SF 소설 이야기와는 거리가 멀어.」

「그럼 조제핀에게는 동굴의 어둠 속에서 방향을 잡는 박쥐의 음파 탐지 능력도 있겠구나, 그렇지?」뱅자맹은 여전히 마음이 사로잡힌 채 묻는다.

「바로 그거야. 마찬가지로 외젠은 지느러미만 있는 게 아니라 돌고래처럼 털 없이 매끈한 피부와 무호흡 상태를 오래 유지할 수 있는 월등한 폐 용량이 있지.」

「마리앙투아네트는?」

「발톱 달린 손과 긴 앞니 외에도, 감각모가 있어 땅의 미세한 진동도 감지할 수 있고 먹이 찾는 데 도움이 되는 후각도 있어. 지하 통로에서 숨 쉬지 않고 오래 머물러 있을 수도 있고.」

「지하의 마리앙투아네트는 뭘 먹니?」

「땅속에서 찾는 것들, 주로 벌레지. 식물 뿌리와 버섯도 먹고.」

조제핀은 제일 좋아하는 먹이를 준 사람에게서 눈을 떼지 않는다.

「그리고 옛날 SF 작가들은 인간 혼종을 만들어 새로운 노예로 삼을 생각을 했지만, 나는 그들을 우리의 이웃…… 혹은 우리 후계자로 삼고 싶어.」

장관은 길고 투명한 날개를 지닌 날원숭이를 유심히 살펴본다.

「사람들이 여기서 무슨 일이 일어나는지 알게 된다면…….」

「더 잘 이해할까?」알리스가 말을 끊는다.

「훨씬 더 겁을 먹고 너를 더욱더 미워하겠지.」뱅자맹 웰스가 갑자기 침울한 기색으로 말한다.

그 순간 사과를 다 먹어 치운 날원숭이가 다시 장관 앞으로 와 앉는다. 손처럼 관절로 연결된 발을, 마치 구걸하듯 손바닥을 위쪽으로 펴서 내민다.

「조제핀은 네가 언제나 사과를 주는 사람이라고 여기나 봐.」 알리스가 농담한다. 「얘는 한번 자기에게 주어진 것은 항상 그래야 한다고 생각해.」

장관과 혼종 동물은 오랫동안 서로를 쳐다본다. 그러나 조제핀은 별안간, 사과를 받고 싶어 안달이 나서인지 그렇게 관찰당하는 것이 불편해서인지 새장 창살 틈으로 발을 내밀어 뱅자맹의 손을 움켜쥐고 튀어나온 두 송곳니를 꽂는다.

뱅자맹은 아파서 비명을 지른다.

「안 돼, 조제핀, 안 돼!」 알리스가 외친다. 「당장 그만둬!」

혼종은 순순히 물었던 것을 놓고 장관은 아픈 손을 부여잡고 뒤로 물러선다.

알리스는 상처를 씻도록 구석의 세면대를 가리키더니 잠시 사라졌다가 소독약과 붕대, 거즈를 갖고 돌아온다.

「침 때문에 곪을 수 있어. 알코올로 소독하는 게 좋아.」

알리스는 상처를 세척한다.

「내가 왜 네게 보여 주기 전에 기다렸는지 이제 알겠지? 난 저들의 심리를, 낯선 인간이 있을 때 보이는 반응을 제대로 알아 두고 싶었어. 방금 일어난 일은 교육적 조정일 뿐이야. 어린 여자애가 사탕을 안 주는 어른을 물듯이 널 물었던 거야.」

뱅자맹은 전혀 납득한 기색이 아니다.

「호기심 많은 사람들이 오는 걸 오래 막을 수는 없을 거야. 마르티네스라는 작자의 폭로가 있었으니. 이 연구실을 치워야 해.」

「〈치운다〉니 무슨 뜻이야?」 알리스가 경계하며 묻는다.

「믿을 만한 팀을 보낼게. 이런 상황을 처리할 줄 알고 함구할 줄 아는 비밀 요원들을.」

「그럼 외젠, 마리앙투아네트, 조제핀은?」

「그들을 숨길 방도가 없어. 디에고 마르티네스가 보았다는 〈괴물〉이 무엇이었는지 확인하고 싶어 하는 기자가 있을 거야. 보초를 세우는 걸로는 충분치 않아. 늦든 빠르든 기자가 경비를 매수하고야 말겠지.」

「그럼 경찰 수를 늘려!」

「관련된 사람이 늘어날수록 누군가가 보고 싶어 하거나 그가 들여보내질 위험도 커져. 호기심의 힘을 과소평가하지 마. 보호가 철저하면 철저할수록 더 귀중하거나 비밀스럽거나 수상해 보이는 법이야. 그러면 알고 싶어 하는 사람도 늘어나겠지.」

「그렇다면 어떻게 하자는 거야?」

알리스는 뱅자맹의 손에 붕대를 감는다.

「내 〈청소부〉들이 네 연구실 장비를 분해하고 들어낼 거야. 문서는 전부 파기할 거야. 네 혼종들은, 안락사를 시행해야 해.」

「말도 안 되는 소리!」 알리스는 격분하여 펄쩍 뛴다.

장관은 잠시 사이를 두었다가 말을 계속한다.

「연구를 중지하라는 말이 아냐. 그 반대로, 연구를 계속하도록 허가할 거야. 하지만 다른 방식으로, 다른 곳에서, 더 나은 환경에서 연구할 수 있도록 말이지. 하지만 그러기 위해서는 네가 자연사 박물관을 떠나고 그 세…… 시험작들과 작별해야 해.」

「외젠, 마리앙투아네트, 조제핀은 시험작이 아냐.」 알리스가 이를 악물고 내뱉는다.

뱅자맹의 어조에는 한 치의 물러섬도 없다.

「알리스, 그것들은 무시무시한 실험동물이고 발견되는 날이면 넌 곧장 집단 폭행을 당하거나 감옥에 들어가는 신세가 돼. 장담하건대 실험동물들은 언젠가 반드시 발견될 거야. 내 해결책을 거부한다면 넌 사회적 제재는 물론 법적 제재에도 처해. 그럼 난 널 구해 줄 수 없을 거야.」

「난 두렵지 않아.」 알리스는 허세를 부린다.

「감옥에 들어가거나 죽으면 연구를 계속할 수 없을 텐데!」

「죽는다고?」 그 말이 귀에 들어온다.

「잊어버렸나 본데 넌 살해 위기를 모면했다고!」 뱅자맹이 화를 내며 외친다. 「내무부의 내 동료가 다크넷의 대화 내역을 입수했다고 했어. 여러 사람이 네 실험을…… 극단적인 방법으로 중지시키려 해. 언제나 운 좋게 서툰 살인자와 만나지는 못할걸. 내 말 믿어, 다른 곳에서 연구를 계속하는 게 최선이야.」

알리스는 그 말들에 타격을 입고, 잠시 천천히 숨 쉬다가 중얼거린다.

「잠깐만, 내가 제대로 이해한 거라면, 어딜 가든 저격수가 날 노릴지도 모른다는 얘긴데…….」

「사실 그렇지. 하지만 내게 좋은 생각이 있어. 네가 안전할 만한 장소가 있지. 멀지만 날 믿어 줘. 난 네가 유명한 네 조상처럼 〈자살로〉 사망하게 두진 않을 거야.」

8

백과사전: 파울 카메러

영국 작가 아서 쾨슬러는 어느 날 과학계의 사기들에 대한 저작을 집필하겠다고 마음먹었다. 연구자들에게 물어본 결과 가장 딱한 사건은 파울 카메러가 연루된 경우라는 한결같은 답이 돌아왔다. 카메러는 오스트리아의 생물학자였고 1922년에서 1929년 사이에 주요 발견들을 해냈다. 그는 말주변이 좋고 매력적이며 열정적인 사람이었고, 〈살아 있는 존재는 모두 자기가 사는 환경의 변화에 적응할 수 있고 그 적응의 결과를 후손에게 물려줄 수 있다〉고 주장했다. 이 이론은 장바티스트 라마르크의 변이론과 궤를 같이했고 다윈의 이론과 상충했는데, 다윈은 이미 적응한 존재만이 살아남는다고 보았다. 그리하여 카메러 박사는 자기의 주장이 정당함을 입증하기 위해 이목이 끌릴 만한 실험을 했다. 그는 건조하고 추운 환경에 익숙한 산에 사는 두꺼비들을 데려다 덥고 물이 있는 환경에 살게 했다. 보통 뭍에서 교미하는 이 두꺼비들은 물속에서 교미하기를 선호하기 시작했다. 젖어서 미끄러운 암컷의 몸 위에서 미끄러지지 않도록 수컷들은 엄지발가락에 검은색 교접 돌기를 발달시켰고, 그 덕분에 교미 중 암컷에게 달라붙을 수 있었다. 이런 환경 적응은 자손들에게도 전해져 새끼들은 엄지발가락에 짙은 색 돌기를 갖고 태어났다. 두꺼비들은 달라진 환경에 적응하기 위해 변화할 줄 알았던 것이다.

카메러는 전 세계에 자기 이론을 성공적으로 입증해 보였다. 어느 날 한 과학자 무리가 전문가들이 보는 앞에서 실험 결과를 보여 달라고 제안했다. 그런데 시연 전날 카메러의 실험실에 불이 났고 두꺼비들은 모두 죽고 한 마리만 남았다. 카메러는 결국 엄지발가락에 검은 흔적이 있는 유일하게 살아남은 두꺼비를 보여 줄 수밖에 없었다. 과학자들은 두꺼비를 돋보기로 살펴보다가 반점이 피부밑에 먹물을 주입해 인위적으로 만든 것임을 알아보고 웃음을 터뜨렸다. 카메러는 야유를 받으며 강의실을 떠났다. 그는 모두에게 배척당하고 과학계에서 쫓겨났다. 어느 모로 보나 다윈주의자들의 승리였다.

비교적 최근의 조사로 카메러는 자살한 것이 아니었으며 그의 작별 편지는 위조였음이 드러났다. 사실 자살로 가장한 살인이었던 것이다. 경찰 조서에는 실제로 총은 그의 오른손에 쥐어져 있었는데 총상의 위치는 왼쪽 관자놀이라고 적혀 있었다.

에드몽 웰스, 『상대적이며 절대적인 지식의 백과사전』

9

스피커에서 카운트다운이 울려 퍼진다.

「4…… 3…… 2…… 1…… 발사.」

로켓은 노란색과 하얀색의 거대한 연기구름 속에 솟아오른다.

어마어마한 추진력이 유일한 탑승자를 좌석 깊숙이 밀어붙인다.

처음 8분간 로켓은 지상을 벗어나 솟구친다. 조종실이 뒤흔들린다. 알리스는 이를 악문다. 가속 때문에 얼굴 피부가 쏠린다.

로켓이 제 경로를 따라가는 동안 알리스는 지난 몇 주를 생각한다. 연구부에서 기자 회견을 하고, 습격당하고, 자연사 박물관을 방문했던 이후, 뱅자맹 웰스는 약속대로 알리스가 한층 안전한 곳에서 연구를 계속할 수 있도록 손을 써주었다. 좀 멀긴 하지만.

그는 일단 알리스의 비밀 연구실을 〈청소하는〉 것부터 시작했다. 체념한 알리스는 외젠과 마리앙투아네트와 조제핀의 안락사 장면을 지켜보지 않기로 했다. 뱅자맹은 세 혼종이 고통을 느끼지 않았고 시체는 분석이 아예 불가능하도록 화장되었다고 안심시켜 주었다.

그런 다음 디에고 마르티네스를 철저히 비방하기 시작해, 그의 말은 변신 프로젝트 문서에서 읽은 내용을 바탕으로 한 추정에 불과하다고 끈질기게 되풀이했다. 웰스는 한 가지 똑같은 설명만을 고수했다. 변신은 수백 개 다른 프로젝트 가운데 하나일 뿐이고 절대 실현되지 않았다고. 사람들은 지겨워졌고, 디에고 마르티네스의 이름은 이제 블로그 세상에 가득한 음모론자들이며 유명한 밀고자들과 같이 취급당했다. 그럼에도 그는 자기 경험담을 실은 책을 냈고 언론에서 책을 홍보하려 했지만, 매번 〈증거 있어요?〉라는 반박만 마주쳤고 그때마다 그가 대꾸할 수 있는 말은 〈맹세하는데 내가 봤다니까요!〉뿐이었다.

다음으로 알리스는 짐을 챙겨 비밀리에 남아메리카, 정확히는 프랑스령 기아나로 가는 비행기에 올랐다.

뱅자맹 웰스는 연구부 장관이라는 지위를 이용해 쿠루 우주 기지에 알리스의 자리를 마련했고, 알리스는 거기서 속성으로 우주 비행사 교육을 받았다. 준비와 훈련 기술이 대단히 발전된 덕에, 유인 우주 비행 프로그램에 참가하려면 알아야 할 모든 것을 석 달 만에 배웠다. 운 좋게도 매일같이 운동하는 습관 덕분에 알리스의 심장과 근육은 운동선수 못지않았고, 그 점이 여러 단계에 걸친 의학적 선발 과정을 어렵잖게 통과하는 데 도움이 되었다.

로켓은 계속해서 올라간다.

알리스는 외젠, 마리앙투아네트, 조제핀 생각을 떨칠 수 없다.

그들은 태어나게 해달라고 요구하지도 않았는데 희생당했어. 그가 뭐라고 불렀지? 그래, 내 〈시험작들〉이라고 했지.

가엾은 것들. 무덤조차 갖지 못했지.

그들은 과학의 순교자야. 내 실험의 진전을 위해 제 목숨을 대가로 치른 첫 존재들이야.

돌연 배에서 격한 통증이 느껴진다.

이럴 수가, 안 돼! 지금은 안 돼!

알리스는 얼굴을 찡그린다.

〈자신의〉 병. 그 병은 한시도 숨 돌릴 틈을 주지 않을 것인가? 병은 틈만 있으면 끼어들어, 잠시의 휴식도 허하지 않을 것이다.

병이 어떻게 시작되었는지 알리스는 뚜렷이 기억한다. 그것은 첫 월경을 치를 때 찾아왔다. 당시의 통증은 뱃속에서 화산이 폭발하는 듯했다. 어머니에게 이렇게 고통스러운 게 정상이냐고 묻자, 어머니는 그렇다고 답했다.

이후로 고통은 심해져 갈 뿐이었다. 다들, 주변 여자들 모두가 그러다 괜찮아질 거라고 했다. 할머니의 어느 친구는 이런 말까지 했다. 「그건 이브가 사과를 먹은 죄로 받는 벌이란다. 여자들은 해산할 때 고통스러워하고 또…… 해산하지 않더라도 무척 아파하지.」

어느 날 어머니가 아무래도 병원에 데려가야겠다고 결심

했다. 의사의 입에서는 이런 말이 나왔다.

「자궁 내막증입니다.」

의사는 그것이 염증성 여성 질환이며 전 세계 여성 10퍼센트에게 발생하는 만큼 비교적 흔한 병이라고 설명했다. 그중 다수가 사춘기부터 갱년기까지 질환을 안고 살지만 그리 어렵지 않게 증상을 다스린다고 덧붙였다. 위로하려는 양, 매릴린 먼로 역시 그 병을 앓았지만 그래도 온 세상이 찬사를 바치는 여자가 되지 않았냐고 하기까지 했다.

멍청한 소리도 다 있지! 매릴린 먼로는 우울증에 시달렸고 비극적으로 사망했는데.

진료가 끝나자 아직 10대였던 알리스는 스스로에게 말했다.

난 평생 동안 고통을 겪을 거야.

난 정상적인 성생활을 하지 못할 거야.

난 아마 아이를 갖지 못할 거야.

그때부터 알리스는 홀로 보내는 시간이 늘었다. 견디기 어렵고 주기적으로 찾아오는 고통은 고립을 추구하는 성향과 고독감의 주된 원인이었다. 자신의 문제를 누구에게도 말할 수 없다는 사실을 알리스는 금세 깨달았기 때문이다.

질병maladie이라는 단어는 〈말하지 못하는 고통mal à dire〉에서 온 게 아닐까?

그러나 탈출구를 찾아보지도 않은 채 자궁 내막증을 감내하고 싶지는 않았다. 그리하여 알리스는 과학에 몰두했고 가능성 있는 설명을 찾았다.

한 이론에 따르면 자궁 내막증을 일으키는 것은 유전자 속 특정 배열, 남아 있는 호모 네안데르탈렌시스의 DNA라고 했다. 먼 옛날 호모 사피엔스와 네안데르탈인은 서로 짝을 짓고, 사랑을 나눠 반은 사피엔스, 반은 네안데르탈인인 혼종 자식을 둘 수 있었기 때문이다.

그러다가 더 이상 두 종의 결합으로 자손을 남길 수 없는 새로운 시기가 왔다. 결국 네안데르탈인은 멸종했다. 그럼에도 오늘날 여전히 남아 있으니, 호모 사피엔스의 유전자 코드에는 평균적으로 호모 네안데르탈렌시스의 유전자 1.8퍼센트가 들어 있기 때문이다.

이 가설을 확인하려고 알리스는 자기 게놈을 분석해 봤다. 그리하여 자신의 DNA에는 네안데르탈인 조상에서 유래한 서열이 1.8퍼센트가 아닌 2.7퍼센트나 들어 있음을 알게 되었다.

내 문제의 원인이 이거였군. 머나먼 내 사피엔스 조상님들은 네안데르탈인과 〈좀 지나치게〉 사랑을 많이 나누었던 거야. 내 고통의 근원은 거기 있고 내가 열쇠를 찾을 곳도 거기야.

그때부터는 병을 길들이는 게 인생의 목표 중 하나가 되었다.

나쁜 것에서 좋은 것이 나올 수도 있지.

알리스의 첫 연구 주제는 고대 〈다른〉 인류들의 유전자 배열 흔적으로 인해 발생하는 질병들이었다. 멸종된 인간 종들의 유전적 프로그래밍 조각이 현대 인간에게 어떻게 영향을 미치는지 이해하기 위해서였다. 알리스의 머릿속에서 그 현상은 구형 소프트웨어의 버그가 신형 소프트웨어의 작동을 혼란시키는 것처럼 그려졌다.

벗어나고 싶다는 열망이 강렬한 동기가 되어, 알리스는 성과를 냈고 동 세대 가장 촉망받는 젊은 과학자들 반열에 올랐으며, 국립 과학 연구 센터의 장학금을 얻어 〈자궁 내막증과 고대 다른 인류들의 유전자 흔적의 관련성〉이라는 주제로 첫 박사 논문을 썼다. 그 연구로 국제적으로 명망 높은 상을 수상하기까지 했다.

하지만 알리스에게 메달이나 영광 따위는 관심 밖이었다. 더 이상 아프지 않고, 그 끔찍한 고통으로 괴로워하는 전 세계 2억 명의 여자들을 치료할 방법을 찾는 것, 원하는 것은 그뿐이었다.

내 인생 전체의 방향을 좌우한 것은 고통이었어.

생각에 잠겨 있다 보니 뱃속의 불길이 갑자기 잠잠해진다. 알리스는 깊은 숨을 들이켠다.

됐어, 지나갔어. 한바탕 폭풍처럼.

알리스 카메라는 로켓의 둥근 창 바깥을 내다본다.

그리고 지금 난 전속력으로 대기권을 가르고 있지.

알리스는 회상에 잠긴다. 하늘을 나는 열정을 전해 준 것은 아버지였다. 그 환상적인 감각을 처음 맛본 날이 기억난다. 열여섯 살 때였을 것이다. 어느 일요일, 친구들끼리 놀러 갔다가 발목에 탄력 있는 줄을 묶고 다리 꼭대기에서 허공으로 뛰어내렸다. 감각은 강렬했지만 너무 빨리 지나갔다.

그럼에도 그 경험 이후 병 생각을 덜 하게 되었다는 것을 깨달았다. 그래서 경험을 되풀이했다.

비행은 내 자질구레한 신체적 문제들을 잊게 해줘.

비행은 육체와 영혼의 상처를 일시적으로나마 치료해 주는 특효약이야.

알리스는 또한 자연 속 모든 날아다니는 것들을 몰입하여 관찰했다. 잠자리, 나비, 새, 물론 박쥐도. 방학 때면 아침 일찍부터 망원 렌즈가 달린 카메라와 지향성 마이크를 들고 집을 나서 날아다니는 동물들을 찍고 그 노랫소리를 녹음했다.

그러다가 알리스는 한층 수준 높은 경험을 원하게 되었다. 그리하여 아버지와 함께 스카이다이빙에 도전했다. 카이로 근처 기자 고원의 피라미드들 위로 뛰어내리던 감명 깊은 추억이 가슴에 남아 있다.

1분 30초의 자유 낙하.

마술적인 장소 위에서 겪은 마술 같은 경험.

하지만 자유 낙하에서는 비행의 감각이 바람의 굉음에 방해받았다. 낙하산을 펼친 후 하강이 느려지고 안정화될 때에야 소음은 멎었다.

그때 알리스는 생각했다.

상황에서 멀찍이 떨어져 높이서 볼 때에야 충분히 거리를 두고 지면에서 일어나는 일을 이해할 수 있구나.

알리스는 덜 시끄럽게 날 방법을 계속해서 찾았다. 그래서 아버지는 어느 날 인도양의 레위니옹섬 상공에서 패러글라이딩을 가르쳐 주었다. 둘은 함께 생뢰만 위로 튀어나온 언덕 꼭대기에서 뛰어내렸다.

고요히 하늘을 미끄러지는 믿기 어려운 감각을 맛볼 수 있었다. 그뿐 아니라 레위니옹섬에 서식하는 놀라운 새 열대조들이 가까이 와서 짹짹거리며 인사하는 장면까지 목격했다.

안녕, 새들아. 너희들의 공간인 하늘에 날 맞이해 줘서 고마워.

알리스는 새들의 울음소리를 따라 해보았고, 대화가 이뤄진 것 같았다. 하지만 에어 포켓[4] 때문에 급강하했고 한순간 바닥에 추락하지 않을까 겁에 질렸…….

그 당황스러운 경험 이후 알리스는 에어 포켓에 견딜 만큼 구조가 견고한 기체로만 비행하겠다고 결심했다. 먼저 알프스에서 초경량 비행기 조종법을 배웠지만 그 비행기는 너무 시끄러웠다.

꼭 잔디 깎는 기계를 등에 짊어진 것 같잖아.

다음에 손댄 것은 글라이더였지만, 엄청난 소리를 내며 뒤흔들리는 플라스틱 조종실에서는 비좁은 느낌이 들었다. 소형 비행기와 헬리콥터도 시도해 보았다.

그리고 그 잠시의 도피는 며칠간 고통에서 놓여나게는 해주었지만 결코 새처럼 나는 기분을 느끼게 해주지는 못했다.

그러던 중 아버지가 사고를 당했다. 패러글라이딩을 하던 중 배에 장착한 예비 낙하산이 펴지지 않았다. 그는 즉사했다.

높이 오르고자 하는 열망 끝에 날개가 불타 추락한 이카로스같이.

---

[4] 국지적으로 기압이 낮거나 아래로 바람이 불어 비행기를 급강하하게 하는 지역을 말한다.

알리스는 돌연 비행 체험을 그만두었다.

인간의 궁극적인 비행 수단을 시험하게 될 날이 오리라고는 상상조차 하지 못했다. 바로 로켓이다.

어떤 새도 로켓에 필적할 수는 없지. 속도도, 힘도, 높이도…….

조종실에 신호음이 울리는 동시에 노란불이 깜빡거린다. 로켓의 1단이 분리되었다는 신호다.

가속이 더욱 강해진다. 그리고 상승은 계속된다.

알리스는 도로 자기만의 생각에 빠진다.

비행을 향한 열정은 개인적인 면에서는 물론 연구에서도 길잡이가 되었다. 〈어떻게 하늘을 나는 인간을 창조할 것인가?〉라는 질문을 두고, 초록색 눈의 젊은 여자는 그 해답이 유전자 프로그래밍에 있음을 즉시 알았다.

그가 보기에는 인공 날개나 가솔린 모터를 이용하는 건 소용없다는 게 명백했다. 태어날 때부터 자연이 준 경이로운 부속물, 날개를 갖춘 완전한 존재를 구상해야 했다.

그리하여 그것이 두 번째 논문의 주제가 되었다. 〈유전자 공학으로 날 줄 아는 인간 혼종을 만들어 내는 법〉. 그 연구 덕분에 자연사 박물관 연구원 자리를 얻을 수 있었다.

거기서 알리스는 탁월한 조류학자들을 만났고 보다 야심 찬 프로젝트를 그리기 시작했다.

프로젝트를 성공으로 이끌려면 자금 지원이 필요하다는 것을 알았다. 그래서 용기를 내어 고등학교와 대학 시절 친구였고 지금은 연구부 장관이 된 뱅자맹 웰스에게 연락했다.

알리스는 그에게 유전자에 관한 연구와 〈나는 인간〉 창조에 관한 연구를 결합하겠다는 아이디어를 설명했다. 그리고 〈향상된 인간〉이라는 아이디어를 확장시켜 공기 외의 다른 요소들도 넣어 보라고 제안한 것이 바로 그였다.

그렇게 해서 변신 프로젝트가 탄생했고, 이런 부제목이 붙었다. 〈멸종 위험에 대비하여 현 인류를 보완할 세 종의 혼종 신인류 창조에 대한 시도〉.

로켓이 계속해서 지구로부터 멀어지는 동안, 알리스는 음악을 좀 틀어야겠다고 생각한다. 알리스가 탑승한 장치 모듈에는 음악 재생기가 장착되었고, 헬멧에는 헤드폰이 내장되어 있다. 곡들을 전송해 자기만의 재생 목록을 만들 수도 있다. 알리스는 폴 뒤카의 교향시 「마법사의 제자」를 튼다.

로켓의 둥근 창으로 알리스는 높은 곳에서 자기 고향 행성을 내려다본다.

손목시계에 힐끗 눈길을 준다.

여행은 23시간 남았다. 지표면에서 410킬로미터 고도를 유지하는 ISS, 즉 국제 우주 정거장station spatiale internationale의 궤도에 최적의 방식과 적절한 속도로 도달하기 위해 필요한 시간이다.

그는 최근 몇 년간 이뤄 낸 성과들을 되돌아본다.

뱅자맹 웰스 장관의 지원 덕분에 비밀리에 원숭이 혼종 셋을 탄생시키는 데 성공했다.

그 망할 놈의 기자가 내 연구실을 파헤치기 전까지 말이지.

그리고 지금은 유배 중이다.

태어난 행성으로부터의 유배.

새로운 신호음. 노란 불빛이 한 번 더 깜빡인다.

귀가 먹먹해지는 소음을 내며 캡슐은 최종 단계 로켓에서 분리되어 궤도 비행에 접어든다.

돌연 소음도 진동도 없어진다.

모든 것이 고요하다.

중력을 측정하는 아이작 뉴턴 모양 인형이 줄 끝에 매달린 채 떠다니기 시작한다.

여기로군, 중력이 끝나는 곳.

아버지가 하던 농담이 기억난다.

「1687년 아이작 뉴턴이 중력을 발견했지. 그 전에는 사람들에게 모든 게 가볍기만 했단다.」

둥근 창으로 지구를 바라본다.

결국은 뱅자맹 웰스가 내 목숨을 구한 셈일지 몰라.

그는 내게 국비로 우주 비행사 훈련을 받게 해줬지.

난 조용히 일할 수 있을 게 분명한 성역에서 실험을 계속할 수 있을 거야.

「마법사의 제자」의 선율은 점점 웅장하고 리드미컬해지지만, 기분을 고조시키기는커녕 어르고 달래는 듯하다. 그리고 알리스는 외젠, 마리앙투아네트, 조제핀과 함께 별들 사이를 떠다니는 꿈을 꾸며 잠이 든다.

10

번쩍이는 불빛들. 귀를 찌르는 신호음.

여기가 어디지?

알리스 카메러는 소스라치며 잠에서 깬다. 아니, 꿈이 아니다. 정말로 우주에 있다. 대기권과 텅 빈 우주를 나누는 정확한 한계선에. 군청색 선이 이 형체 없는 경계를 표시한다.

둥근 창을 통해 멀리서 빛나는 점이 나타나는 게 보이며, 가까워지자 그 점은 H 모양을 닮았다.

저거로군, 국제 우주 정거장.

시계를 바라본다.

제시간에 맞췄어.

알리스는 좁은 캡슐 안에서 몸을 비틀며 우주복을 입고 도킹을 준비한다. 지금이야말로 가장 까다로운 순간이고, 조종 실수가 날 경우 이 우주복만이 자신을 구할 수 있음을 잘 안다.

쿠르릉!

엄청난 흔들림.

ISS와 접촉이 이뤄졌다.

이제 목적지에 도착했어.

딸깍거리는 금속성 소음. 도킹이 완료된다.

캡슐 내부, 우주 정거장 내부와 두 선실 문 사이 기압 조정실의 기압이 동일해지자 과학자는 우주복을 벗고, 조거 팬츠와 유럽 우주국 로고가 프린트된 스웨트 셔츠를 입고 나서 승강구 앞에 선다.

문이 열린다.

문 뒤에서 궤도 우주 정거장의 체류자 다섯 명이 알리스를 맞이한다. 한 명 한 명 그를 껴안으며 진심 어린 인사를 한다. 소개가 끝나자 여섯 명은 타이머 달린 카메라 앞에 서서 사진을 찍는다.

냄새……. 제일 먼저 알리스가 놀란 것은 냄새였다. 오래된 양말과 불타는 플라스틱이 섞인 냄새. 다음은 열기였다. 우주 한복판이 열대 지방 기온일 거라고는 예상치 못했다.

스웨트 셔츠를 채 다 벗기도 전 비디오 화면이 켜진다. 유럽 우주국 국장이 우주국의 합동 보고를 받으려 연락했다.

「새 체류자를 맞이했습니다.」 한 우주 비행사가 보고한다.

「무사히 도착했습니다.」 알리스는 티셔츠 옷매무새를 매만지며 말한다.

「승선을 환영합니다. 카메러 교수.」 유럽 우주국 국장이 답한다.

몇 분 동안 체류 중인 우주 비행사들 여럿과 짧은 대화를 나눈 후, 화면이 꺼진다. 이어서 다들 참여하여 화물을 운반

한다. 과학 실험 장비가 든 손가방들, 식품이나 식수통이 든 궤짝들.

다섯 명이 정리를 마치는 동안, 일본인 여성 우주 비행사는 자기 짐을 챙기러 간다. 알리스와 교대하여 ISS를 떠나는 것이다.

마지막 인사를 나누고 일본인 우주 비행사는 캡슐의 기압 조정실을 넘어 지구로 되돌아가는 여정에 오른다.

분위기가 다시 차분해지고, 초록색 눈의 젊은 여자가 말을 꺼낸다.

「안녕하세요, 여러분, 환영해 주셔서 감사합니다. 제 이름은 알리스 카메러, 서른 살이고 유전자 변이가 전문인 유전생물학자입니다. 프랑스 연구부 장관께서 제 프로젝트의 〈극한 환경에서의 생명체 적응〉 부분을 완성할 수 있도록 절 보내 주셨습니다.」

ISS의 다른 네 거주자도 자기소개를 한다.

민머리에 운동선수 같은 거구, TV 드라마 배우 같은 미소를 지녔고 〈NASA〉라고 쓰인 티셔츠를 입은 남자가 알리스에게 다가선다.

「스콧 브래들리입니다.」 그가 손을 내밀며 말한다. 「미국인이고 생물학자죠. 무중력 상태에서 벌집과 거미줄의 변형을 연구합니다.」

다음으로 뺨이 볼록한 통통한 남자가 말한다.

「케빈 허트입니다, 환영해요. 나 역시 미국인이고 생물학자입니다. 완보동물을 연구하죠. 이 동물들은 진공에도, 극단적인 기온에도, 다양한 정도의 태양 빛에도 버틴답니다. 녀석들은 우주 정거장 밖에 내놓아도 끄떡없죠.」

금발에 근육질이고 싱글싱글 미소 짓는 키 큰 남자가 과학자에게 손 인사를 한다.

「피에르 퀴비에입니다. 프랑스인이고 공군 전투기 조종사, 현 우주 정거장 사령관입니다.」

「시몽 스티글리츠입니다.」 아직 자기소개를 하지 않은 중키의 남자가 뒤를 잇는다. 「나도 프랑스인이지요. 하지만 군인은 아닙니다. 나는 생물학자고 식물과 동물 생명체에 방사선이 미치는 영향이 전문 분야입니다.」

그의 눈이 연회색이고 무척 젊어 보이는 얼굴인데도 머리는 완전 백발임이 눈에 띈다.

「소개를 마쳤으니, 우리끼리 〈하늘의 성〉이라 부르는 곳을 둘러보시죠.」 퀴비에 사령관이 말한다.

알리스는 안내를 따른다. 그들은 하얀 터널로 들어간다.

내벽에는 전선들이 매달려 있고 물건들이 벨트로 고정되어 있다. 피에르는 알리스에게 바닥 곳곳에 있는 띠에 발을 걸어 몸을 안정시킬 수 있다고 알려 준다. 무중력 상태로 인해 위도 아래도 없고 모든 것이 떠다니기에 공간 인식이 변하기 때문이다.

알리스는 이런 부유 상태를 즐기지만, 이번에는 무중력 상태가 낙하산을 메고 뛰어내리는 1분 30초 동안이 아니라 항구적으로 지속된다.

난 1년간 중력 없이 떠다니는 거야.

피에르가 설명한다.

「위아래 구분이 없으니, 우리는 임의로 지구 쪽이 아래이고 반대로 우주 쪽이 위라고 정했습니다. 좌우의 경우는 배와 마찬가지로 ISS가 나아가는 방향을 기준으로 하죠. 왼쪽은 〈좌현〉, 오른쪽은 〈우현〉입니다.」

알리스는 비닐 백에 담겨 정리된 각종 장비와 물품이 가득 찬 커다란 원통형 모듈을 바라본다.

「여기서 청결은 최우선입니다. 공기 중에 먼지나 부스러기, 액체 방울이 떠다니는 일은 있을 수 없죠.」

피에르는 둥근 창 너머로 보이는 유닛을 가리킨다.

「저게 우주 정거장의 중심 척추입니다. 다섯 개의 본래 모듈로 구성되었고, 이들은 서로 연결되어 50미터 길이의 긴 튜브 형태를 이룹니다. 이후에 발사된 모듈들은 이 척추의 왼쪽과 오른쪽에 접목되었죠. 나무줄기에서 뻗어 나온 가지처럼요.」

피에르는 너울거리는 수많은 전선에 주목하라고 손짓한다.

「ISS에서 모두가 가장 좋아하는 구역이 바로 여깁니다. 관측 시설 큐폴라와 일곱 개의 창이죠. 언제나 지구 쪽을 향하고 360도 파노라마 경관을 제공합니다. 우리 행성 표면을 가장 잘 볼 수 있는 곳일 뿐 아니라, 태양 전지판과 외부에서 작업하는 팀을 지켜볼 수 있는 곳이기도 합니다. 해 지는 모습을 가장 잘 감상할 수 있는 곳이기도 하고요. 잘 알겠지만, 여기서는 시간의 흐름이 달라요. 한 시간 반마다 해가 뜨거나지요.」

「아침인지 밤인지 어떻게 정하나요?」 알리스는 묻는다.

「우린 지구 세계시에 시계를 맞춰 놓죠.」

퀴비에는 우아하게 선회하며 돌아선다.

「실험 장비는 유럽 과학 연구 모듈 콜럼버스에 설치하면 됩니다. 같이 가시죠.」

터널을 몇 미터 지나자 이미 장비와 컴퓨터가 많이 설치된 장소가 나온다.

다음으로 피에르는 흡입식 화장실, 샤워 시설과 최대한 물을 절약하는 샤워 시스템 작동법을 설명한 후 지상 통제 센터가 있는 통신 구역을 보여 준다.

조금 더 가서 그는 운동 시설을 가리킨다.

「잘 알겠지만 근육 감퇴를 막으려면 매일 최소한 두 시간 반은 러닝머신이나 사이클로 운동하는 게 필수입니다.」

마지막으로 그는 알리스의 선실로 안내한다.

「우리 일본인 동료가 쓰던 〈침실〉이죠. 이제부터는 당신 방입니다.」

알리스는 1년간 자기 방이 될 자그마한 방을 둘러본다.

「자, 견학은 이걸로 끝났어요.」 피에르가 말한다. 「20시에 유니티 모듈에서 함께하는 첫 저녁 식사를 들죠. 혹시 미로 같아서 길을 잃어도 찾기 쉬워요. 유니티는 러시아 구역과 미국 구역을 연결하는 모듈이니까.」

대단히 상징적이군…….

알리스는 한 시간 정도 이것저것 실험 도구를 설치하다가 동료들을 만나러 간다.

유니티 모듈에 들어서자 시몽이 식판을 배분한다.

「오늘은 크리스마스라 댕드오마롱[5]으로 했어요.」그가 알린다.

「예수님의 탄생을 지구에서 이렇게 멀리 떨어져서 축하하다니 참 아이러니하기도 하지.」스콧이 말한다.

「그분을 기리며 마십시다.」케빈이 제안하며 샴페인이 가득 찬 특수 수통을 내민다.

다들 댕드오마롱을 신나게 먹고, 피에르가 노래하자고 한다. 남성 비행사 네 명이 영어 캐럴 「고요한 밤 거룩한 밤」을 합창하기 시작한다.

현대성의 신전에서 그토록 오래된 종교적인 노래를 부른다는 게 알리스는 어색하다. 하지만 샴페인이 조금 들어가자 자기도 목청껏 노래를 부른다.

그러다 스콧이 자기 기타를 가져와 다들 아는 비틀스의 곡들을 줄줄이 연주한다. 「올 유 니드 이스 러브」, 「블랙 버드」.

다들 느긋해져 명곡들을 즐겁게 따라 부른다.

잠시 후 시몽이 주방 구역으로 갔다가 부슈드노엘[6]을 들고 돌아온다.

「이 음식들을 다 어떻게 만들었어요?」진수성찬에 놀라

---

5 dinde aux marrons. 칠면조에 밤을 채워 통째로 구운 프랑스의 크리스마스 전통 요리.

6 bûche de Noël. 스펀지케이크에 초콜릿 크림을 바르고 표면을 긁어 장작 모양으로 꾸민 프랑스의 크리스마스 케이크.

알리스가 묻는다.

대답 대신 시몽은 모듈을 나갔다가 그런 업적을 가능하게 한 기구를 두 손으로 들고 돌아온다. 큼직한 케이스처럼 생겼는데 위에 색색의 파우더가 채워진 투명한 튜브들이 달렸다.

「이건 식품 프린터랍니다. 이 칸에 영양분 파우더를 넣고, 이 버튼으로 맛을 정하고, 이걸로는 식감이나 색도 조정할 수 있죠.」

「구내식당에 있는 자동 커피 머신 같네요.」 알리스가 평한다.

「바로 그거예요. 이 기구로는 모양, 색, 굳기까지 마음대로 정할 수 있다는 점은 다르지만.」

「맛도요!」 스콧이 거든다. 「칠면조 맛 부슈드노엘이나 장작 모양 칠면조를 먹을 수도 있었죠!」

알리스는 흥미롭게 기구를 관찰한다.

「그런데 그쪽도 자기만의 DNA 프린터를 가져온 것 같던데요, 카메러 씨?」 케빈이 말한다.

「내 짐을 뒤졌어요?」 알리스는 뜨끔한 나머지 뾰족하게 대꾸한다.

「동료가 어떤 사람이고 각자 뭘 쓰는지 알아 두는 걸 좋아하거든요. 단순한 호기심이죠. 당연한 겁니다. 우리는 몇 개월간 닫힌 공간에서 함께 살아야 하니까.」 케빈은 여성 과학자에게 눈길을 떼지 않고 말한다.

「허가 없이 내 물건에 손대지 말아 줬으면 좋겠는데요.」

알리스의 말에 분위기가 싸늘해진다.

「이해해야지.」 스콧이 케빈을 보고 말한다. 「저분은 방금 왔잖아.」

「죄송합니다.」 케빈이 말한다.

「저…… 그러실 거 없어요. 내가 과민 반응했어요.」 알리스도 사과한다.

분위기가 다시 누그러진다. 스콧은 부슈드노엘과 샴페인을 열심히 먹으며 알리스를 바라본다.

「우린 벌써 당신에 대해 많이 알고 있답니다, 카메러 씨.」 그가 음식을 우물거리며 말한다. 「몇 가지 상세한 점만 빼고요. 우리에게 당신 프로젝트에 대해 설명 좀 해주시겠어요?」

이들에게 모든 걸 비밀로 할 수는 없을 거야. 그러면 오히려 호기심을 자극할 테니까.

「여러 동물의 혼합인 혼종 생명체를 만들어 내는 연구입니다.」

「어떤 동물요?」 스콧이 묻는다.

「인간과 두더지처럼 말이죠.」 케빈이 대신 대답한다. 「아무튼 프랑스 연구부 장관의 프로젝트 설명은 그렇더군요. 인터넷에서 기자 회견 영상을 봤죠.」

「그럼 당신은 프랑스판 프랑켄슈타인 박사라고 할 수 있겠군요, 카메러 교수?」 시몽이 묻는다.

알리스는 녹색 눈을 생물학자 쪽으로 향한다.

「메리 셸리의 소설에서, 프랑켄슈타인 박사의 창조물은 시체 부분들을 꿰매 붙이고 전기로 생명을 불어넣어 만들어지요. 제가 구상하는 건 꿰맨 자국 없는 완전한 존재들입니다. 저는 어떤 장비, 알파벳 네 자만 이용하는 워드 프로세서 같은 장비로 그들의 DNA를 작성함으로써 그들을 탄생시킨다고 할 수 있죠. 생명의 화합물인 G, T, A, C가 그것입니다. G는 구아닌, T는 티민, A는 아데닌, C는 사이토신입니다. 이 네 자를 아주 긴 연속으로 조합하여 새로운 생명체들, 가능한 한 조화로운 생명체들을 생성합니다. 작가가 알파벳 스물네 자로 소설 등장인물을 창조하는 것과도 비슷하죠. 다만 그것들이 피와 살과 신경을 갖춘 〈진짜〉 존재, 생생히 살아 있는 새로운 존재라는 점만이 달라요.」

「그럼 소설 속 인물처럼 구성된 당신의 〈새로운 존재〉들은 어디에 쓰이나요?」 스콧이 어리둥절한 듯 묻는다.

「전 그들이 기온 상승, 공해, 쓰나미, 지진, 방사능, 물 부족, 요컨대 인류가 만날 시련들을 버티고 살아남아 번식할 수 있게 하고 싶어요.」 알리스가 음식을 씹다 말고 대답한다.

「방사능까지?」 시몽이 놀란다.

「네. 그런 위험에도 우리보다 훨씬 강인하게 버티도록 만들 생각이에요.」

긴 침묵이 이어진다.

감탄의 의미일까 경계의 의미일까? 벌써부터 저들을 전부 적으로 삼게 되지 않았으면 하는데…….

「굉장히 시대를 앞선 프로젝트군요.」 피에르가 분위기를 풀기 위해 말한다.

「사실상 키메라를 만들어 내려는 거네요.」 시몽이 말한다.

「키메라는 신화 속 동물이죠. 여자의 몸에 물고기 꼬리를 지닌 세이렌이나 남자의 상반신에 말의 하반신을 지닌 켄타우로스처럼.」 알리스는 학자다운 투로 말한다. 「하지만 혼종은 기존에 있던 두 종의 혼합에서 탄생하고, 분리된 부분이 없어요. 세포핵 중심까지 전부 융합되니까.」

「그래도 키메라와 무척 비슷한 것 같은데요.」 피에르가 고집한다.

이 사람들은 그 말을 좋아하네. 좋아, 장단 맞춰 주지.

「여러분이 그러시다면야. 전 〈키메라들의 제작자〉가 되기로 하죠.」

「새로운 인류를 창조하는 게 구인류를 멸망시킬 위험을 무릅쓰는 일이라는 생각은 해봤습니까?」 시몽이 묻는다.

「맞는 말이에요.」 케빈이 말한다. 「결국, 이름을 뭐라고 부르든 당신이 만드는 건…… 괴물이죠, 안 그래요? 그런 의문 품어 본 적 있습니까? 당신의 프로젝트가 결국 엄청난 실수는 아닌지?」

대꾸하고 싶지만, 알리스는 갑자기 줄곧 자기변호를 해야 하는 게 지겨워진다.

「키메라, 괴물, 프랑켄슈타인, 〈엄청난 실수〉. 마음대로 생각하시죠. 하지만 무슨 말로도 내 실험 진행을 막진 못할 겁니다. 난 당신들 연구에 옳다 그르다 따지지 않으니, 너무 성급히 내 연구를 재단하진 말아요.」

명랑한 분위기는 간곳없다.

무거운 침묵 속에 식사가 끝나고, 다들 자기 침실 겸 선실로 자러 갈 채비를 한다. 시몽이 알리스의 팔을 잡고 한쪽으로 이끈다.

「잘 때 잊지 말고 코 근처에 환기 장치를 작동시켜 둬요. 안 그러면 질식사할 수 있거든요. 난 뼈아픈 경험을 통해 알게 됐죠. 그런 자세한 것까지는 배우지 못했거든요.」

「자다가 질식한다고요? 어떻게 그럴 수가 있어요?」

「중력이 없으니 콧구멍에서 배출된 이산화탄소가 나온 곳에 그대로 고이고, 얼굴에 공기 순환이 되지 않으면 자기가 내뱉은 이산화탄소를 호흡하게 되죠.」

「생각도 못 했네요……. 알려 줘서 고마워요.」

「아, 그리고 보통 첫날은 잠을 잘 못 자니, 수면제를 먹는 게 좋아요.」

그는 빨간 알약과 수통을 내민다.

알리스는 대뜸 받아 삼킨다.

「나 때문에 다들 겁먹었죠?」 그가 떠나려는 차에 알리스는 묻는다.

시몽이 웃어 보인다.

「우린 모두 과학자고, 지식을 진보시키죠. 중요한 건 그것뿐이에요.」

「그렇게 생각해 준다니 다행이에요.」 알리스는 마음이 놓여 대답한다. 「잘 자요.」

「잘 자요.」

자그마한 방으로 돌아온 알리스는 재빨리 세수를 하고, 아주 적은 양의 물로 이를 닦고, 깨끗한 티셔츠로 갈아입고 잠자리에 든다. 수직으로 선 기묘한 침대에 몸을 띠로 고정하고 시몽이 충고한 대로 환기 장치를 코 쪽으로 향하게 한다.

수면제 효과가 나기 시작할 무렵, 그를 괴롭히는 생각이 있다.

여기 우주 비행사들은 다들 극한의 생활 환경에 적응하는 탁월한 재능을 지닌 것 같아. 나만 여기 잘못 와 있어.

그들과 함께 있을 영예가 내게 가당한 걸까?

나는 〈키메라들의 어머니〉인가?

내 프로젝트가 전부 케빈 말처럼 〈엄청난 실수〉면 어쩌지?

잠에 빠져드는 동안 그 의문이 마음속을 떠돈다.

11

백과사전: 더닝-크루거 효과

 1999년, 미국의 두 심리학자 데이비드 더닝과 저스틴 크루거는 한 논문에서 다음과 같은 심리적 역설을 설명했다. 가장 부족한 사람들은 전혀 의심 없이 자신이 능력 있다고 믿는다. 반대로 가장 뛰어난 사람들은 끊임없이 자기 자신을 의심하고 〈가면 증후군〉에 시달릴 수 있다. 이 역설은 〈더닝-크루거 효과〉라 불리게 되었다.

 이 분석을 좀 더 발전시키면서, 두 심리학자는 이것이 기업 내의 일반적 법칙이라는 결론을 내렸다. 무능한 사람일수록 제 실력에 대해 의문을 덜 제기한다. 그리고 실제로 재능이 뛰어난 사람일수록 의구심에 가득 차 있다.

에드몽 웰스, 『상대적이며 절대적인 지식의 백과사전』

12

얼마나 잤지? 알리스가 한쪽 눈을 떴을 때 처음으로 머릿속을 스친 생각은 그거였다.

평소 익숙한 햇빛이 아닌, 조도가 달라지는 빛이 잠에서 깨어나 하루를 시작하도록 돕는다.

수직으로 침대에 든 자세에 놀라고, 주변에 떠다니는 칫솔과 치약, 불투명한 뿌연 물방울에 놀란다.

자면서 침을 좀 흘렸나 봐…….

세 물체는 수면 중 질식을 막아 준 공기의 흐름에 떠밀려 선회한다.

시계를 보고 알리스는 열 시간을 잤다는 걸 확인한다.

분명 수면제 때문이야.

두통도 느껴진다.

이건 어제 마신 샴페인 탓이고.

침대에서 몸을 떼고 선실 문을 연다.

욕실 쪽으로 가서 역시 아주 적은 물로 샤워를 하고, 더 적은 물로 이를 닦고, 소형 흡입기로 배출된 침방울들을 빨아들인다.

무중력 상태는 대단한 즐거움을 선사하지만 주의해야 할 점들이 있군. 익숙해져야지.

온풍기로 몸을 말리고, 되는 데까지 머리를 빗는다. 그런 다음 옷 가방을 열어 일과에 적당한 옷을 꺼낸다.

〈하늘의 성〉 생활에 익숙한 다른 이들은 벌써 일어나서 각자 맡은 일에 열중하고 있겠지.

배가 고프지 않으므로 아침 식사를 건너뛰고 유럽 과학 연구 모듈 콜럼버스의 자기 작업대로 간다.

그러나 분기점을 넘는 순간 운집한 깨진 유리 조각들과 부유하는 액체 구체들이 눈에 뜨인다. 알리스는 자기 시험관들임을 알아차린다. 시험관은 부서지고 내용물은 흩어져 있다.

이럴 수가! 안 돼!

몇 분 후, 알리스는 유니티 모듈의 식당에 다른 멤버들을 불러 모았다.

「당신들 넷 중 하나가 틀림없어요.」 알리스는 서슬 푸르게 잘라 말한다. 「누가 이랬죠? 누가?」

케빈이 의심스럽다는 얼굴을 한다.

「시험관들이 저절로 깨진 게 아닌 거 확실해요? 난 잘 모르지만, 제대로 고정을 안 해놨다거나, 아니면…….」

다른 이들은 그 말을 믿는 것 같지 않다. 무중력 상태에서는 아무것도 떨어지거나 바닥에 부딪혀 깨질 일이 없다는 사실을 잘 알고 있는 터이다.

「누가 이랬어요?」 알리스가 목소리를 높여 다시 묻는다.

「이 파괴 행위를 저지른 사람은 자수해요.」스콧이 단호하게 명한다.

「애거사 크리스티 소설 같네요.」케빈이 가볍게 말을 던진다. 「범죄, 용의자들, 누구도 달아날 수 없고 경찰이 도우러 올 수 없는 폐쇄된 공간.」

「누구 짓이에요?」알리스는 가까스로 분노를 억누르며 되풀이한다.

「난 아닙니다.」피에르가 선언한다.

스콧, 시몽, 케빈이 그 말을 반복한다.

알리스는 숨을 크게 들이쉰다.

마음을 가라앉혀야 해, 소리 지른다고 될 일은 하나도 없어.

「좋아요, 이 상황이 재미있는 모양이니 즐겨 볼까요. 신사분들, 어제 저녁 식사 후 무엇을 하셨나요?」알리스는 이를 앙다물고 말한다.

「자러 갔죠.」피에르가 대답한다.

「나도요.」시몽이 말한다.

「솔직히 말해 난 내 개인 실험 장치들이 잘 작동하는지 확인하느라 좀 늦게까지 남았어요.」케빈이 말한다. 「그러고서야 자러 갔죠.」

「난 큐폴라 관측대에서 지구를 바라봤어요.」스콧이 말한다. 「그러다가 자러 갔고요.」

「혹시 복도에서 서로 마주친 분들은 없어요?」알리스는 묻는다.

아무도 대답이 없다. 알리스는 고개를 젓는다.

좋아, 아무것도 안 나오겠군. 다른 수를 써보지.

「조사는 애거사 크리스티 소설보다 신속할 거예요.」그는 나른한 어조로 말한다. 「난 여러분 중 누가 거짓말을 하는지 알거든요.」

네 동료를 한 사람씩 쏘아보다가 손가락으로 한 사람을 가리킨다.

「당신!」

범인으로 몰린 시몽은 곧장 자기변호에 나선다.

「맹세하는데 난 아니에요!」

「이건 중대한 비방입니다, 알리스.」 피에르가 끼어든다. 「무슨 근거로 그렇게 확신하죠?」

「어젯밤 내가 내 실험 얘기를 할 때 그는 몹시 부정적이었고, 우연인 듯 굳이 내 방까지 같이 가더니 첫날 밤 쉽게 잠들기 위해서라며 수면제를 줬어요. 그건 내 실험 자료를 망가뜨리는 동안 나를 확실히 잠재워 놓으려는 수단일 뿐이었죠.」

「그 말을 듣고 보니, 사실 콜럼버스 모듈 근처에서 시몽을 봤어요.」 케빈이 말한다. 「그렇지만 딱히 신경 쓰지 않았죠, 여기선 다들 시몽이 불면증에 시달린다는 걸 아니까.」

「그래요, 난 불면증이 있습니다. 그래요, 콜럼버스 근처를 산책했어요.」 시몽은 발끈한다. 「하지만 실험 자료는 망치지 않았어요!」

모두의 눈길이 백발의 젊은 남자에게 꽂히고 그는 점점 당황한 기미를 보인다.

「그러니까, 나는 정말로…… 맹세하는데…….」 시몽은 점점 더 거북해하며 더듬거린다.

「정말 자네 짓이야?」 스콧이 눈에 띄게 난감한 기색으로 묻는다.

「난 아무 짓도 안 했다니까!」 그는 점점 자제력을 잃어 가는 날카로운 어조로 부르짖는다.

다들 그를 쳐다본다.

「항해법을 적용한다면, 선상에서의 고의적 파괴 행위는 중죄지……. 자네를 어떻게 해야 할까?」 스콧이 묻는다.

「감옥으로 쓸 만한 방이 있는지 모르겠지만,」 알리스는 말한다. 「내 나머지 실험 자료에 손대지 못할 만한 구역에 가둬 놓아야 마음이 놓이겠어요…….」

시몽은 창백해져 되풀이한다.

「맹세컨대 난 결백해요…….」

「다음번 지구행 비행 때 철수시키도록 합시다.」 피에르가 선언한다. 「사고가 일어나서 그를 여기 둘 수 없게 됐다고 설명하겠지만, 그가 한 짓을 알리면 우주 비행사로서의 이력은 끝장날 거요.」

「내가 한 짓이 아니라고 하잖아요!」

「그래요, 다음 비행 편으로 내보내는 겁니다.」 무죄를 호소하는 항변에는 아랑곳없이 스콧이 찬성한다. 「동료의 작업을 고의로 망치는 이를 여기 둘 순 없죠.」

감정 자제력을 되찾은 시몽은 한층 차분하게 동료들에게 호소한다.

「이봐, 스콧? 케빈? 피에르? 우리는 몇 주나 한식구처럼 일했고, 다들 날 알잖아, 내가 그런 짓은 못 할 사람이라는 거 알잖아!」

「가능한 한 빨리 셔틀을 보내 달라고 청하죠.」 피에르가 말한다. 「이런 일이 일어난 이상, 분위기도 크게 흐려질 테니까요.」

좀 전부터 말이 없던 알리스가 입을 연다.

「그럴 거 없어요.」

「왜요?」 피에르가 놀란다.

「시몽 말이 옳아요. 그는 정말 결백해요.」

「무슨 소립니까? 모두의 앞에서 직접 그를 지목해 놓고.」 스콧이 당황해서 말한다.

「난 다른 이들의 반응을 보려고 그를 몰아세운 거예요. 어릴 때 어머니와 보드게임을 하며 배운 전략이죠. 무작위로 한 명을 지목하면 긴장이 형성되고, 다른 참가자들의 반응을 주의 깊게 관찰하며 그들의 얼굴에 드러나는 미세한 만족스러움을 포착하는 거예요. 한마디로, 자기 대신 결백한 사람이 범인으로 몰리게 되어 안도하는 심정이 드러나는 신호죠.」

잠시 사이를 두었다가 말을 계속한다.

「그래서 시몽이 자기변호를 하는 동안 난 여러분을 관찰했어요. 그런데 여러분 중 한 명이 확실히 미소의 기미를 감추지 못하더군요······.」

알리스는 말을 중단하고 네 우주 비행사 주위를 돌다가 피에르 앞에서 멈춘다.

「당신!」

「뭐라고요?!」새로 고발당한 이는 놀란다. 「이번에도 되는 대로 아무나 몰아세우는군요. 한 번은 시몽, 한 번은 나…… 다음은 스콧과 케빈 차례겠군요! 장난은 그만두고 심각한 일에 집중합시다…….」

나머지 세 명은 여전히 그를 바라본다.

「잠깐, 친구들! 이 여자가 헛수작 부리는 거 다 봤잖아! 게다가 온도 유지 용기에서 시험관들을 죄다 꺼낼 시간이 내게 대체 어디 있었겠어?」

알리스의 시선이 굳어진다.

「난 시험관이 온도 유지 용기에 담겨 있다고 말한 적 없는데…….」

긴 정적이 이어진다.

피에르는 억지웃음을 터뜨린다. 당혹한 세 사람은 너무나 부자연스러운 그 폭소에 끼어들지 않는다.

「액체가 든 시험관은 일정 온도를 유지하기 위해 온도 유지 용기에 들어 있죠, 그야 누구나 아는 사실인걸.」그가 자기변호를 한다.

「내용물이 뭔가에 따라 따르죠. 이 경우는 생식 세포들이 저온으로 유지되어야 하는 게 맞았지만.」

피에르는 계속해서 혼자 웃는다. 그러다 별안간 그친다. 표정이 싹 바뀐다. 갑자기 그는 띠 하나를 발판 삼아 복도로 몸을 날린다. 다른 이들이 뒤쫓는다. 자기 선실에 다다르자 그는 소지품을 뒤져 자동 권총을 뽑아 든다. 네 우주 비행사 쪽으로 총구를 향하고 한 사람씩 돌아가며 겨냥한다.

「총이다! 짐에 총을 넣어 오다니! ISS는 중립 지대이고 여기선 모든 무기가 금지야!」 스콧이 분노한다.

「자네 말처럼 내가 가져온 게 아니야. 러시아인들이 우주 정거장을 떠났을 때 그들 보관함을 열었더니 안에 있었지. 난 총이 있다는 걸 알고 있었어. 러시아 우주 비행사 한 명이 스텝 지역에 착륙할 경우 곰과 마주쳐 총이 필요할지도 몰라 갖고 왔다고 말해 줬거든.」

그는 알리스 쪽을 향한다.

「훌륭해요, 탐정 양반. 생식 세포가 든 시험관들을 파괴한 건 바로 납니다. 그것들이 당신의 과학적 일탈 행위에 쓰이기 전에 말이죠. 물론 당신의 사악한 키메라 프로젝트가 결코 이뤄지지 못하도록 나머지 자료도 파괴할 생각이었지. 시몽이 밤중에 복도를 어슬렁거리지만 않았어도 끝을 볼 수 있었을 텐데. 내친김에 지금 당장 못다 한 일을 마무리하러 가야겠군.」

네 우주 비행사가 꼼짝 못 하고 어찌할지 망설이는 가운데, 피에르는 계속 말한다.

「오펜하이머를 죽였다면 히로시마 원폭은 없었을 거요. 때로는 과학자 하나를 죽이는 게 진정한 대참사를 피하게 해주지. 인터넷에서 많은 연구자들이 알리스 카메러를 미치광이 학자 일리야 이바노프에 비교하고 있어요. 그 역시 괴물 같은 혼종들을 창조하려 했지. 연구 진행을 막기 위해 난 무슨 수든 쓸 겁니다.」

갑자기 케빈이 몸을 날려 피에르의 팔을 붙든다. 피에르가 방아쇠를 당긴다. 총알이 발사되어 시몽의 옆구리에 맞는다.

이어서 스콧도 피에르를 덮치고 손아귀에서 총을 떼어 놓는다. 권총은 공중을 떠다닌다. 총을 붙잡을 수 없자 피에르는 달아난다. 미국인 두 명이 그 뒤를 쫓는다.

알리스는 시몽에게 달려가 그를 살펴본다.

「다쳤어요?」

「난 항상 이렇다니까요.」 그는 자조 섞인 투로 말한다. 「난 공포증 수준으로 위험과 폭력을 멀리하는 사람인데…… 하필 내가 빗나간 총탄에 맞다니.」

시몽의 티셔츠를 걷어 올리고 확인하자 상처는 깊지 않다.

「미안해요, 시몽, 일이 이렇게 되길 바라진 않았어요.」

「괜찮을 거예요.」 그가 말한다.

한편 두 미국인은 ISS 복도를 달려가는 피에르를 따라잡고야 만다. 궁지에 몰렸음을 느낀 프랑스인 사령관은 이판사판으로 술책을 쓴다.

두 추적자가 일본인 동료가 과학 실험에 쓰던 키보라는 이름의 모듈에 들어선 순간, 그는 키보 모듈을 차단하고 폐쇄한다. 스콧과 케빈은 내벽을 두드리지만 헛일이다. 그들은 갇혔다. 이윽고 피에르는 위급 상황 시의 모듈 분리 절차를 가동시킨다. 두 우주 비행사는 고함을 지르지만 아무 소리도 새어 나오지 않는다. 키보는 단번에 ISS에서 풀려나 서서히 우주를 향해 흘러간다. 영원히 방황할 원통형 감옥에 갇힌 두 미국인에게 확실한 죽음을 선고하며.

손에 러시아제 권총을 든 알리스가 피에르를 따라잡는다.

「다 끝났어! 멈춰!」 그에게 총을 겨눈 채 명령한다.

「쏘지 못할걸.」 사령관은 말한다. 「방아쇠를 당겼다가 총알이 중요 부품에 맞으면…… 펑! ISS는 안녕이지.」

알리스가 잠시 머뭇거리는 틈을 타 피에르는 러시아 구역으로 도망쳐 옛 소비에트 실험실인 즈베즈다 모듈로 몸을 숨긴다.

알리스가 뒤따라갔을 무렵 출입문은 닫혀 있다. 그때 시몽이 도착해 외부 잠금장치를 작동시킨다.

「이제는 저쪽이 덫에 걸렸군.」 그는 말한다.

피에르는 온 힘을 다해 출입문의 둥근 창을 두들긴다. 목이 쉬어라 고함치지만 그의 목소리는 아무에게도 들리지 않는다.

「그는 제 발로 감옥에 들어간 꼴이에요.」 시몽이 말한다. 「우리 허가 없이는 못 나올 겁니다.」

알리스는 겁에 질린 기색이다.

「키보 모듈이 우주 정거장에서 분리되었어요.」 시몽이 알아차린다. 「그리고 케빈도 스콧도 보이지 않고…… 저 미친 작자가 그들을 키보에 가두고 우주로 보내 버린 게 틀림없어요.」

서둘러 관제 모니터로 뛰어가자, 멀어져 가는 키보 모듈이 보인다. 거기 탑승한 두 미국인은 둥근 창에 얼굴을 바싹 붙이고 있다.

알리스는 소리친다.

「케빈, 스콧……!」

모든 일이 너무 순식간이야. 영문을 모르겠어. 우주 비행사 두 사람은 느린 죽음을 선고받고, 또 한 사람은 사나운 짐승처럼 우리에 갇히게 되었다니, 이럴 수가 있나?

「정말 미안해요…….」

충격에 빠진 알리스와 시몽은 한참 넋이 나가 있다.

「둘은 훌륭한 친구였어요. 위대한 우주 비행사였고. 용기 있게 피에르를 저지하려 했는데 끔찍한 결과를 맞았네요. 장례조차 치르지 못하게 됐어요.」 시몽이 추도사를 대신하여 말한다.

「미안해요.」 알리스는 거듭 말한다.

「빌어먹을! 무엇 하나 손쓸 수 없고 저 두 사람은 시시각각 다가오는 죽음 앞에 있다니.」

시간을 되돌려 이 비극을 막을 수 있다면 얼마나 좋을까!

알리스는 둥근 창으로 하얀 점이 되어 점점 작아지는 키보 모듈 쪽을 바라본다.

이번에야말로 명백히 깨달아야 해. 내 프로젝트는 죽음을 몰고 다녀. 세 혼종이 희생되었고, 스콧과 케빈은 내 대의를 위해 희생된 첫 인간 순교자가 될 거야. 인류를 구할 새로운 길을 제시하기 위해 얼마나 큰 대가를 치러야 할까?

백발의 젊은 과학자는 그 순간의 불안을 어떻게든 떨치려는 시도가 분명한 깊은 숨을 들이켜고 묻는다.

「피에르는 당신을 이바노프라는 자에게 비교했죠. 그 이바노프는 대체 누굽니까?」

13

백과사전: 일리야 이바노프의 이상한 실험들

1900년대, 러시아 생물학자 일리야 이바노프는 말(馬)의 인공 수정을 시작으로 인공 수정 기술에 혁신을 일으켰다. 그는 종마 단 한 마리로 암말 5백 마리를 임신시키는 데 성공했는데, 그 전까지는 최대 20여 마리에 실시하는 게 고작이었다. 그리하여 그는 〈인공 수정의 귀재〉라는 국제적 명성을 얻었다.

이후 이바노프는 혼종을 창조하려는 데 몰두했다. 스스로 자신의 〈걸작〉이라 칭한 것으로, 얼룩말과 암탕나귀의 혼종인 제브란, 들소와 암소의 혼종 쥐브롱이 있다. 1910년, 오스트리아에서 열린 동물 학회에서 그는 대망의 프로젝트를 소개했다. 인간과 침팬지의 이종 교배 종 휴먼지humanzee였다. 이 발표 이후 그는 즉시 전 세계 과학계에서 추방당했다. 동료 과학자들에게 일리야 이바노프는 그때부터 〈러시아의 프랑켄슈타인〉일 뿐이었다.

그럼에도 그는 포기하려 들지 않았고, 1917년 러시아 혁명 이후 정부에 그 아이디어를 제안했다. 1926년, 고르부노프라는 소비에트 지도자가 대담한 발상이라고 여겼고, 다윈의 진화론이 옳음을 입증하고 반동적인 종교인들을 웃음거리로 만들 결정적인 기회라고 주장하며 자금을 지원했다.

이바노프 교수는 파리로 갔고 당시 파스퇴르 연구소 소장의 지원과 허가를 받아 암컷 침팬지 세 마리에게 인간 정자로 인공 수정을 시도했다. 시도는 실패였고, 이바노프는 인간 여자에게 원숭이 정자로 인공 수정을 하자고 제안했다. 이에 파스퇴르 연구소 소장은 실험 목적에 의구심을 느끼고 지원을 중단했다.

1929년 러시아로 돌아온 이바노프는 타잔이라는 이름의 오랑우탄에게서 채취한 정자로 인공 수정을 하겠다는 여성 지원자 다섯 명을 구했다. 그러나 타잔은 생식 세포를 채취하기 전 죽고 말았다.

1930년, 스탈린은 자신에 반대하는 음모를 꾸몄다는 혐의가 있는 러시아 과학자를 전부 대숙청했다. 이바노프도 그중 하나였다. 그는 카자흐스탄의 수용소로 유배되었다가 2년 후 죽었고, 그의 이름은 광기 어린 위험한 과학자의 이미지와 결부되어 남았다.

에드몽 웰스, 『상대적이며 절대적인 지식의 백과사전』

14

 식품 프린터가 햄버거를 연상시키는 다양한 색과 냄새를 띤 두 형체를 내놓는다. 유니티 모듈에 자리 잡은 알리스와 시몽은 말없이 그것을 먹고, 맥주를 닮은 음료를 일정 간격으로 몇 모금씩 마신다.

 둘의 시선은 멍하니 허공에 머무른다.

 「내가 잘못 생각했어요.」 마침내 알리스가 말한다. 「내 연구는 재난만 일으킬 뿐이에요. 이제는 죽음까지 일으켰고.」

 시몽이 연회색 눈으로 젊은 여자를 바라본다.

 「당신 잘못이 아니에요.」

 「난 잘못된 싸움을 하고 있어요. 난 혼종들을 탄생시켜 인류를 구원할 거라 믿었는데, 내가 하는 일마다 사람들을 죽이기만 해요.」

 시몽은 고개를 젓는다. 분위기는 몹시 우울하다.

 난 얼마나 오래 이런 죄책감과 애도를 느끼며 살게 될까?

 스콧. 케빈.

 언젠가는 극복하고 잊을 날이 올까?

「피에르가 실험 자료를 파괴해서 연구를 진행할 수 없게 되었나요?」

「그가 망가뜨린 건 인간 남성 생식 세포가 든 시험관들뿐이에요. 다른 동물의 암컷 생식 세포들은 남아 있어요.」

「그럼 실험을 계속할 수 있겠군요?」

알리스는 시몽의 눈을 똑바로 바라본다.

「할 수 있지만, 당신이 도와줘야 해요.」

「내가? 내가 무슨 상관이죠?」

「당신을 경계해야 한다면 차분히 연구를 지속할 수 없을 테니까.」

「내가 보기에 당신은 이바노프 같지 않아요. 그리고 어젯밤 당신에 대해 했던 말도 사과합니다. 할 수 있다면, 또 당신이 바란다면, 도와드리죠.」

한층 건설적인 분위기로 식사를 마친 후, 알리스는 시몽에게 실험을 자세히 설명한다. 논의 결과 생물학자는 당분간 자기 연구를 그만두고 알리스의 임시 조수가 되기로 한다. 둘은 한 시간 동안 함께 일하고, 알리스는 자기가 가져온 장비들의 사용법과 실험 진행 방법을 알려 준다.

그런 후 연구 협력을 체결하는 의미로 시몽은 큐폴라의 둥근 지붕 아래서 한잔하자고 권한다. 거기서는 피에르가 보이고, 피에르 역시 러시아 모듈 즈베즈다의 둥근 창 너머로 그들을 바라본다.

「저 안에 있으면 그는 죽나요?」 알리스가 묻는다.

「미국 섹션과 러시아 섹션 사이의 연결 모듈을 기압 조정

실처럼 이용해 먹을 것을 갖다 놓고 그가 내놓는 오물을 수거할 수 있을 겁니다. 그는 갇혀 있지만 사형 선고를 받은 건 아니에요. 그를 철수시킬 셔틀이 올 때까지만 저기 가둬 놓으면 되고요. 아마 며칠 걸릴 겁니다. 그리고 나서 무슨 일이 있었는지 우리가 이야기하면 인과를 고려해서 법의 판결이 나겠죠.」

「그가 범인임을 스스로 드러내게 하려고 당신을 이용했던 거 미안해요. 허리의 상처가 많이 아프진 않아요?」

「피부만 스친 정도인걸요. 별 느낌 안 나요.」

「우리에게 공통점이 생겼네요. ISS에 오기 얼마 전 나도 저격당한 적 있어요. 총알은 어깨를 스쳤죠. 우린…… 운이 좋아요.」

알리스는 그에게 몸을 기울인다.

「당신이 살아온 이야기를 알고 싶어요, 시몽.」

그는 숨을 깊이 들이쉬었다가 천천히 내쉰다.

「겁 많은 어린애가 마음 놓을 기회를 얻지 못하고 너무 빨리 커버린 이야기죠. 어릴 때부터 난 모든 게 무서웠어요. 예방 주사의 주삿바늘, 치과, 거미, 천둥번개, 이빨을 드러내고 짖는 개, 내 침실의 캄캄한 어둠. 밤이면 난 침대 밑에 짐승이 있을까 봐 두려웠어요. 언제나 작은 등불을 켜둬야 했죠. 학교에 들어가자 내가 뭐든 두려워하는 걸 본 다른 아이들은 날 겁주며 장난쳤어요. 1년 중 내게 가장 끔찍한 순간은 핼러윈 축제였죠. 텔레비전 뉴스를 보기 시작하자 내 수난은 심해질 뿐이었어요. 하지만 이상하게도 난 매일 저녁 그날 분의 공포를 섭취해야 했어요. 화물 트럭 헤드라이트에 홀린 토끼처럼 넋이 나가 텔레비전 뉴스를 보았죠. 범죄. 전쟁. 불의. 시위. 파업. 스캔들. 전염병. 공해. 지구 온난화. 치료 불가능한 바이러스. 내 정신을 주로 차지하는 건 그런 것들이었죠.」

「우리 어머니는 말씀하셨어요. 〈뉴스를 보고 세상을 이해하려는 건, 시 병원 응급실에서 일어나는 일을 보면 그 도시를 알 수 있다고 하는 거나 마찬가지야.〉」 알리스는 음료를 한 모금 마시며 말한다.

「난 앞으로 있을 위험들을 피할 방법을 찾고 싶었고, 그래서 과학을 전공했어요. 편집증적 대학생으로서의 생활은 불안해하는 고등학생 시절과 크게 다를 바 없었죠. 스무 살 때 내 별난 점을 아는 학생들 한 무리가 대학 수의학과에서 늑대 한 마리를 데려왔어요. 그들은 늑대를 잠재워 기숙사 내 방 침대 밑에 두었죠. 잠자리에 들었을 때 난 으르렁대는 소리를 들었어요. 늑대가 깨어난 거였죠. 하지만 예전에 침대 밑에 괴물이 있을 거라 두려워했던 일 때문에, 난 어린 시절의 기억일 거라 생각했고, 한동안 머뭇거리다가 용기를 내어 확인했어요. 몸을 굽혔을 때 나를 뚫어져라 쳐다보는 새빨간 눈을 보았죠. 그리고 한 번 더 으르렁 소리가 들렸고, 냄새가 났고, 이빨들이 보였어요. 난 그게 진짜 늑대고 현실이라는 걸 깨달았죠.」

그 고통스러운 기억을 떠올리며 시몽은 몸서리친다.

「그날 밤 느낀 공포로 난 백발이 되었어요.」

「공포 때문에 머리카락이 온통 하얗게 세었군요.」 알리스는 사람이 그 정도까지 겁에 질릴 수 있다는 사실을 실감하기 어렵다.

「그거예요. 만화 영화 속에서처럼.」 시몽이 덧붙인다. 「그래서, ISS에 대해 알게 되었을 때 난 명백히 깨달았어요. 내가 안전하게 있을 수 있는 장소는 그곳뿐이라는 것을. 길모퉁이의 깡패들이나 집에 든 강도에게 습격당할 위험은 더 이상 없었죠. 전쟁에서 부상당하거나 죽을 위험도, 늑대에게 습격당할 위험도, 전염병에 걸리거나 최악의 경우 전 세계적인 팬데믹에 휩쓸릴 위험도……. 우주 정거장은 완벽한 안식처가 되었어요. 난 내 학업의 방향을 전부 그 최종 목적에 들어맞는 방향으로 잡았죠. 세상에서 제일 난공불락인 장소에 숨는 것.」

「그리고 성공했군요…….」

「원하던 것을 얻었죠, 맞아요.」 그는 상처를 어루만지며 운명론자처럼 말한다.

알리스는 러시아 모듈 즈베즈다 쪽을 돌아본다.

「피에르 일을 처리할 시간이에요. 지구에 연락해 언제 와서…… 그를 치워 줄 수 있는지 알아보자고요.」

15

두 프랑스 과학자는 쿠루 우주 기지 팀에 상황을 자세히 전달했다. 알리스의 실험 재료 파괴 사건, 범인 발견, 두 미국인 우주 비행사와 키보 모듈을 잃었고, 텅 빈 우주를 떠돌고 있다는 것.

둘은 엔지니어들에게 사령관 피에르 퀴비에를 붙들어 즈베즈다 모듈에 감금했다는 것도 알렸다. 유럽 우주국은 가능한 한 빨리 죄수를 수송할 셔틀을 보내겠다는 뜻을 알렸으나, 당장은 이용 가능한 셔틀이 한 대도 없다고 밝혔다.

기다리는 수밖에 없어.

알리스와 시몽은 피에르에게 먹을 것을 주고 러시아 모듈의 난방과 환기 시스템이 제대로 작동하는지 지켜보기로 하고 우주 정거장에서 평소처럼 생활하기로 결심했다.

대부분의 시간, 두 프랑스인은 함께 변신 프로젝트를 연구한다.

「정자 좀 집어 줄래요, 시몽.」 알리스가 말한다.

시몽은 은색 물질이 담긴 가느다란 시험관을 건넨다.

「그냥 궁금해서 묻는 건데, 연애해 본 적 있어요, 알리스?」

그는 담담한 투로 묻는다.

「난 인생을 과학에 바쳤어요. 오직 과학에만.」

「독신을 고수하는 이유가 과학에 대한 열정뿐이에요?」

알리스는 아주 차분하게 대꾸한다.

「우리 외할머니는 러시아 출신이에요. 어머니를 임신했을 때 할머니는 체르노빌 같은 원자력 발전소에서 일하셨죠. 제대로 방호되지 않아 방사능이 나오는 구역에 아주 가까이 접근하셨던 모양이에요……. 아무튼, 우리 어머니는 기형을 안고 태어났어요. 전문 용어로는 〈합지증〉이라 하죠.」

「뭔지 알 것 같아요. 손가락 사이에 물갈퀴처럼 피부가 붙어 있는 거죠?」

「맞아요. 학교 다닐 때 다른 아이들은 어머니를 놀렸어요. 어머니더러 넌 수영 챔피언이 되겠다고 하곤 했죠…….」

「가엾어라. 안타깝게 여겨도 모자랄 판에. 피해자였는데.」

「어머니는 남들과 다른 점을 감추려고 늘 장갑을 끼셨어요. 이후에 외가는 프랑스로 이주했고, 어머니는 생물학을 전공하셨는데 거기서 생명체의 변이를 전문으로 연구하는 과학자인 아버지를 만나게 되었죠. 아버지는 어머니의 교수였어요. 나이 차이가 있었는데도 두 분은 행복하게 살았고, 날 낳았죠. 그러다가 비행을 열정적으로 좋아하던 아버지는 패러글라이딩 중 추락하여 사망했어요.」

「그럼 어머니와 단둘이 남았겠군요?」

「어머니는 내가 하려는 일을 항상 격려해 주셨고, 내 두 번째 논문 때는 특히 그러셨죠. 유전자 공학으로 날 수 있는 인간 혼종을 만들겠다는 계획이었어요. 어머니는 그 아이디어가 퍽 영광스럽게 느껴진다고 말씀하셨어요. 자신처럼, 또 박쥐의 날개처럼 손가락뼈 사이의 막 덕분에 하늘을 날 수 있는 거니까요. 그런 식으로 어떻게 보면 아버지와 연결될 수 있게 된 걸 내게 고마워하셨죠.」

「당신의 연구 방식이 어디서 기원했는지 이젠 잘 알겠어요.」

「어느 날, 어머니가 새 남자 친구와 아르카숑으로 휴가 여행을 가셨는데, 그 남자가 급류에 휘말렸어요. 어머니는 그를 구하려 했지만, 구하지 못하고 함께 휘말렸어요. 난 구조대원들의 전화를 받고 어머니의 사망을 알게 되었죠.」

알리스는 한숨을 쉰다.

「그런데 제일 이상한 게 뭔지 알아요? 그 새로운 비극을 접한 순간 머릿속에 처음 스친 생각은, 결국 어머니의 손가락 사이 막은 누군가를 데리고 역류를 헤쳐 나올 정도는 못 되었구나, 하는 거였어요.」

이 괴로운 추억을 떠올리며 알리스는 슬픈 미소를 짓는다.

「정말 힘겨운 순간이었겠어요.」 시몽이 동정한다. 「다행히도 당신은 어머니의 결함을 물려받지 않았네요.」

「같은 결함은 아니죠. 하지만 나 역시 신체적 결함이 있어요.」

말을 할까, 하지 말까?

말을 멈추고, 숨을 크게 들이쉰다.

「내겐 내 사고방식을 송두리째 뒤바꾼 형태적 차이점이

있죠.」

시몽은 알리스의 손을 쳐다본다.

「아니, 거기가 아니에요. 내 경우는 이른바 보이지 않는 장애에요. 자궁 내막증.」

시몽이 알겠다는 듯 고개를 끄덕인다.

뭔지 아는 것 같군.

「남아 있는 네안데르탈인 DNA 서열 때문이죠. 그래서 난 아이를 가질 확률이 지극히 낮아요.」 알리스는 그래도 자세히 밝힌다.

지나치게 내밀한 사정까지 알게 되어 시몽은 난처한 듯하다. 알리스는 어깨를 으쓱하고 서둘러 실험을 계속한다.

「정자 고마워요……. 난자들은 어디다 뒀죠?」 알리스는 묻는다.

시몽은 냉동고에서 다른 시험관들과 마이크로피펫을 가져온다.

「혼종들을 탄생시키려 하는 건 그 이유 때문인가요? 어떤 의미로는…… 친자식 대신이 되어 줄 인공 자녀이니까?」

알리스는 못 들은 척하고 현미경을 들여다본다.

「당신은 어때요, 시몽, 지구에서 당신을 기다리는 여자가 있나요?」

「아뇨.」

그는 한숨을 쉰다.

「내가 건강 염려증이 좀 심했다는 얘기 했죠? 우스꽝스러워 보이겠지만, 어렸을 때 난 에이즈에 걸릴까 봐 무척 겁먹었었어요. 나중에 치료법이 나왔을 때도 B형 간염, 인유두종 바이러스, 매독, 클라미디아 등에 걸리지 않을까 걱정했죠. 스물한 살이 되어서야 그런 강박증을 극복할 수 있었는데…… 마음을 편히 먹기가 쉽지 않더군요.」

알리스는 이야기에 이끌려 현미경에서 잠시 눈을 뗀다.

「내 첫…… 뭐랄까, 깊은 경험 상대는 의대생이었어요. 안전을 기한 거였죠. 의대생이라면 몸을 지킬 방법을 잘 알 거라 생각했어요. 이후에도 다른 여자들을 만났는데, 다들 의료계에서 일하는 사람이었죠. 하지만 그런 관계는 대개 몇 주를 넘지 못했어요.」

「성병 걱정 때문에요?」 알리스가 다소 갑작스레 묻는다.

「관계에 매인다는 두려움도 있었죠.」 시몽은 털어놓는다. 「구속된다는 기분에 대한 두려움. 그래서 난 아직까지 혼자인 거죠.」

「우리 어머니는 말하셨어요. 〈괜찮은 남자들은 다 임자가 있고, 자유로운 남자들은 숨은 문제가 있는 거야.〉」

그 추억에 알리스는 미소 짓는다.

「그리고 우리 둘만 있게 됐네요, 고립되고 외톨이인 채. 로빈슨 크루소와 프라이데이 같기도 해요.」

러시아 모듈에 감금된 피에르까지 따지면 새터데이도 있는 셈이지.

「그 둘이 연인 사이가 되진 않았을까 궁금하네요.」 한참 사이를 두고 시몽이 말한다.

로빈슨과 프라이데이 둘이? 별난 생각이네…….

「고독은 때로 너무나 견디기 힘들죠.」 시몽은 말을 계속한다. 「우리는 모두 곁에 누군가가 필요해요. 좋은 일과 나쁜 일을 나눌 수 있고, 또……」

시몽은 적절한 말을 찾으려 하지만 문장을 끝맺지 못한다. 긴 침묵이 이어진다. 앨리스는 다시 현미경에서 고개를 들고 그를 바라본다. 시몽의 얼굴이 변했다. 진지한 얼굴에, 전과 다른 눈빛이 깃들어 있다. 강렬한 눈빛.

그는 아주 천천히 앨리스의 얼굴에 자기 얼굴을 가까이 한다. 물러나거나 거부를 표할 기회를 주기라도 하려는 듯. 하지만 앨리스는 움직이지 않는다.

1975년 미국 우주선 아폴로와 러시아 우주선 소유스의 도킹이 생각나는군…….

그는 계속해서 천천히 다가온다.

앨리스는 여전히 움직이지 않는다.

매초가 아주 길게 느껴진다.

어머니가 했던 다른 말이 떠오른다. 〈인생의 모든 중대한 갈림길마다 우리는 공포와 사랑을 두고 선택하게 된단다.〉

두렵지만 달아나지 않으려고 온몸에 힘을 주어 버틴다.

둘의 입술이 만난다.

아주 서서히, 앨리스는 입을 벌린다. 둘의 키스는 한층 진해져 몇십 초간 지속된다.

둘의 눈빛에 담긴 에너지가 이제 달라진다. 앨리스는 시몽의 눈이 새로운 광채로 빛난다고 느낀다.

우리 사이가 한 고비를 넘어 확 가까워졌다고 마음 놓는 것 같

아. 나도 그렇게 느껴. 하지만 난 한 단계 한 단계를 온전히 밟아 가고 싶어. 엄마는 말하셨지. 〈천천히 가렴, 넌 너무 서둘러.〉

「식사하러 갈래요?」 진정하려고 온 힘을 다하는데도 걷잡을 수 없이 격하게 치솟는 감정 때문에 목이 멘 소리로 알리스는 제안한다.

시몽은 조금 당황한 듯 미소를 짓는다.

「그러죠.」

이 사람도 나만큼 서투르구나…….

「우린 정말 무척이나 특이한 것 같아요. 당신과 나는 상대를 유혹하려면 하지 말아야 할 말만 골라서 했잖아요.」

이번에는 둘 다 마음에서 우러난 웃음을 터뜨린다.

「〈자궁 내막증〉이며 〈공포〉 같은 말을 했으니, 이보다 더 나쁘게 시작할 수는 없겠죠…….」 그는 농담한다.

스콧, 케빈, 피에르 얘기는 말할 것도 없고. 그들을 기억하고 생각하는 건 로맨틱한 순간에 별 도움이 되지 않지.

알리스는 다시금 진지해져 또 키스하려고 다가오는 시몽의 손을 밀어낸다.

「우리 한 걸음씩 나아가요. 날 재촉하지 말아요…….」

「로켓의 여러 단계들을 언제 분리해야 할지, 때가 되면 당신이 말해 줘요.」

이 사람 유머가 마음에 들어.

「그리고…… 난 어울리는 분위기를 조성하는 게 중요하다고 생각해요.」 알리스는 윙크하며 말한다.

난 내 과거를 잊어야만 해. 두 미국인의 죽음을 잊어야만 해. 러시아 모듈에 감금된 피에르를 잊어야 해. 잊어야 한다는 사실마저 잊어야 해. 그러지 않고선 절대 시몽과의 관계에서 편하지 못할 거야. 꼭 시험을 보는 것 같아. 대학 때처럼 수업 내용을 기억하는 게 아니라, 반대로 머릿속을 텅 비우는 게 목적인 시험.

저녁 식사는 유쾌하게 지나간다. 두 과학자는 살아온 이야기를 한층 시시콜콜한 데까지 나눈다.

식사가 끝나고 시몽은 피에르가 갇힌 모듈을 들여다보러 간다. 둘은 30분 후 큐폴라의 돔에서 만나기로 한다.

방으로 돌아온 알리스는 가져온 옷 중에 가장 섹시한 검은 티셔츠와, 역시 검은색인 새틴 반바지를 입는다. 아름다운 다리를 고스란히 드러내는 옷이다. 돔에 근사한 분위기를 연출하려고 전기 촛불과 소형 음악 플레이어를 설치하는데, 곡은 에리크 사티의 「짐노페디」로 정한다.

세계시로 자정에 두 과학자는 큐폴라에서 만난다. 이 순간을 위해 시몽도 나름대로 열심히 준비했다. 그는 검은색 티셔츠와 반바지 차림이다. 샴페인이 든 보냉병을 가져왔다.

「촛불을 켠 달빛 아래 데이트라고 할 수 있겠네요. 전기 초에 달빛이 아닌…… 지구 빛이긴 하지만.」 시몽이 말한다.

그는 샴페인이 든 보냉병을 내민다. 알리스는 탁탁 튀는 상쾌한 음료를 병째로 마시고 그에게도 권한다. 시몽은 너무 빨리 마시다가 금빛 액체 몇 방울을 내뿜고, 방울들은 그들 주위를 떠다닌다.

소심한 쪽은 저 사람일 텐데 내가 겁을 먹었네. 살면서 이렇게 두려웠던 적은 거의 없었어. 이집트에서 낙하산을 메고 피라미드들 위로 처음 뛰어내렸을 때조차 지금보다 덜했는데.

둘은 수줍게 키스하기 시작한다. 자기 스스로도 놀라운 대담함을 발휘하여, 알리스는 시몽의 옷을 거의 다 벗기고 팬티만 남긴다. 그런 다음 자기도 티셔츠와 반바지를 벗고 브래지어와 검은 레이스 달린 팬티 차림이 된다.

둘 다 거의 나신으로 관측대의 돔 안에 떠 있다. 샴페인 방울들이 반짝이는 별처럼 그들 주변에 떠다니고, 배경에는 터키옥색의 푸르고 둥근 지구가 있다.

「지구의 관음증 환자가 망원경으로 우릴 관찰할지도 모르겠네요……」 시몽이 말한다.

알리스는 그를 끌어당겨 키스한다. 에리크 사티의 음악이 점차 존재감을 더하며 울리는 가운데, 너무나 놀랍게도, 자신이 먼저 적극적으로 나선다. 하지만 둘 다 너무 긴장했고, 무중력 상태 탓에 육체를 결합시키지 못한다. 샴페인 한 방울이 알리스의 눈에 들어간다.

「첫 시도일 뿐이니까요. 1967년 1월 아폴로 1호 로켓 발사가 그랬던 것처럼.」 시몽이 알리스의 눈물을 닦아 주며 말한다.

「이륙도 못 하고 세 명의 사망자가 났던 거요?」 알리스는 빈정거림을 담아 응수한다.

「그 로켓 맞아요.」

「그래서, 그다음에는 성공했나요?」

「네, 다음번 로켓은 성공했을걸요.」 시몽이 젊은 여자의 동그스름한 어깨의 부드러운 피부를 어루만지며 다정하게 답한다.

「다행이네요, 그럼 더 기다릴 거 없이 아폴로 2호를 발사하죠.」 알리스는 중얼거린다. 「그리고 우리 존댓말부터 그만두기로 해, 당신 생각은 어때?」

알리스는 「짐노페디」의 음량을 올리고, 샴페인을 한 모금 더 마시고, 시몽의 허리 위에 올라타 허벅지로 그를 꽉 끌어안고 그의 가슴에 자기 가슴을 맞댄다.

다시금 입과 입이 만난다.

그렇게 하나가 된 그들은 투명한 돔 안에 둥둥 떠 있다.

이거야말로 무중력 상태의 궁극적 체험이네.

몇 분 후, 억누를 수 없는 압력 같은 것이 배에서 시작되어 목구멍까지 올라오는 것을 느낀다.

어떻게 된 거지?

온몸을 전류가 관통하며 발끝부터 머리끝까지 훑는 것 같다. 척추는 화산 분화구가 된 것 같다. 갑자기 하얀 베일이 드리운 것처럼 눈앞이 흐려진다. 호흡은 멈추는데 심장은 아주 빠르게 뛴다.

난 죽어 가고 있어.

거대한 파도에 휩쓸리는 감각을 느끼며, 한참 동안 그대로 있다. 폐가 한껏 부풀어 오르고 알리스는 축적된 압력을 모조리 발산하는 큰 소리를 내뱉는다.

지금이야.

쾌락의 절정에 달한 뇌가 정지하며 눈앞에 무지개의 온갖 색깔을 지나 보낸다.

죽는구나······.

머릿속에 어머니의 말이 울린다. 〈애벌레가 자기 인생이 끝났다고 생각하는 순간, 나비로 변하는 거란다.〉

지금 내가 겪는 것도 비행의 일종이야. 내 영혼이 중력으로부터 자유로워지면서 찾던 게 바로 이거야······.

알리스는 시몽에게서 몸을 떼고, 시선은 멍하고 입은 벌린 채 큐폴라의 돔 안에 가만히 떠 있다.

「괜찮아?」 시몽이 걱정스레 묻는다.

대꾸는 없고, 입술은 미소를 떠올린 채 굳어 있는데, 눈에는 눈물이 어렸다.

「정말 괜찮아?」 그가 다시 묻는다.

알리스는 말할 기분이 아니다. 온몸의 에너지가 고갈된 느낌이다.

됐어, 해냈어. 이제 아무 생각도 들지 않아. 전부 잊었어. 내가 누군지, 여기가 어딘지, 오늘이 며칠인지조차 잊었어. 완전한 몰아의 상태고 이 기분은 감미로워. 그저 웃고 싶은 마음만 드는 듯해.

이윽고 엄청난 기쁨, 녹아내렸던 듯한 느낌, 손발이 파닥거리는 듯한 느낌이 뒤섞인 감각이 찾아온다.

알리스는 웃음을 터뜨린다.

시몽도 웃는다.

온몸의 피부에서 여전히 찌릿함과 떨림이 느껴지지만, 머릿속을 휩쓸고 간 커다란 파도는 지나가 버렸다는 걸 안다.

「더······.」 알리스는 속삭인다.

둘은 다시 시작한다. 전보다 덜 실험적이고 더 능숙하다.

알리스는 감각이 열 배나 강렬해진 느낌이다. 이제부터는 발견하는 게 아니라 인식하는 행위다.

　마침내 그들은 알몸으로 한 몸이 되어 잠든다. 장밋빛 피부에 검은 머리칼의 여자와 하얀 피부에 백발의 남자의 몸은 음양 기호를 이루어, 푸르고 둥근 지구를 배경으로 한 투명한 돔 앞에서 천천히 선회한다.

16

 오늘 아침 알리스에겐 커피 맛이 유독 향긋하다. 모든 게 감미롭게 느껴진다. 식품 프린터가 재구성한 크루아상까지도.
 「고마워.」 알리스는 말한다.
 「뭐가?」
 「날 변화시켜 줘서.」
 정말 알리스는 사람이 달라진 것 같다. 평소 근심스러워 보이던 얼굴이 편하게 풀렸다.
 「나 역시 변했어.」 시몽이 답한다. 「음식이 전부 진미로 느껴져.」
 갑자기 알리스는 어떤 생각을 떠올린다. 커피가 든 보온병을 내려놓고 장치들 쪽으로 가더니 전체 통신 스위치를 누른다. 스위치는 초록색 〈ON〉에서 빨간색 〈OFF〉로 바뀐다.
 「뭐 하는 거야?」
 「지구인들은 지긋지긋해. 그들이 ISS 내에 마이크나 카메라를 숨겨 놓았을지 모를 일이잖아. 의심 가는 경우에는 끊는 게 나아. 어쨌든 난 이제 그들과 이야기하고 싶지 않아. 당신하고만 연결되고 싶어. 마침내 조금이나마 평온과 사생활을 누리고 싶어.」

그리하여 그들은 이후 며칠간 이 축복받은 상태를 마음껏 누린다. 피에르의 존재마저 거의 잊었는데, 그는 러시아 모듈에 갇힌 채 놀라우리만큼 얌전히 있다.

낮에는 변신 프로젝트 연구에 열중하고, 밤에는 무중력 상태이기에 가능한 온갖 체위로 사랑을 나눈다.

그러다가 이레째 되는 아침 시몽이 선언한다.

「알리스, 우린 사랑과 과학 연구만 하며 세상에서 단절된 채 살아갈 수는 없어.」

슬쩍 얼버무리고 넘어가야지.

「맞는 말이야, 두뇌 활동도 좀 필요하지! 맞다, 내가 아는 수수께끼가 있어. 나의 첫 번째는 수다쟁이이고, 두 번째는 새이고, 세 번째는 카페에 있다. 전체를 합치면 디저트가 된다. 전에 어떤 친구가 내게 냈던 샤라드인데 아직도 답을 모르겠어. 그 친구는 엄청 쉽다고만 했어.」

「진지하게 하는 말이야, 알리스!」 시몽은 가볍게 넘기려는 알리스에게 발끈해서 항의한다.

마침내 모든 게 평온해졌다고, 난 더 이상 암흑과 죽음과 남들의 심판과 이어지고 싶지 않다고, 내가 하는 일마다 해명해야 하는 건 이제 질색이라고, 그에게 말할 수 있을까?

난 사랑을 하고 내 혼종들을 창조하고 싶어, 그뿐이야.

「쿠루와 연결을 재개해야 해.」 그는 주장한다.

「대체 왜?」 알리스는 장난스럽게 묻는다.

「왜냐하면 우리는 ISS의 우주 비행사니까.」

거기엔 공포가 있고, 여기에는 사랑이 있다는 걸 어떻게 이 사람에게 이해시킬까.

시몽은 계속해서 말한다.

「그들에게 다시 연락해야 해. 우리의 의무야, 알리스.」

나와 단둘이 틀어박힌다는 이 완벽한 상황을 경험하는 행운을 당신은 받아들이지 못하는 것 같네…….

알리스는 실망 어린 한숨을 쉬고 시몽은 버튼을 눌러 통신 장치들을 다시 연결한다.

그는 컴퓨터 화면 앞에 앉는다.

「여보세요, 쿠루입니까? 여기는 ISS, 시몽 스티글리츠입니다.」

반팔 셔츠 차림에 가슴 주머니에 펜 여러 자루를 꽂은 남자가 나타난다. 몹시 혼란스러운 기색이다.

「드디어!」 그가 소리친다. 「대체 왜 통신을 끊었나요?」

「기술적 문제가 생겨서 해결하기까지 시간이 걸렸어요. 우리와 연락이 안 돼서 그렇게 당황한 겁니까?」

「그럼 아무것도 모르는 거로군요?」 남자는 창백한 낯으로 묻는다.

「뭘 몰라요?」 시몽은 걱정한다.

화면 속 남자는 손수건으로 이마를 닦고 뚝뚝 끊어지는 소리로 말한다.

「그…… 그…….」

호흡이 가쁘고, 말을 제대로 하지 못한다.

등을 돌리기만 하면 모든 게 복잡해진다니까. 어릴 때부터도, 눈을 감으면 도로 뜨는 순간부터 문제가 생기곤 했지.

「진정하고 무슨 일인지 말해 봐요!」 알리스가 명령한다.

「상황이 어떻게 이렇게 신속하게 악화되었는지 아무도 모릅니다…….」

「무슨 상황? 젠장, 대체 무슨 소리예요?」

「그러니까…… 그게…… 처음에는 다들 확대되던 분쟁이 잠잠해질 줄 알았어요. 늘 그랬듯이, 그런데…….」

「제대로 말해 봐요.」 시몽이 짜증을 낸다. 「대체 무슨 말을 하는지 통 모르겠어요.」

「그러니까, 그게…… 모든 것의 시작은…… 머리카락 한 타래였어요. 고작 머리카락 한 타래.」

「무슨 머리 타래 말이에요?」 시몽은 인내심이 바닥나서 묻는다.

「그러니까, 베일에서 삐져나온 머리카락 한 타래였죠……. 베일에서 머리칼이 좀 삐져나왔다는 이유로 테헤란에서 한 여성이 도덕 경찰에 체포됐어요.」

「그래서요……?」

「그 여성의 시체가 발견되었을 때, 고문당하고 강간당했다는 사실이 확인되었죠. 그것이 화약에 불을 붙인 불티가 돼서…….」

「2022년 마흐사 아미니 사망[7] 때처럼 말이죠?」 알리스가

---

[7] 2022년 9월 마흐사 아미니라는 젊은 여성이 히잡을 제대로 착용하지 않

끼어든다. 「젊은 이란 여성들이 들고일어났나요?」

「그래요······. 처음에는 그랬죠. 여성 권리를 위해 투쟁하는 단체들이 벌인 평화 시위였는데, 이슬람 혁명 수비대에 의해 극단적인 폭력으로 진압당했어요. 시위 참여자들이 체포되어 교수형을 당했을 정도였죠. 주로 여자들이었고요. 이런 처형은 남녀 불문 많은 이란인들에게 전기 충격과도 같았죠. 〈나라를 좌지우지하는 부패하고 수염 난 늙은 몰라[8]들〉이라 지칭하게 된 자들을 향한 증오는 그칠 줄 모르고 커졌어요. 그러던 어느 날, 딸이 도덕 경찰에 체포되어 고문과 강간을 당하고 처형당한 아버지가 행동에 나서기로 결심했어요. 그는 원자력 엔지니어였고 민감한 장소들에 출입할 권한이 있었죠······. 가족들 그리고 그와 대의를 함께하는 몇몇 동료의 도움을 얻어 그는 전술 미사일 탄두를 손에 넣었고 몰라와 정부 인사 들이 모두 모이는 때에 판별 위원회[9] 건물 주차장에 폭발물을 설치했어요. 폭발은 그야말로 테헤란 중심부를 모조리 날려 버렸죠. 혁명 수비대 수장은 이것이 이스라엘 비밀 정보기관의 파괴 공작이라 즉각 선언하고 예루

았다는 이유로 체포되었다가 구금 중 사망했다. 이 일을 계기로 이란에서는 히잡을 벗어 불태우고 머리를 자르는 등 대규모 시위가 일어났고, 정부 당국의 강경 진압으로 전국적인 반정부 시위로 발전했다.

8 몰라mollah 혹은 물라mullah는 이슬람 사회에서 이슬람 신학에 관한 지식이 높은 이에게 붙이는 칭호다.

9 정식 명칭은 체제 최고 이득 판별 위원회Conseil de discernement de l'intérêt supérieur du régime로, 1988년 호메이니가 창설한, 최고 지도자가 임명하는 행정 의회이다.

살렘에 미사일을 발사했어요.」

쿠루의 남자는 너무 급히 말하느라 목소리가 나오지 않을 지경이다.

「숨 좀 돌려요.」시몽이 말한다.

남자는 숨을 크게 내쉬고 말을 잇는다.

「미사일은 방공 시스템 〈아이언 돔〉에 차단당했어요. 공중에서 폭발했죠. 하지만 이스라엘은 즉각 반격에 나서, 이번에는 핵미사일로 추정되는 이란의 미사일 발사 시설들에 미사일을 날려, 적지 않은 피해를 입혔죠. 유엔은 거의 만장일치로 이스라엘을 규탄했어요. 하지만 판도라의 상자는 이미 열린 셈이었죠……. 이란의 든든한 우군인 북한이 남한을 공격했는데, 남한 역시 얼마 전 이스라엘에서 구입한 〈아이언 돔〉 시스템으로 막을 수 있었어요. 그리고 이전 사태와 마찬가지로 남한도 북한의 미사일 발사 시설이나 미사일 제조 시설이 있다고 추정되는 장소들을 공격했죠.」

다시금 남자의 말이 끊긴다.

「그러고는 파키스탄 대통령이 이 사태를 빌미 삼아 세상에는 두 진영이 있을 뿐이라고 말했어요. 〈정숙한 여자들이 베일을 쓰는 나라들과, 남자들의 시선에 살갗을 드러내 그들을 흥분시키고 신성한 혼인 관계 외의 부정한 관계를 꾀하는 불신자들이 사는 나라들〉이라고요. 이 선언은 베일 옹호론자들을 모조리 집결시키는 신호가 되었죠. 파키스탄은 동시에 세 발의 핵미사일을 뉴델리에 쏘았는데, 그들 말로는 베일 쓰지 않은 여자들과 불충한 이슬람의 적들이 모인 최대의 소굴이기 때문이었어요. 인도의 미사일 방어 시스템이 두 발은 막아냈지만, 세 번째 미사일은 막지 못했어요. 그 결과……」

「잠깐, 잠깐만요.」 시몽이 아연해서 말을 끊는다. 「이스라엘, 이란, 남한, 인도에 핵미사일이 발사되었다는 말이에요?」

「이후 이틀간 미사일이 수백 발 발사되어 수십만 명의 사망자가 생겼어요.」 남자는 흐느낌 섞인 소리로 말한다. 「사흘날, 파키스탄 정부는 중국 정부와 군사 동맹 조약을 체결했어요. 인도는 북동쪽 국경과 북서쪽 국경에서 날아드는 미사일에 속수무책으로 당하는 신세가 되었죠. 이에 인도 군대는 상하이에 미사일을 쏘아 반격했고, 이 미사일은 요격당하지 않았어요. 그리고 군사 협력 조약의 결과로 분쟁은 일본, 중동 전역, 미국, 러시아까지 번졌죠……. 유럽도요.」

알리스와 시몽은 경악하여 아무 말도 나오지 않는다.

이 모든 일이 고작 일주일 동안?

잠시 머뭇거림의 순간이 지나가고 알리스가 묻는다.

「프랑스는요?」

「미국과 중국보다는 피해가 덜했죠. 두 나라는 서로 질세라 핵미사일을 쏘아 댄 나머지 전대미문의 엄청난 참화를 입었거든요……」

긴 침묵이 이어진다.

「다른 대륙들은 어때요?」 시몽이 묻는다.

「정도의 차이가 있을 뿐 모두 피해 입었어요.」

「아프리카도?」

「아프리카, 남아메리카, 오스트레일리아도요. 이제 3차 세계 대전이라 불리는 이 사태에 모두 휘말렸어요. 자동 발사 프로그램으로 가동되는 미사일 발사 시스템이 많았던지라 걷잡을 수 없이 빠르게 폭주했죠.」

「사람이 사전 결정을 내리지도 않고 컴퓨터에 의해 발사된 미사일도 있다는 말입니까?」

「사실, 미사일과 요격 미사일 대부분이 전혀 인간의 개입 없이 발사되었어요.」

「현실이라고 믿을 수 없어요.」 시몽이 중얼거린다. 「정말…… 정말 미쳤어요! 전 세계가 2차 세계 대전 이후 축적해 온 핵 무기고를 사용할 구실만 기다려 왔다니…….」

알리스는 시몽에게 말한다.

「〈아포칼립스〉라는 말은 그리스어 단어 두 개에서 유래했어. 분리, 부정을 뜻하는 접두사 아포apo와 〈숨기다, 가리다〉라는 뜻의 칼룹토calupto야. 글자 그대로 하면 아포칼립스는 베일을 벗기는 것, 들추는 것, 드러내는 것을 말해. 마치 진작부터 고대의 글 속에, 베일이 세계 종말의 격발 장치가 될 거라고 쓰여 있던 것만 같아.」

「그래서 지금은 상황이 어떻습니까?」 시몽이 묻는다.

「전쟁은 계속되고 있어요. 오래전부터 쌓인 증오와 경쟁의식과 분노의 검은 에너지가 멈출 줄 모르고 퍼져 나가는 것처럼.」 하얀 반팔 셔츠의 남자가 말한다.

「인류라는 종 전체의 자기 파괴 의지일 수도 있고.」 알리스는 중얼거린다.

그리고 그 일은 시몽과 내가 우리의 사랑 에너지를 해방시키는 순간 일어났어.

그러니까 난 한순간도 놓여나지 못하는 거야.

난 절대 행복하고, 조용하고, 평온할 권리를 갖지 못할 거야.

마치 상황이 잠잠해진 게 재난을 일으키려는 준비였던 것 같아.

지구와 통신을 재개하지 말았어야 했어. 우린 세상 다른 곳에 신경 쓰지 않고 사랑을 나누며 여기 머무를 수 있었을 텐데.

특히 그 세상이 머리카락이 베일 밖으로 삐져나와 〈도덕 경찰〉의 비위를 거스른 사건으로 스스로를 파괴하고 있을 때는 말이지.

「그럼 쿠루의 여러분은 어떻게 무사했나요?」 시몽이 묻는다.

「우주 기지도 공격을 받았지만 군대가 지키고 있어요. 아직은 운영 가능합니다. 덕분에 내가 아직 여러분과 이야기하고 연락할 수 있는 거지만, 오래 버티진 못할 거예요.」

「프랑스령 기아나의 기지를 공격하는 건 누구죠?」

「베네수엘라군이죠. 러시아, 중국, 북한, 이란과 동맹을 맺었거든요. 그들은 서구 패권에 대항하는 싸움이라고 주장합니다. 모든 에너지가 두 진영을 중심으로 뭉쳤어요. 서방 진영과 동방 진영이죠. 하지만 분쟁은 우주까지 영향을 끼치고 있어요. 눈치채지 못했을지 모르지만 각 진영에서 지대지 미사일이나 지대공 미사일 유도에 쓰일 수 있는 위성들을 파괴하려고 우주로 미사일을 쏘고 있어요. 여러분과 관련된 메시지를 입수했는데, 정말로 주의…… 지지지직.」

화면이 뚝 꺼지고 반팔 셔츠의 남자가 사라진다. 알리스와 시몽은 다른 무선 통신 라인을 시도해 보지만 헛수고다.

둘은 가능한 채널을 모두 동원해 가족에게 연락하려 애쓴다. 성과는 없다.

「이번엔 지구와의 연락이 완전히 끊겼군.」시몽이 말한다.

두 우주 비행사는 큐폴라 관측대로 향한다. 가져온 카메라 망원 렌즈들을 동원해 지구 표면을 살펴본다. 보이는 광경에 그들은 경악한다.

「맙소사, 저것 봐, 알리스! 밤 시간대인 테헤란시에서 전혀 빛이 나지 않아.」

「저기는? 저긴 이스탄불이 있어야 할 곳 아냐? 모든 불빛이 꺼졌어!」알리스가 외친다.「아테네에도 빛이 없어!」

볼 수 있는 지역은 중동과 그리스까지 해당하는 동유럽뿐이다. 서유럽, 아메리카, 오스트레일리아와 극동은 지금 지구 반대편에 있기 때문이다. 서아프리카는 아직 해가 비치고 있어 중심 도시들에 불이 꺼졌는지 분간할 수 없다.

「사우디아라비아 부근에 저거 봤어?」시몽이 말한다.

자그마한 흰 꽃 같은 것이 빠른 속도로 피어나 작은 꽃양배추처럼 변한다.

「빌어먹을, 리야드에서 원자 폭탄이 터지는 거야!」

다른 흰 꽃이 솟아난다. 시몽은 그곳이 이스파한일 거라 짐작한다.

다시, 자그마한 은빛 꽃이 커지더니 하얀 꽃양배추로 변한다. 지구를 덮은 밤에서 다른 불길한 흰 꽃들이 솟아난다.

이런 건 상상하는 것조차 불가능할 거야.

끝난 게 아냐. 우린 우주에서 3차 세계 대전을 직관하고 있어.

알리스는 어머니 생각을 한다.

적어도 이 끔찍한 일은 안 겪으실 테니.

「저길 봐!」시몽이 소리친다.

알리스는 고개를 돌린다. 중국 우주 정거장에서 어뢰 한 발이 발사되어 서서히 그들을 향해 온다.

시몽이 즉시 조종석으로 뛰어가 우주 정거장 고도가 떨어졌을 때 원래 궤도로 되돌리는 데 쓰이는 제트 엔진을 발동시킨다.

〈하늘의 성〉전체가 진동하기 시작하며 살짝 상승한다.

어뢰가 가까워진다.

우주 정거장을 스치듯이 지나 결국 러시아 모듈 즈베즈다의 맨 끝에 맞고, 즈베즈다는 폭발한다.

「피에르!」

알리스는 러시아제 권총을 움켜쥐고 시몽을 따라 우주 정거장 복도를 뛰어간다. 그들은 모듈이 불타기 시작한 순간 도착한다. 열린 출입문에서 연기구름이 피어나고, 그 안에서 전 ISS 사령관이 유령처럼 모습을 드러낸다.

알리스가 총으로 피에르를 겨냥하고 있는 동안 시몽은 출입문을 닫고 즈베즈다가 완전히 폭발하기 전 모듈 투하 절차를 실행한다.

수염과 머리가 덥수룩하고, 야위고, 넋 나간 눈을 한 피에르는 그들을 뚫어져라 쳐다보더니 한마디만 한다.

「고마워요.」

그런 다음 둘을 힘껏 얼싸안고 열렬히 입 맞춘다.

알리스는 거친 동작으로 그를 밀쳐 내고 계속해서 그를 겨눈다.

「무기를 내려놓아도 괜찮아요.」 피에르가 말한다. 「감금되었던 동안 난 생각할 시간이 많았어요. 지구에 돌아가면 내가 제일 먼저 내 잘못들을 인정할 겁니다, 믿어 줘요.」

어떻게 그를 믿지?

일이 이렇게 간단히 풀릴 수 있을까?

「그렇게 빨리 돌아갈 수 있을 것 같지 않아.」 시몽이 한숨을 쉰다.

시몽과 알리스는 피에르에게 3차 세계 대전과 그가 있던 모듈이 파괴된 원인인 중국의 어뢰 발사에 대해 알려 준다.

「내 가족이 어떻게 되었는지 알아야겠어!」 프랑스인 사령관은 곧장 외친다.

「미안하지만 가족들은 자네만큼 운이 좋았을 것 같지 않아.」 시몽이 말한다.

군인은 얻어맞은 듯 고개를 떨군다. 그의 고통은 꾸며 낸 것 같지 않다.

「우리 세상은 사라졌고 우리 셋은 무인도에 있는 것처럼 여기 갇혔어요.」 알리스가 상황을 요약한다.

우리 모두를 덮친 이 끔찍한 불행 속에서, 우린 생존자, 어쩌면 3차 세계 대전의 유일한 생존자야. 우리가 알았던 인간은 아마 모두 사라졌겠지. 앞으로 그 무엇도 결코 전과 같지 않을 거야.

스콧과 케빈의 죽음은 몇십억에 달할 인간이 소멸한 데 비하면 부차적으로 느껴질 정도야…….

피에르가 두 주먹을 쥔다.

「기어코 일어나고야 말았군, 3차 세계 대전이 정말 발발했어!」

「그리고 끝난 게 아닐 테지.」시몽이 덧붙인다. 「게다가 우리도 여기서 안전하지 않아. 중국에는 아마 또 다른 대우주어뢰가 있을 거야.」

「그래서 말인데, 그런 일이 또 일어날 경우, 우리에게 방어할 수단이 있는지 알아요, 피에르? 방어용 미사일, 자기(磁氣) 차폐막, 아니면 무슨 비밀 무기라도?」알리스가 묻는다.

전 사령관은 아무 말 없이 그들을 이끌고 다용도로 쓰이는 레오나르도 모듈로 간다. 출입문 하나를 열고 복잡하게 생긴 기기를 보여 준다.

「여기서 우리가 가진 대우주어뢰를 발사할 수 있어요.」

사령관은 피로와 분노를 억누르고 복잡한 조작과 조정 과정을 완료한다. 갑자기 관제 모니터 하나에 중국 우주 정거장이 나타난다. 피에르는 분전함 하나를 열고 빨간 손잡이를 작동시킨다.

「따라와요.」그가 말한다.

그들은 큐폴라 모듈에 모여 대우주어뢰가 발사되어 천천히 중국 우주정거장 쪽으로 향하는 장면을 지켜본다.

「ISS는 420톤이지만, 중국 공지안장(空间站), 즉 우주 정거장은 60톤에 불과하죠.」피에르가 설명한다.

「우리 목표물이 더 작다는 말이군.」시몽이 스스로를 안심시키려는 듯 말한다.

「더 약하기도 하지.」피에르가 말한다.

어뢰가 계속해서 접근하는 동안 중국 측에서도 제트 엔진을 발동시켜 위치를 변경해 공격을 피하려 시도하는 게, 세 우주비행사의 눈에 보인다.

너무 늦었다. ISS의 어뢰는 중국 우주 정거장 중심에 충돌해 고요하고 번쩍이는 폭발을 일으킨다. 이어서 금속 조각과 파편 들이 우주로 흩어진다. 빗발처럼 흩날리는 볼트와 철판 한가운데서 알리스는 언뜻 사람 몸들을 본 것 같다.

잔해들이 ISS에 비 오듯 쏟아지며, 아주 둔중한 금속성 〈퉁〉 소리를 내며 우박처럼 우주 정거장을 후려친다.

그러다 마침내 정적이 돌아온다.

「자, 이쪽 위험은 제거됐어요. 아마 이게 우주에서 벌어진 전쟁의 마지막 장이겠죠.」피에르가 선언한다.

「굉장해요, 사령관.」알리스가 말한다.

시몽은 불신 어린 표정으로 그를 바라본다.

「이자가 스콧과 케빈을 죽였다는 거 잊지 마.」

「피에르, 앞으로는 우리를 해치려 하지 않겠다고 맹세할 수 있어요?」젊은 여자는 묻는다.

「맹세해요.」프랑스인은 말한다.

「거짓말이야.」시몽이 반박한다.

「아까 말했듯, 요 얼마간 난 곰곰이 생각해 봤어요. 새로운 인류 세 종을 창조한다는 건 처음에는 불미스러운 일로 여겨졌지만, 결국 어쩌면 우리의 진화와도 방향을 같이하는 거 겠죠.」

「우리를 속이려고 우리가 듣고 싶은 말만 늘어놓는 거야.」 시몽이 알리스에게 귓속말한다.

「하지만 난 그가 진실하다고 믿어.」 알리스는 대답한다.

「그가 거짓말한다는 걸 모르는군!」

「그럼 어떻게 하자는 거야? 죽여?」

「온전한 다른 모듈에 감금해 두는 거지.」

「우리에겐 그가 필요해, 시몽. 그가 중국 우주 정거장의 위협을 어떻게 떨쳐 냈는지 봤잖아? 신뢰한다는 것이 가장 비논리적으로 보일지라도 사실 가장 유익한 행위인 순간이 있는 거야.」

시몽은 몇 초간 알리스를 물끄러미 쳐다보다가 체념하고 대꾸한다.

「나는 그를 전혀 신뢰하지 않는다는 점만은 알아 둬. 사람을 문 개는 또 물게 되어 있어.」

「나는 사람은 변할 수 있다고 믿어. 우린 모두 우리 자신의 변신을 실행할 수 있어.」

알리스는 군인 쪽으로 돌아선다.

「당신 생각엔 우리가 얼마나 여기 머물 수 있을 것 같아요?」

「공기, 물, 식량과 우주 정거장 고도를 유지하는 데 필요한 연료 보유량 최근 내역을 기억해 보면, 6개월은 버틸 수 있을 겁니다. 하지만 전혀 낭비하지 않고 물과 식량을 제한적으로 섭취하면 그 두 배까지 버틸 수 있죠.」

「그러면 1년?」 알리스가 말한다.

「예. 1년.」

「그다음은?」 시몽이 묻는다.

「방법이 있을지도 몰라. 지난해에 급박한 위험 상황에서 탈출하는 용도의 비밀 셔틀 하나가 추가되었지. 센타우리 모듈에 숨겨져 있어. 우주 비행사 세 명이 탈 수 있지. 내가 조종법을 알아. 그러니까 내가 모두를 지구로 데려갈 수 있을 거야.」

1년, 단 세 명이, 폐쇄된 공간에, 3차 세계 대전으로 황폐해진 행성에서 410킬로미터 떨어진 상공에, 소중한 이들이 살아남았는지 알지 못하고 누구와도 연락할 길 없이, 이게 우리 앞에 주어진 미래로군.

「난 지금 당장 우리가 보유한 물자를 정확히 기록해 두고 싶은데.」 군인이 말한다.

시몽과 알리스는 눈짓을 주고받는다. 알리스가 고갯짓으로 승낙한다.

둘만 남은 그들은 지구를 바라본다.

「지금 일어난 일이 얼마나 심각한지 난 실감이 잘 안 나는 것 같아.」 알리스는 털어놓는다. 「모든 일이 너무 빨리 일어났어.」

「우린 모든 걸 잃었어.」 시몽이 멍한 눈으로 덧붙인다. 「그리고 최악의 적과 동거할 수밖에 없게 됐지.」

「하지만 우린 살아 있고 아직 살아갈 방도가 있잖아. 그것만 해도 어디야.」

시몽은 일그러진 미소를 짓는다.

「내 생각엔 최악은 아직 오지 않은 것 같은데.」

그렇군, 이 사람은 다시 모든 걸 두려워하게 됐어.

「우린 낙원에 있었는데 그걸 깨닫지 못했어.」 알리스가 답한다. 「이제부터 우린 새로운 세상에 둘뿐이야. 아담과 이브처럼.」

「뱀도 있고.」 시몽이 대꾸한다.

「어쨌거나 우리에겐 여기서 해결책을 마련해 볼 1년이 있어.」 알리스는 그의 말을 무시한 채 말을 이어 간다.

「당신의 혼종들?」

「응, 내 혼종들. 인간 50퍼센트에 동물 50퍼센트를 더하면 1백 퍼센트 신인류가 돼……. 구인류가 사라진 듯한 지금.」

「아무리 그래도 난 우리가 어떻게 이 지경이 될 수 있었는지 이해할 수 없어.」 시몽이 말한다.

「예언되었던 일이야. 최후의 전투지. 아마겟돈.」

17

백과사전: 아마겟돈

『요한 계시록』에는 아마겟돈 전투가 언급된다. 아마겟돈이라는 이름은 옛 인간 왕국들을 최후의 종말에 처하게 할 최후의 전쟁을 가리킨다.(『요한 계시록』16장 16절)

성 요한은 메기도 언덕을 언급하는데(하르Har는 히브리어로 〈언덕〉을 뜻한다), 이 언덕은 이스라엘 북쪽 이스르엘 골짜기에 있다. 바로 그곳에서 609년 유다 왕 요시아가 네카우2세에게 패하고 죽임을 당했다. 당시 이 패배는 역사에 남을 대규모 재난이라 여겨졌다.

『요한 계시록』에서 성 요한은 아마겟돈 같은, 혹은 그보다 한층 파괴적인 새로운 전투를 예언한다. 그 전쟁은 지구 전역, 여러 나라에서 동시에 벌어질 거라 알린다.

예언에서 그는 하느님의 적들이 서로 죽이다가 결국 사실 하느님이 자신들을 벌하는 것임을 깨닫게 되는 대혼란을 묘사한다.

『에스겔서』(38장 21절)와 『스가랴서』(14장 13절)에 이미 하느님의 적들이 서로를 죽일 때가 오리라고 쓰여 있다. 또한 『시편』(37장 29절)에서는 그것이 지구의 종말이 아닌(지구는 인간의 영원한 거처이므로) 한 부류의 인류의 종말, 신의 계획에 반대하는 자들의 종말일 거라 예언한다.

에드몽 웰스, 『상대적이며 절대적인 지식의 백과사전』

제2막　　　　　　　　　　　　뿌리

18

 3차 세계 대전이 끝나고 1년이 지났다. 우주 정거장에서 세 우주 비행사가 살아남은 1년. 1년의 작업. 1년간 변신 프로젝트에서의 시행착오와 실험 들. 1년의 실패들, 그리고…….

「유레카!」 시몽이 세 혼종 태아의 최종 분석 결과를 확인하고 외친다.

 알리스와 피에르가 즉시 달려온다. 그들은 양수를 대신하는 분홍색 물질이 채워진 세 개의 원통형 인큐베이터 안에서 천천히 움직이는 작은 생명체들을 들여다본다.

「됐어, 애들은 3개월이라는 운명의 문턱을 넘어섰고 모든 활력 지표가 좋아.」 알리스가 감격에 겨워 선언한다. 「이 결정적인 한계를 넘은 건 애들이 처음이야!」

 그 말을 한 직후 알리스는 이렇게 오래 살지 못한 1백여 개의 혼종 태아들을 생각한다.

 시몽은 알리스를 꼭 끌어안고 입을 맞춘다.

「난 우리가 성공할 거라고 믿고 있었어.」 백발의 우주 비행사는 말한다.

그들은 세 작은 생명체에 경탄하고 모니터에는 그들의 심장 박동 곡선이 물결을 그린다.

가장 오른쪽에 있는 태아의 손은 손가락이 길며 막으로 서로 이어져 있어 작은 날개처럼 보인다. 두 번째는 손발에 벌써 물갈퀴가 있다. 왼쪽의 투명한 실린더 안에서 천천히 맴을 도는 세 번째는 커다란 손가락들이 달린 큼직한 손을 갖췄다.

「에어리얼, 디거, 노틱이 된 걸 환영한다!」피에르가 태아를 하나씩 가리키며 말한다. 「알리스가 붙인 A, D, N이라는 머리글자는 굉장하다고 늘 생각했지.」

알리스가 듣기에 그의 목소리에는 걱정도 조롱도 담겨 있지 않다.

「그럼 우리, 네 번째 종인 우리는…… 〈노르모Normaux〉, 아니면 영어로 〈노멀Normals〉인가?」시몽이 말한다.

「그건 적당한 표현이 아닌 것 같아.」알리스가 답한다. 「우리의 학명을 취하는 게 가장 적절하겠지. 우린 호모 사피엔스니까, 단순하고 짧게 사피엔스라고만 하면 돼. 신사분들 생각은 어떠신지?」

「괜찮네. 그래, 우리는…… 사피엔스야. S는…… 〈생존자survivants〉의 S이기도 하고.」시몽이 농담한다.

이 순간 알리스는 그들의 목숨을 살려 주고 자기들처럼 악착같이 살아남은 이 태아들을 통해 재생을 가능하게 해준 생에 무한한 감사를 느낀다.

「왜 돌고래 인간이 제일 크지?」피에르가 묻는다.

「그들의 크기는 각 교배종의 특성에 상응해. 돌고래는 박쥐보다 크고 박쥐는 두더지보다 크지.」

젊은 여자는 각자 자기 맡은 일에 분주한 두 남자를 번갈아 바라보고 전율을 느낀다.

세 혼종, 세 인간.

두 동료는 야위었고, 눈가는 거무스름하고 피부색은 누렇다. 시몽 스티글리츠는 흰 수염이 길었고 피에르 퀴비에의 금색 수염도 비슷한 길이다. 둘 다 면도하느라 물을 헛되이 쓸 생각은 없었다.

유령 같은 몰골이야.

한편 알리스는 전임 일본인 과학자가 두고 간 물티슈로 세수하는 데 익숙해졌다. 수납장 유리에 비친 자기 모습을 바라본다.

난 꼭 우리 할머니 같군.

이제는 〈하늘의 성〉이 아닌 〈귀신 들린 성〉이라 부르게 된 곳에서의 스파르타식 생활에, 셋 다 결국은 익숙해졌다. 그들은 아무것도 낭비하지 않으려고 엄청나게 노력했다. 살아남기 위해 치러야 할 대가임을 잘 알았기 때문이다.

알리스와 시몽이 실험실에서 일하는 동안, 피에르는 기계들을 정비 및 수리하고, 우주 정거장을 청소하고 식사를 준비해 과학자 커플이 실험에 더 많은 시간을 쓸 수 있게 해주었다.

전 사령관이 위생과 물자 관리에 대해 규율을 세웠기에 공동체는 잘 돌아갈 수 있었다.

「그토록 많은 실패 끝에 마침내 성공이라니…….」 시몽이 감격하여 눈을 빛내며 태아들이 떠 있는 실린더들을 바라보며 말한다.

이들은 정말 아름다워. 내가 이렇게 아름다운 존재들을 만들어 냈다니 믿어지지 않아.

「그럼…… 이들은 방사능에 저항력이 있는 건가?」 피에르가 묻는다.

「내가 한 특별한 유전자 프로그래밍에 더해, 시몽이 미트리다테스 면역법을 시행했어.」

옛이야기에 심취한 생물학자는 미트리다테스왕에서 이름을 따온 그 방법을 설명한다.

「미트리다테스는 자신이 로마인들의 손에 비소로 독살당하리라는 것을 알고 매일 비소를 조금씩 섭취해 결국 완전히 면역이 됐어. 사실 모든 유기체는 독에 적응할 수 있지. 독이 점진적으로, 나름의 방어 기제를 찾을 시간을 주면서 전달된다면 말이야. 그래서 난 알리스의 감독을 받으며 세 태아를 일상적인 양의 방사능에 노출시켰고, 그에 대응하여 이들은 저항력을 길렀지.」

「백신 같은 거로군? 소량의 바이러스를 주입해 신체가 나름의 방어 수단을 개발하게 하잖아?」 피에르가 말한다.

「바로 그거야.」 알리스가 말한다. 「하지만 점증되는 양이 어려운 부분이야. 충분하지 않으면 효과가 없고, 지나치게 많으면 죽을 수 있으니까.」

「이전 실험의 태아들이 죽은 건 아마 그 과정 때문이었을 거야.」시몽이 인정한다.

「하지만 우리 세 태아는 마침내 위험한 시기를 벗어났어, 3개월이고 살아 있어!」알리스가 말한다.「그러니까 얘들에게 이름을 지어 주자.」

「뭐라고 이름 짓고 싶은데?」피에르가 묻는다.

「그리스 신들 이름은 어때?」시몽이 제안한다.

「좋은 생각이다.」알리스가 수락한다.

「이 첫 번째 에어리얼은 올림포스에서 유일하게 날개 달린 신의 이름으로 정하면 될 것 같아. 헤르메스. 여행과 의학과 상업의 신.」시몽이 말한다.

「마음에 들어.」알리스가 찬성한다.

「그리고 또…… 도둑의 신이었던 것 같은데.」피에르가 일깨운다.

「지상에 온 걸 환영해요, 헤르메스. 사피엔스 사회에 온 걸 환영해요.」알리스는 피에르의 지적에 신경 쓰지 않고 말한다.

알리스는 이름표를 가져와서 실린더에 직접 붙이고는 사인펜으로 큼지막하게 쓴다. 〈헤르메스〉.

시몽은 이어서 노틱을 가리킨다.

「바다의 신, 포세이돈은 어때?」

알리스는 두 번째 이름표를 집어 〈포세이돈〉이라고 쓴다.

「디거는 어떤 이름을 붙이지? 그리스 신화에서는 어떤 신이 지하에 거주해?」피에르가 묻는다.

「하데스.」시몽이 대답한다.「지하 세계의 신이야. 말해 두

자면 하데스라는 이름은 〈보이지 않는 자〉라는 뜻이지.」

「하데스, 그래, 기억난다! 명계를 다스리는 신이지.」 피에르가 말한다. 「죽은 자들의 왕국의 주인이고.」

신화를 주제로 한 이런 대화가 몹시 기뻐서 시몽은 미소를 짓는다.

「기억나지.」 피에르가 말을 잇는다. 「하데스는 페르세포네를 납치해. 그를 벌주기 위해 페르세포네의 어머니 데메테르는 식물들이 싹트지 못하게 해서, 모두가 굶주려 죽지.」

「하지만 바로 헤르메스가 제 형제와 협상하고 페르세포네를 풀어 주라고 명하잖아.」 알리스가 끼어든다. 「형제들끼리 사이좋기만 하면 골치 아픈 일은 없을 거야.」

그리고 디거가 든 실린더에 〈하데스〉라는 이름표를 붙인다.

「그건 그렇고, 이상하군, 수컷들만 있다는 게.」 피에르가 지적한다. 「일부러 그런 거야?」

「그렇지 않아. 성별을 선택해야 했다면 우린 암컷을 택했을 거야. 더 오래 살고 질병과 고통과 시련에 더 강인하게 버티거든. 하지만 난 성별이 무작위로 정해지길 바랐어. 동전 세 개를 던졌는데 셋 다 같은 면으로 떨어진 거나 마찬가지야.」

세 우주 비행사는 한나절 내내 콜럼버스 모듈에서 투명한 실린더 세 개에 담긴 소중한 태아들이 이따금 미세하게 움찔하며 움직이는 모습을 지켜본다.

「눈꺼풀 아래서 눈이 움직이는 것 같아. 시선으로 사건들을 좇는 것처럼.」 피에르가 놀란다.

「꿈을 꾸고 있을 거야.」 시몽이 자기 생각을 말한다.

「과거가 전혀 없는데 무슨 꿈을 꿀 수 있겠어?」 피에르가 묻는다.

「그건 수수께끼지.」 알리스가 인정한다. 「우리는 이들이 전생의 기억을 갖고 있을 거라고 생각해 볼 수도 없어. 애들은 저마다 자기가 속한 새로운 종의 첫 존재니까.」

태아들은 느린 움직임과 초조한 떨림을 번갈아 보인다.

「이들은 아무것도 보지 못했는데, 그런데도 자기들 앞에 있는 것에 반응하듯이 움직이는 것 같아.」 피에르가 주목한다. 「봐! 저 녀석은 씹는 것처럼 입을 움직이는데.」

「살아갈 준비를 하는 거야.」 시몽이 말한다.

「가능성 있는 미래를 꿈꾸는 거지.」 알리스가 덧붙인다.

두 남자는 내부에서 조명이 나오는 투명한 세 실린더 앞에서 결국 잠이 든다.

알리스는 잠이 오지 않는다.

난 성공했어. 난 성공했어!

지금 여기서 일어나는 일이 앞으로 지구에서 일어날 일을 결정하게 돼.

난 어쩌면 우리의 〈후계자들〉을 탄생시킨 거야.

그리고 그들 덕분에 우리 인류는 약간 변화된 채 살아남겠지.

나비가 형태를 바꾸고 옛날 애벌레의 거죽을 버리면서 살아남듯이.

난 세 미래 인류를 창조했어.

우주에게 감사해. 내가 변신 프로젝트를 끝까지 완수하도록 해주어서.

알리스는 지금껏 밟아 온 길을 쭉 되돌아보고, 숨을 크게 들이쉬고는 미소 짓는다.

모든 게 완벽해. 모든 게 이제는 제자리에 있어. 나는 어머니 자연을 섬기는 자에 불과해. 틀림없이 자연이 이런 긍정적인 결과를 바랐던 거야.

19

「다른 생존자들이 있어!」

레이더실이라 불리는 방에서 만났을 때, 알리스와 시몽에게 희소식을 전한 것은 피에르다.

「프랑스 상공에서 확실한 인간 활동 근거지 두 곳을 발견했어.」

둘은 놀라서 그를 바라본다. ISS에서 삶은 계속됐지만, 보유 물자는 바닥을 보이고 세 우주 비행사의 생활 환경은 점점 힘겨워져, 그들은 남은 날이 많지 않음을 알고 있다.

「난 아직도 프랑스를 살펴보고 있어. 아내와 아이들을 다시 만난다는 희망을 여전히 간직하고 있거든.」 전 사령관은 설명한다.

「그래서 뭘 찾았는데?」

「전자기파 분출. 다시 말해 전자기파를 발산하는 기계들이 전기를 쓰는 장소들이 있다는 뜻이지. ISS 안테나에는 초고감도 센서가 있어서 극히 미세한 전자기장도 감지할 수 있거든.」

「그 에너지가 의도적인 인간 활동의 결과물이라는 걸 어떻게 알아?」 알리스가 묻는다. 「내 말은…… 켜는 사람 없이 전자 기기들이 자동으로 작동하는 걸지도 모르잖아…….」

「모든 기계는 작동하려면 유지와 보수가 필요해. 전기에 연결된 기계들은 말할 것도 없고. 게다가 이 신호들은 최근 것이야. 전에는 한 번도 포착한 적 없거든.」

「어디서 나오는데?」 알리스가 묻는다.

「안테나가 잡은 첫 번째 신호, 제일 강한 것은 파리 중심이야. 샤틀레레알Châtelet-Les-Halles 지하철역 부근.」

「정체가 뭐라고 생각해?」

「내 생각엔 그 지하철역에 생존자 공동체가 터를 잡았을 거라고 봐. 거긴 가장 넓고 깊은 역에 속하니까.」

「다른 발신 지점들은?」 시몽이 말한다.

「지구 이곳저곳에서 여러 신호를 감지했는데, 그중 하나는 알프스, 옛 발토랑Val Thorens 스키장에서 나와. 그 지역은 무사했을 수 있지. 산에 둘러싸여 있는데, 산은 방사능 실린 바람을 막는 일종의 방호벽 역할을 하거든. 사실 체르노빌과 마찬가지로 원자 폭탄도 거대한 방사능 구름들을 생성하는데 바람이 그걸 흩뜨려. 어떤 지역이 피폭되는가 아닌가는 바람 경로에 달려 있어.」

「그럼 파리 샤틀레레알 지하철역과 발토랑은 방사능 피해를 모면했을지 모른다는 거야?」 시몽이 말한다.

「음, 그럴 수 있지. 전자는 지하에 있기 때문에, 후자는 고도가 높기 때문에.」

알리스는 환한 미소를 보인다.

「혼종들이 살아남도록 성공한 데 이어서, 그것도 기막히게 좋은 소식이네!」

「사실 내가 전자기파 방출 근원지를 찾아본 데에는 덜 유쾌한 다른 이유도 있어.」 피에르가 털어놓는다. 「우리 비축 물자가 전부 떨어졌어.」

「물과 음식을 줄이면 분명 조금 더 버틸 수 있을 거야.」 시몽은 반대한다.

「분명 그렇지, 하지만 연료 없이는 안 돼. 곧 바닥날 거야. 우주 정거장은 서서히 내려앉는데 이젠 제 궤도를 지키도록 다시 상승시킬 수가 없어. 잊지 마, 우린 고도 410킬로미터 밑으로 내려가선 안 돼, 그러면 중력이 우릴 단숨에 지구로 끌어당겨 ISS는 추락하게 돼.」

「자네가 보기엔 우리에게 유예 시간이 얼마나 남았지?」

「기껏해야 몇 시간.」

「정말 최후의 순간까지 기다렸다가 말해 주는군!」 시몽이 화를 낸다. 「적어도 비상 탈출용 셔틀이 제대로 작동하는 건 확실하지?」

「내가 확인했어. 여기저기 수리와 조정이 필요했거든. 내가 손을 봤고, 지금은, 그래, 정상 작동한다고 볼 수 있지.」

「그러면 시간 끌 거 없지. 모든 걸 준비해서 집으로 돌아가는 거야.」 알리스는 결정한다.

내벽에 띠로 고정되어 있던 충격 및 방사능 차단 기능 상자를 하나 내려, 헤르메스, 포세이돈, 하데스를 담고, DNA

프린터와 이종 교배를 할 세 종의 생식 세포가 든 유리병들을 넣는다.

「자, 이 완충 상자에 전부 담겼어.」 알리스는 말한다. 「우리 아기 셋, 다른 아기들을 만들어 낼 재료와 성분 모두가.」

시몽은 방사능을 막도록 설계된 탈출복과 헬멧을 확인한다. 휴대용 가이거 계수기도 하나 찾는다.

「이 방호복 슈트와 생존 장비가 있으면 버틸 수 있을 거야.」 그가 말한다. 「어쨌든 내가 계수기를 지켜볼게.」

「먹을 것과 물이 좀 남았어?」 알리스가 피에르에게 묻는다.

「도착할 때면 비축분이 모조리 바닥날 거야……. 지구에서 필요한 것을 뭐라도 찾을 수 있기를 기도해야지.」

「모든 게 방사능에 오염되었으면 어쩌고?」 시몽이 지적한다.

「그럴 때는…… 확실히 그러면 좀 힘들겠지. 재주껏 잘 해나가는 수밖에.」 피에르가 인정한다.

「재주껏 하수도 물을 걸러 마시고, 방사능에 전 쥐와 비둘기를 잡는 거야?」 시몽이 빈정거린다.

알리스는 한숨을 쉬고 잘라 말한다.

「우리 자신의 적응 능력을 믿자. 결국, 우리 조상들은 언제나 해결책을 찾아냈어. 안 그랬다면 우린 태어나지도 못했을 테니까.」

「그렇다면 굳이 기다릴 거 없지, 떠나자고.」 피에르가 말한다. 「한 시간 후에, 괜찮겠어?」

알리스와 시몽은 찬성한다. 피에르는 힘주어 말한다.

「짐은 너무 많이 싸지 마. 꼭 필요한 것만 챙겨.」

「그래도 이건 가져가겠어.」시몽이 권총을 들어 보이며 말한다.「혹시 모를 일이니까.」

세 우주 비행사는 1분도 허비하지 않고 준비한다. 우주복을 입고, 방호 장비를 상자에 넣어 챙기고, 비상 탈출 셔틀에 탑승한다.

피에르가 조종석에 앉는다. 그 순간 엄청난 진동이 ISS를 뒤흔든다.

「궤도에서 이탈한다!」피에르가 소리친다.

「뭐라고? 아직 시간이 있는 줄 알았는데!」알리스는 몹시 당황한다.

「나도 그런 줄 알았는데, 중력이 우릴 끌어당기고 있어!」피에르가 설명한다.

연료가 떨어진 〈하늘의 성〉은 천천히 지구로 내려앉는다.

사령관은 계기판의 여러 장치를 조절하고, 다양한 버튼을 작동시키더니 카운트다운을 시작한다.

「10…….」

ISS는 계속해서 추락한다. 알리스는 시몽의 손을 꼭 잡는다. 다른 손은 소중한 보관함 손잡이를 움켜쥐고 있다.

「9…….」

알리스는 시몽 쪽으로 몸을 숙이고 귓가에 속삭인다.

「당신이 알아야 할 게 있는데…… 나…… 끼이익…… 임…… 치이익…….」

그 말은 작동하기 시작한 제트 엔진 소음에 묻힌다.

「8…….」

진동이 심해지는 가운데 세 우주 비행사는 겁에 질린 채 가까워지는 지구를 바라본다.

「뭐라고?」

「7…….」

「나…….」

「6…….」

대기권 밀도 높은 공기층에 진입하면서 생긴 공기와의 마찰로 견디기 어려운 소음이 발생한다.

「자기가 뭐?」 시몽이 고함친다.

「5…….」

「……임…… 끼이익 쉬익.」

「뭐?」

「4…….」

알리스도 소리를 질러 소음을 뚫는다.

「나…… 임신…… 했다고.」

「3…….」

「뭐!? 그렇지만…… 그렇지만…… 자궁 내막증 때문에 아예 임신 못 하는 거 아니었어?」

「2…….」

「나도 그런 줄 알았어. 어머니 자연이 마음을 다르게 먹었나 봐. 당신은 아버지가 돼.」

형언할 수 없는 감정이 시몽을 휩쓴다. 목이 멘다. 그는 침을 삼키더니, 환한 미소로 얼굴을 빛낸다. 이 특별한 순간을 조금 더 음미하려고 그는 눈을 감는다. 알리스는 동반자의 손을 한층 힘주어 잡는다.

「1…….」

피에르가 연결된 걸쇠들에서 셔틀을 분리하는 손잡이를 작동시킨다.

둔탁한 금속성 소리가 연달아 들린다.

「제로…… 점화!」 피에르가 알린다.

그리고 빨간 버튼을 누른다.

추락 중인 ISS의 소음이 여전한 가운데 셔틀 분사구의 특이한 소음이 더해진다. 은빛 우주선이 국제 우주 정거장에서 분리된다.

세 우주 비행사의 눈에, 오른쪽 창문들로 그들이 머물던 금속으로 된 성이 멀어지는 것이 보이며, 왼쪽 창문들로는 지구가 가까워진다. 알리스는 피에르가 시몽을 감시한다는 것을 눈치챈다.

저 두 남자는 절대 서로를 좋아하지 못하겠군. 태어날 때부터 라이벌이었던 것 같아.

20

백과사전: 성 베드로와 마법사 시몬의 대결[10]

마법사 시몬은 이스라엘 사마리아 사람으로 예수와 같은 시대에 태어났다. 『사도행전』(8장 4~25절)에 따르면, 일상적으로 마법을 보여 주며 많은 이들의 추종을 받던 시몬은 예수가 기적을 행한다는 것을 알고 기적을 행할 수 있는 능력을 돈으로 사고자 했고, 그 일로 사도들을 분노케 했다.

〈베드로행전〉이라는 제목으로 알려진 기독교 초기 저작에 따르면, 무엇이 마법이고 무엇이 진정한 기적인가를 두고 베드로와 시몬 사이에 논란이 벌어졌다고 한다.

시몬은 마법의 힘을 입증하기 위해 로마의 광장에서 클라우디우스 황제와 깜짝 놀란 군중이 지켜보는 앞에 기상천외한 마법을 선보였고 하늘을 날기도 했다.

베드로는 신자 무리를 모아서 시몬을 떨어뜨리기 위해 다 같이 열정적으로 기도하기 시작했다. 그리하여 마법사와 신

---

10 베드로와 시몬은 각각 프랑스식 이름 피에르, 시몽에 해당한다.

비주의자 사이에 일종의 공중전이 벌어졌다. 결국 베드로가 승리하고, 시몬은 추락하여 그 자리에서 죽는다.

기독교인들에게 마법사 시몬의 추락은 기독교 신앙이 어떤 다른 신앙들보다 전능함을 굳게 확인해 준다. 한편 이 일화에서 〈시모니simonie(성직, 성물 매매)〉라는 단어가 나왔는데, 이는 돈이나 보호를 대가로 종교적 혹은 영적 재화(축복이나 성직자의 특권 등)를 사거나 파는 행위를 가리킨다.

시몬은 일종의 그리스 그노시스 전통에서 유래한 지식, 세상의 창조와 인간의 지상 출현, 환상으로 이루어진 세상에서 삶의 소명 개념 등을 설명하는 비교(秘敎)와 과학이 혼합된 지식을 지녔던 듯하다. 한편 마법사 시몬은 다양한 논저를 썼다고 하는데, 대표작으로 『세상의 네 영역』과 『아포파시스 메갈레』(〈대선언〉이라 옮길 수 있다)가 있다.

전설이 된 시몬과 베드로의 대결은 중세 이래 수많은 종교적 회화와 조각의 주제로 다뤄졌다. 마법사 시몬은 또 아서 왕 전설의 마법사 멀린, 보다 최근의 예로는 「반지의 제왕」 속 간달프 같은 인물에 영감을 주었다.

에드몽 웰스, 『상대적이며 절대적인 지식의 백과사전』

21

불길. 사방에.

대기권에 진입하면서 셔틀은 유성처럼 불탄다. 우주선 기체 앞부분 전체가 불덩어리나 다름없다. 세라믹으로 된 기수는 오렌지빛으로 변하고 진동은 점점 심해지며 불길이 창문에 이글거린다.

마침내 모든 게 잠잠해진다. 소음, 불, 열기, 진동이 멎는다.

피에르의 능숙한 조종에 의해 셔틀은 안정을 찾고 프랑스 쪽을 향한다.

파리에 접근하면서, 그들은 앞 유리창을 통해 3차 세계 대전이 남긴 결과를 한층 가까이서 목격한다.

폭탄에 팬 구덩이들이 보인다.

주 폭발의 진원지는 공중에서 쉽게 알아볼 수 있는 표적인 파리 북쪽 스타드 드 프랑스였다. 폭탄을 투하한 조종사가 골이라도 넣으려 했던 것 같다. 주변 사방에서 다양한 규모의 폭발 충격이 동네들을 통째로 갈라놓았다.

우주선이 지상에 가까워짐에 따라 아직 온전한 에펠탑과 파리 노트르담 대성당, 몽마르트르의 사크레쾨르 대성당이 세 우주 비행사의 눈에 들어온다. 반면 몽파르나스 타워와 개선문은 사라졌다.

조종석의 피에르는 노트르담 대성당 앞 광장에 셔틀을 착륙시키기로 한다. 하지만 활주 구역이 충분히 길지 않다는 것을 뒤늦게야 깨닫는다. 예기치 못한 일에 당황한 군인은 주변 건물들을 이용해 속도를 늦출 수 있을 거라 여기고 비상 착륙을 시도한다.

지면과의 접촉은 격렬하다. 착륙 장치가 전부 날아가고, 셔틀은 잠시 미끄러지다가 오스만 시대풍의 어느 건물을 들이받는다.

기수가 무시무시한 굉음을 내며 부서진다. 세 승객은 앞쪽으로 내동댕이쳐지지만, 다행히 안전 하네스에 몸이 고정되어 있다.

몇 분 후 각자 정신을 차린다.

「괜찮아?」 시몽이 묻는다.

찰과상과 타박상 몇 군데, 하네스 띠에 가슴팍이 쓸려 입은 가벼운 화상 외에는 다들 무사하다.

알리스는 배를 부여안는다.

태아가 충격을 견뎠어야 하는데.

양수가 아이를 보호해 줬을 거야.

혼종 태아들도 보관함 안에서 두툼한 완충제로 보호받아 잘 버텼기를 바라.

반면 셔틀은 회생 불능 상태다.

「자, 도착했군.」 피에르가 손으로 계기판에서 피어오르는 연기를 쫓으며 알린다.

그들은 기침을 한다.

「방사능 수치는?」 기장이 묻는다.

시몽은 수치가 표시된 계수기 화면을 살펴본다.

「120밀리시버트.」

「그게 어느 정도지……?」 피에르가 묻는다.

「체르노빌 원자력 발전소가 폭발했을 때 주변 방사능 수준이지. 치명적이야.」

앨리스는 배에 손을 얹는다.

그래, 내 태아는 여전히 여기, 살아 있어. 난 느껴.

다른 손은 보관함 위에 놓여 있다.

그리고 내 보물들이 든 보관함도 무사해.

세 우주 비행사는 안전 하네스를 풀고, 지구의 〈정상적인〉 중력 때문에 자신들이 몹시…… 무거워졌음을 알아챈다. 아주 작은 동작에도 납이 채워진 옷을 입은 것처럼 엄청난 에너지가 든다.

움직임은 힘겹지만 그래도 좌석에서 겨우 일어난다. 하얀 우주복을 벗고, 무진 애를 써서 형광 오렌지색 방호복을 입고 헬멧을 쓴다.

우린 우리의 행성에 더 이상 적응되어 있지 않아. 우스꽝스럽기도 하지. 우린 지구의 이방인들 같아. 이나마 매일 두 시간 반 착실히 운동하려고 노력했으니 움직일 수 있는 거지. 운동을 안 했다면 어떤 꼴일지 차마 상상하기도 두렵군.

알리스는 천천히 몸을 움직여 세 혼종 태아와 생식 세포와 유전자 프린터가 든 보관함 쪽으로 가고, 그것이 멀쩡함을 확인한다. 그러나 보관함을 들어 올리려는 순간 금속 막대 하나가 그 큰 가방을 가로막고 있음을 깨닫는다.

알리스가 보관함을 빼내려고 하는데, 셔틀 앞부분이 불타오른다.

「벗겨진 전선 때문에 접촉 불량이 생겼나 봐.」 피에르가 설명한다. 「기체에서 대피해야 해. 이제 당장이라도 폭발할 수 있어.」

「안 돼, 기다려, 보관함이!」 초록색 눈의 젊은 여자는 외친다.

이번에는 시몽이 보관함을 빼내려고 하지만, 거친 착륙으로 뒤틀린 금속 막대 때문에 잘 되지 않는다.

「더 이상 시간이 없어!」 피에르가 그들을 재촉한다. 「당장 벗어나지 않으면 산 채로 타 죽어!」

방호복의 기밀 상태를 확인한 뒤, 시몽은 알리스를 억지로 우주선 밖으로 내보낸다. 세 우주 비행사는 밖으로 나오자마자 바닥에 널브러진다. 위력을 잊고 있던 중력에 짓눌려서다.

알리스는 두 손으로 땅을 짚고 팔에 힘을 주어 사지로 기는 자세로 앞으로 나아간다. 그렇게 해서 50미터쯤 셔틀에서 멀어진다. 그들 뒤에서 연료 탱크가 폭발해 불길이 우주선 전체로 번진다.

「보관함을 가져와야 해!」 과학자는 헬멧 속에서 외친다.

「우주선이 불타는 거 안 보여?」 시몽이 반대한다.

「그래도 저기서 꺼내야 해. 아무리 차폐와 완충과 내화성을 갖췄어도 온도가 올라가면 세 태아는 익고 말아!」 알리스가 말한다.

「내가 가지!」 피에르가 나선다.

몇 톤이나 나가는 듯한 몸을 움직이기가 힘겨운데도, 그는 사지로 기어 연기와 불길 속에서도 셔틀에 들어간다.

「미쳤어! 방호복 슈트는 방사능을 막는 거지, 불을 막는 게 아냐!」 시몽이 말한다.

두 사람이 몇 시간처럼 느껴지는 몇 분을 기다리는데, 별안간 연기와 불길 속에서 불사조처럼 군인의 모습이 나타난다. 완전히 구부정한 자세로 전진하며 보관함을 쳐들고 있다.

두 우주 비행사는 여전히 기는 자세로 그를 도와 멀찍이 피신시키려고 다가간다.

알리스는 소중한 보관함을 붙들고 시몽은 피에르의 팔을 잡아 부축한다. 안전한 곳에 오자 알리스는 보관함을 열어 충격과 열기로 실린더가 훼손되지 않았는지 확인한다. 태아들이 여전히 분홍색 액체 속에서 아무 일도 없었던 듯 장난치는 것을 확인하자 안도의 한숨을 내쉰다.

시몽이 바닥에 드러누워 기운을 좀 회복하려 애쓰는 피에르를 살펴본다. 그때 그의 오렌지색 방호복 한 부분이 녹아 구멍이 벌어지고 피부가 드러났음을 알아차린다.

시몽은 창백해진다. 전직 군인인 피에르는 이를 놓치지 않는다:

「난 끝장난 거지, 안 그래? 120밀리시버트의 방사능이 날 얼마 만에 죽일까?」

「그게…… 세포 괴사 과정이 시작되면 돌이킬 수 없으니…….」

「얼마나 걸리지?」 피에르가 고집스레 묻는다.

「체르노빌에서는 몇 시간 버틴 소방관들도 있고, 며칠 버틴 이들도 있었어.」

「피부가 조각나서 떨어지고 근육이 드러난 채로 말이지…….」 피에르는 말하다가 헬멧을 쓴 채로 토한다.

그는 헬멧을 벗고 바깥공기를 호흡하기 시작한다.

「안 돼! 그러지 마!」 시몽이 외친다.

피에르는 미소를 짓고 다시 숨을 들이마신다.

「어차피 망한 거, 헬멧 속에서 내 토사물에 질식해 죽지는 않을 거야. 군인의 최후치고 그건 좀 꼴불견이잖아.」

「당신이 혼종들을 구했어.」 감정이 복받쳐 붉어진 눈으로 알리스가 말한다.

「혹시 아직 내 충실함을 의심했다면, 이걸로 확실해졌겠지…….」

알리스는 피에르를 품에 안는다. 피에르가 부탁한다.

「분명…… 권총에 총알이 남아 있다고 했지, 안 그래, 시몽?」

시몽은 한순간 머뭇거리다가 피에르에게 총을 건넨다. 하지만 피에르의 손은 이미 너무 심하게 떨려 총구를 관자놀이에 갖다 대는 것조차 버겁다.

「자네가…… 도와주겠어?」

시몽은 총을 도로 받지만 쏘지 못한다.

그때 알리스가 총을 붙잡아 사령관의 심장에 대고 눈을 감는다. 그리고 방아쇠를 세 차례 당긴다.

피에르의 입가에서 피가 흐른다. 마지막 힘을 다해, 그는 뭔가 말하려는 듯 입을 연다. 하지만 목구멍에서 소리가 새어 나오기도 전에 눈에서 빛이 사라진다. 몸 전체가 굳고는 헝겊 인형처럼 풀썩 주저앉는다.

「좋은 사람이었어.」 알리스가 뺨이 눈물에 젖은 채 말한다.

「인정하겠어, 내가 잘못 생각했어. 사람들은 변화할 수 있어.」 시몽이 뭉클해서 말한다.

그들은 말없이 가만히 그의 곁에 잠시 머문다.

이윽고 시몽과 알리스는 지구 중력으로 인한 움직임의 힘겨움을 이겨 내며 피에르의 시신을 몇 미터 끌어 방사능 저항성을 키운 덩굴 식물들로 뒤덮인 파리 노트르담 대성당 안으로 데려간다.

신도석을 지나고, 익랑을 지나 시신을 제대 뒤 후진(後陣) 한가운데 안치한다.

「대성당 전체가 그의 묘소가 될 거야.」 알리스가 말한다. 「파라오들도 이렇게 아름다운 곳을 최후의 거처로 삼진 못했어.」

「〈너는 베드로이고 이 반석[11] 위에 내가 내 교회를 세울 것

---

[11] 성경의 베드로는 그리스어와 라틴어로 바위를 뜻하는 페트로스/페트루

이다.〉」 시몽이 읊는다.

「그 말이 그의 묘비명이 될 거야.」

시몽이 고생해서 시신의 옷을 전부 벗기는 동안, 알리스는 식물에서 딴 잎사귀로 토사물과 피의 흔적을 닦아 내고 눈을 감겨 준다.

예전에 내 최악의 적이라 여겼던 이의 죽음이 내 가슴을 이렇게까지 울릴 줄은 몰랐어.

피에르, 당신이 없었다면 우리의 모험은 한참 전에 끝났으리라는 걸 잘 알아. 때로는 우리의 반대자들이 같은 편보다 우리를 더 빠르고 멀리까지 진보시킨다는 것, 당신은 바로 그 증거야.

스를 옮긴 것이며, 프랑스어 이름 피에르도 어원이 같고 〈돌, 바위〉를 뜻하는 보통명사와 철자가 같다.

22

「몸이 너무 무거워.」 알리스가 말한다. 「땅에 자석처럼 끌리는 것 같아.」

「우린 초인이었는데, 여기서는 다시 기어다니는 민달팽이가 되었지.」 시몽이 한마디로 정리한다.

「저 위에서 몸이 그렇게 가벼웠던 게 얼마나 엄청난 특권이었는지 미처 몰랐어.」

젊은 여자는 여전히 손발을 땅에 짚은 채 허리를 조금 펴는 데 성공한다. 자신이 일부 원숭이들이 팔에 체중을 싣고 이동할 때와 똑같은 자세라는 걸 깨닫는다.

시몽도 허리를 편다.

「어쩔 수 없는 과정이지, 하지만 우린 이족 보행 능력을 되찾게 될 거야.」

몇 분이 지나자 둘은 드디어 거의 정상적으로 걷게 된다.

「샤틀레레알역으로 출발!」 시몽이 외친다.

알리스는 굴러다니는 끈 하나를 주워 보관함을 배낭처럼 어깨에 짊어진다. 앞으로는 이 보물을 몸에서 떼지 않을 생각이다. 시몽이 한 손에는 권총, 다른 손에는 가이거 계수기를 들고 앞장선다.

한 걸음마다 그들은 파리 거리의 포스트 아포칼립스적 면모를 발견한다. 모든 것이 폐허가 되어 무성한 식물에 정복당했다.

「방사능 수치는 어때?」 알리스가 묻는다.

「여전히 120밀리시버트야.」

주위의 풍경은 무시무시한 동시에 매혹적이기도 하다. 1년 만에 식물들은 자라나, 예전에 자동차들이 다니던 아스팔트를 뒤덮었다. 쩍 갈라진 건물 외관에서 파이프들이 플라스틱으로 된 내장처럼 튀어나왔고, 건물들은 가구와 장식품들이 고스란히 남아 3차 세계 대전 이전 그대로의 내부를 보여 준다.

전복된 버스들이 털이 듬성듬성한 들개들의 은신처 노릇을 한다. 이 개들은 원망 가득하다고 해야 할 듯한 눈빛을 하고 있다. 신뢰와 사랑을 온전히 바쳤는데 인간은 그들을 배반했다.

대재난이 닥쳤을 때 살아남도록 변종 신인류를 탄생시킬 계획이었던 나였지만, 모든 일이 이렇게 빨리, 이 정도까지, 이렇게 극단적인 방식으로 일어날 줄은 상상도 못 했어.

어머니 자연은 우리의 어리석음을 보고 인내심을 잃었던 게 분명해.

자연은 인간에게 자기 파괴 성향을 불어넣었고 인간은 무시무시하도록 유능하게 제 본성을 드러냈어.

우리는 이 대재난을 겪도록 미리 프로그래밍되었던 것만 같아.

그들 위로 진회색 깃털의 까마귀 떼가 맴을 돈다.

까마귀들이 우리보다 훨씬 총명해. 그들은 살아남았고, 게다가 우린 그들의 먹이가 되어 주었지. 인류 역사에서 전쟁이 일어난 후엔 늘 그랬던 것처럼. 이긴 전쟁이든 진 전쟁이든.

녹슨 자동차 잔해 무더기 뒤에서, 알리스는 마침내 지하철과 RER역 한복판의 버려진 옛 쇼핑몰 포럼 데알의 중앙 출입구를 발견한다. 격자망과 알루미늄 파이프로 된 거대한 펌프가 보이고, 덜덜거리는 것으로 보아 작동 중이다.

「이 시설물은 생존자들이 임기응변으로 만든 환기 시스템일 거야.」 시몽이 예상한다.

그들은 파이프를 빙 돌아 지하도로 들어서 지하 1층으로 통하는 연이은 계단들을 내려간다. 역시 이끼와 야생초와 담쟁이덩굴에 정복당한 상점들은 진열창이 부서졌지만 상품은 여전히 진열되어 있다.

파리는 유령 도시가 됐어.

어느 텅 빈 매장에서 알리스와 시몽은 손전등, 등산용 피켈, 로프를 챙겨 만반의 태세를 갖춘다.

시몽이 실수로 마른나무로 된 궤짝처럼 생긴 것을 밟는다. 텅 빈 통로에 부서지는 소리가 울려 퍼진다. 발을 들자 시몽은 자기가 밟아 부순 것이 두개골 달린 인간의 흉곽이었음을 알아챈다.

그는 고갯짓으로 알리스에게 바닥을 보라고 신호한다. 알리스는 시선을 떨군다. 폐기물, 건물 잔해, 덩굴 식물들 한가운데, 더러는 파묻히고 더러는 노출된 해골들이 누워 있다. 치열을 완전히 드러낸 것이, 이 상황을 보고 웃는 것 같다.

알리스와 시몽은 걸음을 빨리한다. 그들 앞에 쇼핑몰 깊이 내려가는 에스컬레이터가 있다. 금속 계단을 주의 깊게 내려가며, 여기저기 벌어진 틈새를 조심스레 타넘는다.

지면 아래로 깊이 들어감에 따라 가이거 계수기의 딱딱거리는 소리의 간격이 점차 벌어진다.

화면 속 수치는 어느새 60이다가, 50, 마침내 30밀리시버트를 나타낸다.

「내가 기억하기로, 샤틀레레알 지하철역은 깊은 만큼 넓기도 해. 사람들이 이리로 피신해 살아남을 수 있던 건 그때문일 거야.」시몽이 말한다.

손전등 불빛에 의지해 계속 나아가던 중, 그들은 소리를 감지한다.

「아래에 뭔가 있어…….」시몽이 속삭인다.

갑자기 눈이 붉고 분홍색 긴 꼬리가 달린 커다란 회색 쥐들이 그들의 다리 사이로 내달리고, 가이거 계수기가 다시 딱딱거린다.

「쥐들은 지상에도 돌아다니니까, 방사능에 오염되어 있어.」시몽이 이들 설치류에 대한 께름칙함을 감추지 못하며 설명한다. 「물려서 방호복 슈트에 구멍 나지 않도록 조심해.」

말이 끝나기 무섭게 쥐 한 마리가 천장에서 그의 머리 위로 뛰어내려 헬멧 꼭대기에 달라붙는다. 시몽은 손을 휘둘러

쥐를 떨쳐 내고, 쥐가 바닥에 내려오자 총을 한 방 쏘아 터뜨린다. 총성과 곤죽으로 변한 쥐의 몰골에 그 동족들은 다가오려는 마음이 싹 가셔 전속력으로 도망간다.

「저지 효과는 오래 가지 못할 거야.」알리스가 경고한다.

「두 발밖에 안 남았어.」시몽이 한탄한다.「더 심각한 다른 위험과 마주칠 때를 대비해 아끼도록 애써 볼게.」

그들은 계속해서 내려가고 쥐가 들끓는 새로운 구역을 우회한다.

그리고 시몽은 가이거 계수기가 10밀리시버트를 나타내고 있음을 본다.

「방호복을 벗어도 되겠어.」그가 자기 헬멧을 벗으며 알린다.

알리스도 똑같이 한다.

그들은 마침내 자유롭게 숨을 쉰다. 피부에 닿고 콧구멍으로 들어오는 공기는 감미로운 감각을 선사한다. 형광 오렌지색 방호복 두 벌을 벗고 개어서 파편들 사이에 굴러다니는 큼직한 슈퍼마켓 비닐봉지에 넣는다. 시몽이 봉지를 든다.

포럼 데알 지하 주차장으로 이어지는 에스컬레이터들을 타고 내려간다. 다시금 무슨 소리가 감지된다. 이번에는 쥐들의 찍찍거림과는 거리가 멀다. 망치 같은 것이 모루를 내리치는 소리와 비슷하다.

그들은 이 기묘한 망치질 소리를 따라 나아가다 슬쩍 열린 거대한 방화문 앞에 도달한다.

「소리는 여기서 나오는 거야.」시몽이 말한다.

문을 밀자, 계단으로 이어진다.

「저 밑에서 무슨 행사라도 있나 봐.」

가능한 한 조심하려고 노력하며, 그들은 천천히 계단을 내려간다.

「기계가 금속을 두드리는 소리가 아니야.」 알리스가 당혹해서 말한다. 「음악이야. 전자 음악! 다프트 펑크야. 이게 무슨 곡인지도 알 것 같아. 〈원 모어 타임〉이야.」

그들은 발걸음을 재우친다. 리듬이 한층 뚜렷해지고 소리는 점점 강렬해진다. 빛의 밝기도 변화한다. 초록, 파랑, 노랑, 분홍색 광선들이 아직 어두운 통로 벽을 번갈아 가며 비춘다.

모퉁이를 돌자, 알리스와 시몽의 눈에 믿기 힘든 모습이 펼쳐진다. 그들이 마주친 광경은 아무리 보아도 주차장에서 벌어지는 축제다.

대체 이게 뭐지?

배경은 인상적이다. 거대한 나이트클럽에 온 듯, 스포트라이트, 미러볼, 자외선 조명 들이 댄스 플로어를 비춘다. 벽에는 벽화가 그려져 있는데, 세 벽은 열대 정글, 나머지 한 벽은 야자나무들이 있는 장밋빛 모래 해변의 풍경이다.

빨간색 단상에서 DJ가 턴테이블을 맡고 있다. 그는 때때로 장비를 만지던 손을 놓고 머리 위로 팔을 흔들어 리듬을 맞춘다.

단상 아래서는 스트로보스코프 같은 조명이 번쩍이고 오색찬란한 스포트라이트가 돌아가는 가운데 빽빽이 모인 군중이 춤을 추며 스트레스를 발산한다.

  두 우주비행사는 믿어지지 않는다. 포럼 데알 지하 4층 주차장에서, 세상이 끝난 지 1년 된 지금, 축제가 한창이다.

23

음악이 너무 커서 알리스는 태아를 한층 더 보호하려는 듯 본능적으로 배에 손을 갖다 댄다. 태아는 깨어나 발길질을 하는데, 처음에는 아무렇게나 하다가 차차 음악의 리듬에 맞춰 간다.

알리스는 세 훈종과 자재가 든 보관함을 바닥에 내려놓는다. 시몽은 방호복 슈트가 든 비닐봉지를 벽에 기대 놓는다.

「아무튼 전기가 들어오는 건 확실하네, 이 정도 데시벨의 소리와 빛을 내는 걸 보면.」

확실히 알아봐야겠어.

단호한 걸음으로 군중을 가르며, 알리스는 단상 위의 DJ에게 간다. 검게 그은 얼굴, 희끗한 데가 있는 짧은 수염, 연보라색 꽃무늬의 분홍색 하와이안 셔츠, 벌어진 앞섶으로 끝에 돋을새김된 큼직한 음표들이 달려 번쩍이는 긴 목걸이를 건, 털투성이 상반신이 들여다보이는 그는 명랑한 사람 같다.

「얘기 좀 할 수 있을까요?」 알리스가 소리쳐 묻는다.

「뭐라고 하셨죠?」 DJ는 귀를 덮은 헤드폰을 반쯤 벗으며 되묻는다.

젊은 여자는 그에게 최대한 바싹 다가가 자기 목소리 볼륨도 높인다.

「어디 가서 얘기 좀 할 수 있을까요?」

「뭐라고요?」

귀까지 먹었군.

그래서 알리스는 수화를 동원해, 자기 입과 그의 귀를 연이어 가리킨다.

「아? 얘기하고 싶다고요?」

알리스는 고개를 끄덕이고, 자기들 두 사람을 가리키면서 손가락으로 사람이 걷는 모양을 흉내 낸다.

DJ는 커다란 선글라스를 쓴 라스타[12]풍의 다른 남자에게 손짓해 교대를 맡긴다. 그 남자는 즉시 턴테이블 앞에 서서 손을 치켜들고 음악의 리듬에 맞춰 흔든다.

「무슨 얘기를 하고 싶은데요?」

「좀 조용한 데로 갈 수 있을까요?」 남자가 자기 말을 알아듣는다는 느낌을 받자마자 알리스는 청한다.

이번에는 DJ가 확실히 고개를 끄덕이더니 화장실 쪽으로 알리스를 이끈다. 시몽이 덩치 큰 짐 두 개를 들고 따라간다.

---

12 라스타파리안Rastafarian의 약자로, 이름의 유래는 에티오피아 황제 하일레 셀라시에의 본명 라스 타파리이며, 그를 신으로 섬기는 종교로 시작되었지만 넓은 의미에서 유럽 흑인들의 아프리카적 정신으로의 회귀 운동을 뜻하기도 한다. 머리카락을 잘게 여러 가닥으로 땋은 〈드레드록〉 스타일, 에티오피아 제국 국기 색이었던 초록, 노랑, 빨강의 상징 색, 대마초 사용 등이 특징이다.

「내 이름은 알리스 카메러고 이쪽은 시몽 스티글리츠예요.」

「반가워요, 난 프랑키라고 해요. 그냥 프랑키. 두 분은 여기서 한번도 본 적 없는데…….」

「멍청한 질문이지만요,」 알리스는 대화가 다른 쪽으로 흘러가기 전 말을 끊는다. 「여러분은 여기서 뭘 하시는 거예요?」

프랑키는 너털웃음을 터뜨리고 말한다.

「허, 나야말로 묻고 싶은 질문인데요! 왜냐하면, 사실…… 내가 잘못 안 게 아니라면 당신은 이 공동체 소속이 아니니까.」

프랑키는 갑자기 웃음을 그치고 한 걸음 물러선다.

「설마…… 당신과 당신 친구, 외부에서 온 피폭자들은 아니겠죠? 우리가 〈좀비〉라 부르는 자들?」

알리스는 그의 강한 마르세유 억양이 햇볕 쨍쨍한 휴양지 분위기를 한층 더한다고 느낀다.

「우린 우주에서 왔어요.」

프랑키는 캐묻는 자세가 된다.

「그러니까 좀비가 아니라 외계인이다, 이거요?」

「정확히 말하면 우린 ISS, 국제 우주 정거장에서 왔어요. 비상 탈출 셔틀을 타고, 우리가 발견한, 사람이 거주할 가능성 있는 구역에 착륙한 거죠.」 시몽이 설명한다.

프랑키가 고개를 끄덕인다.

이런 정보를 어떻게 이렇게 빨리 받아들이는 거지?

「그럼…… 당신들이 한 말을 진지하게 받아들인다고 치고, 나도 질문 하나 할게요. 그 우주 정거장에서는 왜 내려온 거죠?」

「연료가 부족해서 우주 정거장이 궤도를 유지할 수 없었거든요.」 시몽이 설명한다.

「아, 그렇군요, 그렇군요.」

이 사람 반향 언어 증상이 있네. 특정 문장을 두 번 되풀이해.

「어떻게 3차 세계 대전에서 살아남았는지 얘기해 주시겠어요?」 알리스가 묻는다.

「그러니까, 그쪽이 외계인이라면, 우리는 〈내구(內球)인〉인 셈이죠. 처음으로 대형 폭탄이 파리 북쪽, 스타드 드 프랑스에 떨어졌을 때, 난 여기서 멀지 않은 나이트클럽 테크노 파티에서 디제잉을 하고 있었어요. 어떤 사내가 단상에 올라와 마이크를 잡더니 그 자리의 모든 이들에게 선포했죠. 그는 말하더군요. 〈나는 육군 대령입니다. 방금 소식을 들었습니다. 상황이 심각합니다. 질문은 삼가십시오, 나중에 설명할 테니. 빨리 행동해야 합니다. 살아남고 싶으면 당장 날 따라오십시오.〉 그리고 그는 우릴 이리로 데려왔죠. 그래요, 그래요.」

「그 이후에는 어떻게 살아남았죠?」 시몽이 묻는다.

「알고 보니 그 친구가 진짜 군인이더라고요. 정보기관 소속이었죠. 그래서 정보에 훤했어요. 그는 이제 상황을 어찌할 수 없다는 걸 알았어요. 그리고 전쟁이 벌어졌을 때 포럼 데알 지하를 핵 방공호로 이용할 수 있다는 걸 알았죠. 그는 우리에게 무엇을 해야 하는지 일러 주었어요. 우리는 여기, 이 숨겨진 구역, 이런…… 상황에 대비된 곳에 자리를 잡았어요. 시 전력망에서 분리된 자체 소규모 원자력 발전소에서 필요한 전력을 얻죠. 공기는 펌프와 정화 필터로 들어오고요. 자체 정수 처리 시설도 있죠.」

「먹을 것은 어떻게 구하고요?」 시몽이 계속 묻는다.

「통조림 비축분이 잔뜩 있고, 그 밖에도 수경 재배 농장에서 신선한 과일과 채소를 생산해요. 이곳은 정말 완전 자급자족으로 몇십 년은 버틸 수 있는 거대한 집단 핵 방공호로 설계되었어요.」

「굉장하군요.」 마음이 놓이기 시작한 알리스가 말한다.

「그게 전부가 아니랍니다. 그들은 최첨단 설비를 갖춘 병원, 바이러스나 박테리아를 이용한 전쟁을 대비해 바이러스를 연구하고 백신을 제조하는 과학 연구소, 저항군을 결성할 무기고까지 마련해 뒀어요.」

「몇 명이나 되나요?」 젊은 여자가 묻는다.

「696명이 그 대령을 따라와서 여기 모였죠.」

그러니까 지하를 피난처로 삼은 생존자들이 있었던 거야. 내 생각대로야. 인간-두더지 혼종을 만들기로 한 내 선택은 옳은 결정이었어. 땅속은 지상에서 일어나는 온갖 재난으로부터 보호받으니까.

프랑키는 계속해서 말한다.

「이후로 많은 피폭자들이 우리 무리에 끼고 싶어 했지만, 우린 곧 우리까지 피폭될 위험이 있음을 깨달았죠.」

「〈좀비〉라 부르는 이들 말이죠?」

프랑키는 고개를 끄덕인다.

「대령은 방공 차단 문 시스템이 완전 밀폐라고 알려 줬어요. 그래서 우린 모든 출입구를 닫았죠. 그 전에 방사능에 오염되지 않은 터널로 배움을 계속하기 위한 온갖 미디어 자료를 옮겨 왔고 건강을 유지하려고 포럼의 스포츠 센터에서 운동 기구들도 가져왔죠.」

생존자들이 발달시킨 탁월한 기지 앞에서 알리스와 시몽은 말을 잃었다.

「이젠 내가 질문할 차롑니다.」DJ가 말을 잇는다.「어떻게 우주에서 우리가 여기 있다는 걸 알았죠?」

「몰랐어요. ISS의 레이더 덕분에 갑작스럽고 국지성이 뚜렷한 전자기파 활동을 막 포착한 거죠.」시몽이 설명한다.

프랑키는 생각에 잠긴다.

「최근 공기 펌프를 교체하느라 지상으로 통하는 출입구 하나를 열기로 했어요. 기술자들이 부주의로 출입구를 닫지 않았나 봅니다. 그 덕분에 당신들이 전자기파를 감지하고 우리에게까지 올 수 있었던 거죠……. 그건 그렇고, 생각해 보니 방사능에 오염된 파리에 착륙한 다음에는 어떻게 해서 살아남았어요?」

「방사능 방호복과 가이거 계수기가 있거든요.」시몽이 대꾸한다.

「알겠어요, 알겠어요.」

「여기서 왜 축제가 열리는지는 아직 설명 안 해주셨

는데…….」

「내가 테마 파티를 열거든요. 일단 급한 생존 문제들을 다 해결하고 나자 대령이 내게 그 일을 맡아 달라고 했어요. 그는 실질적인 면들을 담당하고 나는 여가와 휴식 부분을 맡았죠. 전에 난 클럽 메디테라네에서 일했거든요. 거기에 우린 클럽 운영 방식도 따왔죠. 나는 CV, 즉 〈마을 지도자Chef de Village〉예요. 날 도와주는 사람들은 GO, 즉 〈다정한 운영자들Gentils Organisateurs〉이고 다른 이들은 GM, 〈다정한 멤버들Gentils Membres〉이죠.」[13]

놀랍군, 아포칼립스를 피하기 위한 지하의 클럽 메드라니. 게다가 이들은 가족과 이웃 시신들이 자기들 바로 위 지상에 널려 있는 와중에 파티를 하고 있어.

「그 대령이 이곳 지도자인가요?」 시몽이 묻는다.

「그게…… 아뇨. 그 딱한 친구, 운이 없었어요. 아까도 말했듯 여기에는 무기가 대량 비축되어 있어요. 어느 날 대인 지뢰가 잘 작동하는지 확인하던 중, 지뢰 하나가 그가 들고 있는 중에 폭발했죠. 군인에게 이 얼마나 지독한 조롱입니까. 전쟁과 적이 투하하는 폭탄들을 피했는데 자기 무기를 점검하다가 방 안에서 홀로 죽다니…… 그 일로 우린 무기고를 폐쇄했죠. 나 혼자만 큰 문제가 생겼을 때를 대비해 권총을 갖고 있고요.」

그는 운명론적인 태도를 내보이는 몸짓을 하더니 이야기

---

[13] 클럽 메드에서 쓰는 명칭으로, 차례로 리조트 매니저, 상주 직원, 고객을 가리킨다.

를 계속한다.

「난 책임자와 관리자를 겸하게 되었죠. 사실 여기서는 내가 모든 걸 해요. 내가 모든 결정을 내리죠. 그리고 보시다시피 분위기는 좋아요. 우린 잘 먹고, 기계들이 정상 작동을 유지하도록 좀 손보고, 춤을 추고, 사랑을 나누죠. 뭘 더 바라겠어요? 지옥이 될 수도 있었는데 낙원이 되었죠. 그래요, 여긴 낙원이에요.」

「늘 축제만 여는 건 좀 피곤하지 않아요?」

「축제는 저녁에만 하는걸요. 나머지 낮 시간에는 다들 일하죠. 어떤 이들은 청소 임무를 맡고, 또 어떤 이들은 수리를 하고요. 수경 재배 농장에서 현대적 농부로 전직한 이들도 있답니다. 정말로 편히 즐기는 건 저녁뿐이에요.」

알리스는 프랑키를 뚫어지게 쳐다보지 않을 수 없다.

참 우스운 양반이야.

「그럼 당신들의 〈저녁〉은 몇 시부터인가요?」

「두 분은 딱 저녁이 시작되는 때 왔어요.」

「하지만 이른 시각인데요. 내 시계를 보니 세계시로 18시인데.」 시몽이 대꾸한다.

「우리는 햇빛을 보지 못하니, 우리에게는 22시예요. 다들 저녁 식사를 마쳤고, 이제 행사를 여는 거죠.」

알리스와 시몽은 손목시계 시간을 변경한다.

「그럼 여러분은 1년 전부터 매일 저녁 전자 음악을 틀고 춤추는 거예요?」

「아니죠!」 DJ가 세차게 도리질한다. 「가끔 나이 많은 분들을 위해 클래식이나 재즈, 록 음악을 틀기도 해요.」

그럼 난 노인들 모이는 날에 와야겠군.

프랑키는 세면대 가장자리에 앉는다.

「우리 공동체에 뉴 이비사라는 이름을 붙였다는 얘기 했던가요? 그건 우리 철학이 전적으로 에피쿠로스적이기 때문이랍니다. 우리가 매 순간을 최대한 누리고 즐겁게 보내자고 마음먹었다는 점에서 말이죠. 카르페 디엠이라는 말 알아요? 우린 매일 그렇게 살죠. 매일! 그리고 우리는 춤만 추는 게 아니랍니다. 극장에서 영화 상영회도 해요. 〈워킹 데드〉나 〈더 라스트 오브 어스〉 같은 시리즈물을 보고. 2000년대 SF가 어떻게 우리 현실이 되었는지 되새기려고요. 포커와 각종 다른 게임을 할 수 있는 카지노도 있죠. 이제는 쓰이지 않는 옛날 지폐를 판돈으로 걸어요.」

「카르페 디엠은 근사한 철학이지만 그리 건설적이지 않죠.」 알리스가 지적한다.

「뭘 건설하려고요? 지상은 전부 폐허고 방사능에 오염되었는데!」 프랑키가 대꾸한다.

「쥐, 까마귀, 비둘기 들은 적응 방식을 찾았어요, 그들은요.」 알리스는 반박한다. 알리스에겐 그 점에 중대한 의미가 있다.

생은 찾고자 하는 이들에겐 방법을 찾아 줬어.

「그래요, 돌연변이들도 살아남았죠, 하지만 우린 신경 안 씁니다. 이제 멀쩡한 것은 아무것도 구축할 수 없어요. 게다가 여기 뉴 이비사에는 또 하나 중요한 좌우명이 있죠. 〈노

퓨처〉.」

「1980년대 펑크 슬로건 중 하나였죠.」 시몽이 기억해 낸다.

「그럼 어른들이 모두 즐거운 시간을 보내는 동안 아이들은 누가 돌보죠?」 알리스가 묻는다.

프랑키는 갑자기 심각해진다.

「우리에겐 세 가지 근본 규칙이 있어요. 노동 없음, 가족 없음, 조국 없음. 그러니까 그 결과 당연히 아이도 없죠.」

「그럼 임신한 여자가 생기면요?」 알리스가 묻는다.

「의사가 여럿 있어 그걸 〈해결〉해 주죠.」

젊은 여자는 배에 손을 얹는다.

「내 반려자와 나는 당신들만큼 에피쿠로스적이지 않아요. 아무튼 아직은요. 내가 임신했기에 더욱 그렇고요.」

프랑키는 얼굴을 찡그린다.

「그럼 앞으로…… 진짜 아기를 낳는단 말입니까? 밤에 잠 안 자고, 울고, 토하고, 냄새나는 기저귀를 갈아 줘야 하는 녀석을?」

「그리고 난 아기를 키울 생각이에요. 문제가 될까요?」

「남들에게 선전하지 않는다면요. 다른 이들에게 따라 하고 싶은 마음이 생기는 건 원치 않거든요.」

첫 번째 정보를 전했으니, 두 번째도 시도해 볼 수 있겠어.

「잘 됐네요, 왜냐하면 스티글리츠 교수와 나에겐 곧 태어날 〈보통〉 아기도 있지만 〈특별한〉 아기도 셋 있거든요.」

「기형이나 장애가 있는 아이들 말하는 거예요?」

「〈다른〉 아이들이라고 하고 싶은데요.」

프랑키가 웃음을 터뜨린다.

「신비주의는 그만둬요! 무슨 얘깁니까?」

「그러니까, 좀비, 외계인, 내구인, 돌연변이에 이어 포스트아포칼립스 시대의 다른 생명체 얘기를 꺼내야겠네요. 혼종이죠.」 알리스가 밝힌다.

「혼종? 반은 휘발유, 반은 전기로 가는 자동차와 관계있는 거예요?」

「사실상 혼합이라는 개념이긴 해요. 혼종은 반은 인간, 반은…… 다른 것이죠.」 시몽이 설명한다.

「다른 것 뭐요?」 프랑키가 안달을 내며 묻는다.

알리스는 화장실 타일 바닥에 놓인 보관함을 가리킨다.

「그들은 이 상자에 들어 있고 이들 역시 선천적으로 인류사의 이 특별한 시기와 관련된 온갖 힘든 일을 겪고 살아남았어요.」

프랑키는 다시금 요란한 너털웃음을 터뜨리고, 햇빛이 깃든 그 억양으로 말한다.

「그것참…… 오늘의 좋은 소식이군요. 내가 이해한 게 맞다면, 당신들 덕분에 우리에겐 보통 아이 하나와 〈혼종〉 아이 셋이 생기겠군요……. 맞아요? 맞아요?」

일단은 셋이고 일이 잘 풀리면 더 많을 수도 있지. 히지만 그 얘길 꺼내긴 좀 일러.

그는 웃느라 맺힌 눈물을 닦는다.

「다른 이들에게 이 사실을 발표하면 불타는 대화 주제가 될 겁니다. 여기서 제일 부족한 게 그거거든, 새로운 일. 우린 수가 많지 않고, 은둔 생활을 하죠. 하는 얘기라곤 음식과 음악 얘기밖에 없어요. 결국은 반복적이죠. 아, 정말 그래요, 반복적이에요.」

「내가 제대로 알아들었다면, 당신이 마을 지도자라고 하시니,」 알리스가 말한다. 「당신에게 물어봐야 할 것 같네요. 우리가 머물 곳이 있을까요?」

프랑키는 수염을 긁적이며 궁리한다.

「파리 교통 공사 노동조합 회의실로 쓰이던 방이 괜찮겠어요. 보면 알겠지만 아주 안락합니다. 게다가 여기보다 덜 시끄러운 구역에 있게 될 거고요. 그리고 갖고 있는 도구 말고도 장비가 더 필요할 텐데, 그렇죠? 과학자들 구역에 가서 물어보세요. 거긴 모두 갖춰져 있답니다. 현미경, 스캐너, 나보다야 당신들이 더 잘 알 신기한 기구들.」

「정말 친절하시네요. 우리에게 귀중한 선물을 주시는군요.」 시몽은 대화가 잘 풀린 것에 안심하며 감사의 말을 한다.

「당신들이 마음에 들거든요. 게다가 예비 부모이니만큼 매일 밤 파티하는 데에는 관심이 없을 것 같고.」

조용한 구석을 나서면서, 시몽은 묻는다.

「단순한 호기심에서 묻는 건데, 지하에 살면서 피부는 어떻게 태우는 겁니까?」

「마음에 들어요? 우린 스포츠 센터에서 UV 램프가 달린 선탠 기구를 가져왔거든요. 지하에 살면 다들 창백해지게 되죠. 그리고 의사들이 선탠은 비타민 합성에 필수적이라고 설명했어요.」

프랑키는 시몽의 등을 철썩 때린다.

「솔직히 말해 봐요, 세계 종말이 이럴 거라곤 상상도 못 했죠? 술 마시고, 춤추고, 카드놀이를 하고, 애들 때문에 골치 아플 일 없이 사랑을 나누며 지낼 거라고는 예상치 못했겠죠! 그런데 2차 세계 대전 종전 이후로 사회학자들은 우리가 여가 사회로 끝나고 말 위험이 있다고 경고했단 말이에요. 아무튼, 세상이 끝났고 우리 모두 죽을 테니, 그 전에 좀 즐겨야죠, 안 그래요?」

「영원히 축제를 여는 미래라…… 어떤 미래학 책에서도 그런 내용은 못 읽었네요.」 시몽이 농담한다.

「아무튼 다른 사람들이 당신들이 누구고 왜 여기 있는지 알아야 하니, 얘기해 두겠어요. 결국은 당신들을 발견하고 질문을 해댈 테니까. 또, 그래요…… 평범한 아이가 태어나면, 뭐 그때는 예외라고 설명하죠.」

「세 혼종 아기는요?」 알리스는 걱정한다.

「지금은 비밀로 해두는 게 좋아요. 한 번에 한 가지씩.」

프랑키는 좀 더 웃다가, 두 사람의 등을 각각 탁 치고는 노조 회의실로 안내한다.

가는 길에 알리스와 시몽은 모든 복도에 자연 배경을 그린 사실주의적 벽화가 그려져 있는 것을 본다. 정글, 해변, 그 밖에 사막, 숲, 산도 있다.

주차용 칸들이 주거지로 개조되었는데, 이것들도 녹색 플라스틱 식물로 장식되었다. 안에는 가구들이 보인다.

기온은 놀라우리만치 높다.

여기는 영원한 여름이구나.

가면서 몇 사람을 마주치고, 그들은 정중하게 인사한다. 대부분 휴양지용 옷을 입었다. 품이 넉넉한 셔츠, 반바지, 하늘하늘한 치마, 샌들. 많은 이들이 피부가 그을렸고 선글라스까지 쓰고 있다.

아포칼립스 이후의 세상이 이렇게 〈여름 축제〉 분위기일 줄은 예상하지 못했어.

시몽과 알리스는 같은 생각을 하고 서로 마주본다.

생각해 보면, 벌써 잘 갖춰진 장소에서 이 생존자들과 함께 사는 것도 괜찮을 거야.

마침내 그들은 노조 회의실에 도착한다. 둘은 프랑키가 제공한 장소에 압도당한다. 마을 지도자는 〈정부 사퇴〉, 〈우리는 포기하지 않으리〉, 〈총파업〉 등 노조 슬로건이 적힌 벽보들을 떼어 낸다.

「흠, 먼지투성이라 청소가 필요하겠군요. 난 이곳을 럼주 시식회장으로 개조할 생각이었지만, 당신들이 왔으니 이곳을 더 건실한 일에 쓸 수 있을 거라 믿어요.」

프랑키가 떠나자마자 알리스는 안락의자 하나에 앉는다.

「그런 격언 있었지? 〈끝에는 모든 것이 잘될 것이고, 잘되지 않는다면 그건 끝이 아니다〉…….」

「당신은 이 뉴 이비사 사람들을 믿어?」 시몽이 묻는다.

「우린 별로 선택의 여지가 없어. 어떡하고 싶은데? 방호복을 입고 지상의 폐허 사이를 방황해? 여기는 공기, 물, 음식, 전기가 있고, 사교 생활과 심지어 과학 연구 자료까지 있어.」

「하지만 자기도 들었잖아. 이들은 아이를 원치 않아. 그저 즐기기만 바라지.」시몽이 회의적으로 대꾸한다.

「내가 들은 말은 우릴 받아들여 주겠다는 소리였고, 내가 본 건 프랑키가 우리에게 이 지하 도시 주민 대부분에게 배정된 주차장 칸보다 더 넓은 장소를 내줬다는 거야.」

알리스는 일어서서 팔꿈치로 탁자 하나를 닦고 보관함을 내려놓는다. 거기서 혼종 태아가 든 투명한 실린더 세 개, 생식 세포가 든 시험관들, DNA 프린터를 꺼낸다. 아무것도 망가지지 않았고 다 멀쩡함을 확인한다.

시몽은 알리스를 품에 안고 키스하며 마르세유 억양을 서툴게 흉내 내어 귓가에 속삭인다.

「아무튼, 세상이 끝났고 우리 모두 죽을 테니, 그 전에 좀 즐겨야지……」

24

백과사전: 대멸종

   지구에 생명이 출현한 이후로 다섯 차례의 대멸종이 있었다.

   첫 번째는 오르도비스기 대멸종이라 불리며 4억 4천5백만 년 전 일어났다. 추정 원인은 급격한 기온 저하였다. 그 결과 당시 주로 바다에 살던 60퍼센트의 생물종이 멸종했다.

   두 번째는 데본기 대멸종으로, 3억 6천만 년 전 일어났다. 추정 원인은 대양의 산소 결핍이었다. 그 결과 75퍼센트의 생물종이 멸종했다. 이번에도 역시 주로 해양 생물종이었다.

   세 번째 대멸종인 페름기 대멸종은 2억 5천만 년 전에 일어났다. 추정 원인은 대규모 화산 활동이었다. 이는 1백만 년간 지속되어 95퍼센트의 생물종이 멸종했다. 이번에는 해양 생물, 특히 대형 어류만 멸종한 것이 아니라 육지의 곤충과 소형 초식 동물 대부분도 멸종했다.

   네 번째 대멸종은 트라이아스기 대멸종이다. 2억 년 전에 일어났다. 추정 원인은 대륙 분열로 생성된 용암에서 방출된 엄청난 양의 이산화탄소다. 당시 물, 지상, 공중에 살던 생물 종 70퍼센트가 멸종했다.

마지막 다섯 번째는 백악기 대멸종으로, 6천6백만 년 전이다. 추정 원인은 멕시코 유카탄반도의 거대한 소행성 충돌이다. 이 재난으로 대형 공룡 대부분이 멸종했고, 그 결과 온혈 동물인 소형 포유류들이 번성하고 생태계의 주도권을 잡아 결국 그중 하나, 좀 특별한 영장류가 패권을 쥐기에 이르렀다. 바로 인간이다.

에드몽 웰스, 『상대적이며 절대적인 지식의 백과사전』

25

「으아아앙!」

모든 젖먹이가 그렇듯, 신생아는 고함을 질러 제 폐포들을 펼친다.

됐어, 살아 있어!

알리스는 신생아를 들어 품에 안는다. 오랫동안 입 맞추고 싶은 감정을 간신히 억누른다.

살아 있어! 살아 있어!

프랑키는 스마트폰으로 그 장면을 촬영한다.

시몽이 아기를 받아 탁자 위에 조심스레 내려놓고 얼굴을 닦아 준다.

마침내, 기나긴 기다림 끝에, 드디어 나왔어! 너무 행복해! 이 순간을 너무나 기다려 왔어…….

프랑키가 스마트폰을 들고 촬영을 계속하면서 말한다.

「어…… 눈이 저렇게 큰 게 정상이에요?」

알리스는 대꾸하지 않는다.

「귀도 저렇게 크고?」 그는 끈질기게 묻는다.

대답이 없는데도 아마추어 영화감독은 계속 질문을 해댄다.

「그리고 원래…… 날개가 있는 거예요?」

「조용히 좀 해요.」시몽이 애원한다.

「알았어요, 그런데…… 쟤 발가락 긴 거 봤어요? 손가락이라고 해도 믿겠네!」

신생아를 출산 모태에서 부드럽게 빼낸 후, 알리스가 몇 가지 설명을 해준다.

「손이 날개의 막을 지지하는 데 쓰이니, 논리적으로 다리는 발가락이 아주 긴 발이 달린 일종의 팔처럼 변형되는 거죠, 그래서 손가락처럼 보이는 거고요.」

「아, 알겠어요, 알겠어요.」프랑키가 미심쩍은 듯 말한다. 「어떻게 보면 천사나…… 악마처럼?」

「아뇨. 신화 속 천사와 악마는 팔다리가 있고, 거기에 날개까지 있으니 육지(六肢)가 되는데, 그건 논리에 맞지 않죠.」시몽이 진지하게 대답한다. 「포유류는 대개 사지뿐이니까요. 그러니까 팔이 있거나, 날개가 있거나 둘 중 하나죠.」

프랑키는 더 이상 우기지 않는다.

하얀 피부의 혼종 신생아는 독특한 울음소리, 인간 아기의 울음소리와 박쥐의 쩍쩍거림이 섞인 소리를 낸다.

「저 울음소리는 이상해요.」마르세유인이 말한다.

「배가 고픈 거예요.」시몽이 다가간다.

젖병을 준비해 둔 알리스가 곧장 날개 달린 신생아를 받아 무릎에 얹고 미지근한 우유를 먹인다. 만삭의 배 때문에 젖을 먹이기에 가장 편안한 자세를 찾아 몸을 이리저리 비튼다.

작은 인간처럼 젖을 빠는 이 새로운 존재를 보고 모두 감격한다.

「지구에 온 걸 환영해…… 헤르메스.」

아기는 눈꺼풀을 파닥거리지만 젖병에 계속 집중한다.

「솔직히 말해, 이런 날이 올 거라고 믿지 못했어. 그 모든 노력이 마침내 보상받네…….」 시몽이 말한다.

감동을 느낀 프랑키는 스마트폰을 내려놓는다.

「안아 봐도 돼요? 봐도 돼요?」

알리스는 그에게 혼종을 건넨다. 프랑키는 가슴 찡할 정도로 조심스럽게 받아들고 젖을 마저 먹인다.

시몽은 알리스의 손을 잡고, 알리스의 다른 손은 보호하듯 자기 배에 얹혀 있다.

「까꿍, 헤르메스, 나야, 프랑키 삼촌이야. 날 믿으렴, 넌 좋은 데서 태어났고, 우리가 널 잘 보살펴 줄 거야.」

그러고는 안아 흔들면서 거듭 입을 맞춘다.

보통 인간 아기 크기인 신생아는 눈을 깜빡이며 그를 물끄러미 바라보는 것 같다. 자기를 안고 있는 이 커다란 사람이 누군지 궁금한 듯하다. 동물 주둥이를 닮은 코가 냄새들을 분석하려고 벌름거린다. 귀는 방에서 아주 작은 소리만 나도 쫑긋해진다.

구부러졌다 펴졌다 하는 긴 발가락만이 미지근한 우유를 먹는 만족스러움을 드러낸다.

「오늘은 기념할 만한 날이야.」 알리스가 선언한다. 「헤르메스는 아마 신인류의 모습을 보여 줄 최초의 원형일 거야.」

정말로 살아 있는 내 첫 키메라.

세 인간은 그날 내내 몹시도 고대하던 혼종 아기, 헤르메스를 어르며 시간을 보낸다.

밤이 오고, 시몽과 알리스는 제 침대에서 자는 작은 헤르메스가 엄청난 광경이나 되는 것처럼 눈을 떼지 못한다. 다른 두 태아, 두더지 인간과 돌고래 인간이 든 투명한 모태가 바로 옆 탁자에 놓여 있고, 작은 램프들이 빛을 비춘다.

태아들은 성장에 필요한 물질이 든 액체 속에서 느릿느릿 움직인다. 그들 주변, 옛 노조 회의실이었던 방은 기구가 가득한 실험실 겸 뒤죽박죽 어질러진 아파트가 되었다.

시몽이 긴 한숨을 쉰다.

「그거 알아? 이게 성공하리라고는 생각지 못했어.」

「그거 알아? 나도 그래.」 알리스가 짓궂게 대꾸한다.

그들은 웃지만, 알리스의 웃음은 찡그림으로 변한다.

「내 뱃속에서도 아이가 나올 준비를 하는 게 느껴져.」

「아직도 성별을 알고 싶지 않아? 여긴 기계들이 있어서 성별을 미리 알 수 있잖아.」

누군가 문을 두드린다.

「누구세요?」 시몽이 묻는다.

「프랑키예요. 방해해서 미안한데, 혹시 당신들의…… 아니, 〈우리〉 아이를 좀 더 볼 수 있을까 해서.」

그 호칭에 두 사람은 놀란다. 그전까지 프랑키는 태아들을 〈실험〉이라 칭했다.

「헤르메스는 정말이지 무척 아름다워요.」그가 혼종의 매끄러운 뺨을 어루만지며 인정한다.

「좀 새로운 형태의 아름다움이죠.」시몽이 덧붙인다. 「아무튼 우리가 지금까지 알았던 신생아의 미적 기준과는 닮지 않았으니까.」

「우리 공동체 사람들에게 헤르메스 이야기를 하는 문제가 남았어요.」프랑키가 말한다. 「어떻게 받아들일지 잘 모르겠네요. 안 좋은 소리를 하려는 건 아닌데, 헤르메스가 다른 아기들이랑 무척 다르다는 건 사실이니까…….」

알리스는 의자에서 일어나 서 있기 편한 자세를 찾고 긴장을 누그러뜨리려고 한 손을 배에 갖다 댄다.

「계속해서 감출 수는 없어요. 뉴 이비사 사람들이 우리의 성공을 알아야 해요.」

「너무 일러.」시몽이 무뚝뚝하게 말한다.

「또 타인의 시선에 대한 그 두려움이군.」알리스가 반박한다. 「이 아이의 존재를 계속 숨기는 건 기한을 미루는 일일 뿐이야. 헤르메스는 뉴 이비사에 소개되고, 받아들여지고, 용인받고, 그 후 교육받고 자리를 잡아야 해.」

「만일 반응이 적대적이면 어쩌고?」시몽은 걱정한다.

「알리스 말이 맞아요, 시몽, 이 조금 특별한 아기를 언제까지나 숨길 수는 없어요. 어찌 됐든 사람들에게 내보여야죠.」

「뉴 이비사 사람들이 겁을 먹고 아이를 없애려고 하면 어쩌고요?」시몽이 말한다.

「우리가 지켜 주죠.」

「상대는 주민 695명인데?」

셋 다 자면서 웃고 있는 헤르메스를 바라본다.

「정말 그들이 쟤를 없애려 들 것 같아요?」 공동체의 지도자가 시몽에게 묻는다.

「물론이죠! 당신은 안 그래요?」

프랑키는 곰곰이 생각한다.

「좋아, 그러면 마을 지도자로서 내가 개입해야죠. 내가 이 아이를 지킬 테니 나만 믿어요.」

이번에도 〈아이〉라고 했어. 진정한 애착 관계를 맺기 시작한 거야.

「그래도 다른 둘이 태어날 때까지 기다리는 게 좋겠어요.」 알리스가 끼어든다. 「그러는 게 모양새가 좀 더 좋아 보일 거예요.」

그 말을 하는 순간, 뱃속에서 세찬 발길질을 느낀다.

물론 네 존재도 생각해야겠지, 내 개인적인 〈내적 실험〉아.

26

 사흘 후 두 번째 혼종 신생아가 태어난다. 인간의 정자와 암컷 두더지 난자를 수정한 결과물이다. 제 형보다 몸집이 작고, 커다란 손과 굵은 손가락에는 벌써 두텁고 뾰족한 손톱이 달려 있고, 눈은 아주 작다. 비단처럼 보드라운 가느다란 검은 털로 덮여 있다. 주둥이는 헤르메스보다 더 튀어나오고, 아기 고양이 수염 같은 긴 감각모가 났다. 입에는 긴 앞니가 있어 커다란 다람쥐를 닮았다.

 프랑키는 이번에도 감격에 겨워 두더지 아기의 첫 외침과 첫울음과 젖 먹기를 촬영한다. 이번에는 놀라움은 덜하지만, 감동은 여전히 강렬하다. 세 인간은 신생아가 시력은 약하지만 후각은 고도로 발달해 있음을 알아챈다.

「안녕, 하데스.」

 다음 날 세 번째 혼종 신생아가 태어난다. 셋 중 가장 몸집이 크고, 인간 아기보다도 크다. 푸르스름한 회색의 매끄러운 피부와 눈꺼풀 없는 동그란 눈을 지녔다. 주둥이는 튀어나오고 손의 손가락들은 섬세한 막으로 서로 연결되었다. 치

아는 독특하다. 작고 날카로운 것이 돌고래 이빨과 비슷하다.

폐를 비우는 첫 외침은 제 〈형제들〉의 소리보다 덜 인간 같고, 초음파에 가까운 고음이다.

알리스는 더없이 다정하게 물갈퀴 달린 작은 손을 잡고 서로 붙었다가 떨어지는 손가락들을 관찰한다.

엄마, 이걸로 엄마의 합지증을 설욕했어요. 언젠가는 손가락 사이에 막이 없는 자들이 〈기형〉 취급받아 배척당할 거예요.

「안녕, 포세이돈.」프랑키가 말한다.

「이제 혼종 3형제가 완성됐군. 공중의 왕 헤르메스. 지하의 왕 하데스. 바다의 왕 포세이돈.」시몽이 정리한다.

프랑키는 공식 사진을 찍자고 제안한다. 본인이 종종 부르는 대로 〈우주에서 온 과학자〉 커플이, 세 혼종을 흰색, 검은색, 푸른색인 각자의 피부색을 돋보이게 하는 수건에 감싸 품에 안은 사진이다.

「이제 뉴 이비사에 상황을 알릴 때에요.」마르세유 억양의 마을 지도자는 선언한다.「그 일은 내가 맡죠.」

시몽과 알리스는 걱정스레 서로를 바라본다. 알리스는 기운이 빠진 듯 주저앉는다. 성공했다는 기쁨과 사람들이 신생아들을 거부할지 모른다는 두려움으로 복잡한 심경이다.

시몽은 다른 이들이 자기들의 성역에서 감히 몰래 괴물들을 창조했다고 우릴 비난할 거라 생각해. 위험이 두려워 과감히 밀고 나가지 못하는 건 그의 가장 당혹스러운 면 중 하나야. 적어도 아빠와 엄마는 내게 이 특별한 재능을 물려주셨지. 고귀한 목적으로 싸운다는 확신이 든다면 이것저것 생각하지 않고 돌진하는 것.

약속대로 프랑키는 댄스 플로어로 쓰이는 넓은 주차장에 뉴 이비사 주민 695명을 집합시킨다. 그는 단상에 올라 마이크를 잡는다.

「헤이! 형제자매 여러분! 근사한 소식이 있어요! 여러분도 아시다시피, 우린 알리스와 시몽을 맞아들였죠. 저 높이 하늘에 뜬 국제 우주 정거장에서 살던 과학자이자 우주 비행사들 말이에요. 이 사람들 엄청 뛰어난 학자랍니다. 그것만으로도 박수갈채를 보내 마땅하다고 생각해요.」

군중은 미심쩍어하며 열없이 박수를 친다.

「고마워요, 내가 대신 감사드립니다. 그런데 이 친구들이 좀 정신 나간 공동 연구 프로젝트를 했단 말이죠. 솔직히 말해, 난 성공할 줄 몰랐답니다. 하지만 이들은 굴하지 않고 요 몇 달간 열심히 노력했죠. 그리고 프로젝트가 마침내 결실을 맺었어요. 난 그 결과를 봤고 촬영도 했답니다. 놀랍기도 하지만, 무엇보다 끝내주게 쿨해요.」

좌중은 갑자기 조용해져 귀를 기울인다.

「뭐, 직접 보여 주는 게 제일 간단하겠네요. 이 완벽한 성공을 보고 내가 느낀 감탄을 여러분도 함께 느끼도록 말이죠.」

프랑키는 알리스에게 다가오라는 손짓을 한다. 알리스는 헤르메스를 품에 안는다.

「그들 연구의 결실이 여기 있습니다!」 그가 발표한다.

뉴 이비사 주민들은 하얀 피부에 작은 날개가 달린 신생아와 조우한다. 좌중에 놀라움의 외침이 솟는다. 열광하는 소리인지 두려움의 소리인지 알리스와 시몽은 알 수 없다.

「내 대자(代子)를 소개하죠. 이름은 아주 소박하게 헤르메스라고 한답니다. 그리스 신화의 도둑의 신처럼…… 딱 맞는 이름이에요. 얘는 정말 날 수 있을 테니까!」[14]

마을 지도자가 웃음을 이끌어 내려고 한 말장난에 반응을 보이는 이는 거의 없다.

「이 매력적인 아기의 탄생을 환영합시다! 지구에 잘 왔어, 헤르메스!」

군중은 여전히 반응이 없고, 긴 정적 후에 비난을 표하기 시작한다.

망했어. 이들은 혼종들의 존재를 받아들이지 않을 거야.

시몽이 알리스에게 귓속말로 속삭인다.

「이럴 거라 예상했어야지.」

안 돼. 그토록 많은 시련을 극복했는데 이제 와서 실패하진 않을 거야!

「이게 무슨 개수작이지?」 한 남자가 말한다. 「날개 달린 꼴이 꼭 뱀파이어 쥐 같잖아. 저런 더러운 짐승은 여기 필요 없어!」

「필요 없어!」 여러 사람이 합세한다.

「저놈을 죽여야 해!」 다른 사람이 외친다.

점차 적의 어린 웅성거림이 높아 간다.

「죽여! 그래, 죽여!」

[14] 프랑스어에서 〈날다〉와 〈훔치다〉는 voler로 철자가 같다.

시몽이 나서야겠다고 결심한다.

「잘 알지도 못하는 갓난아기를 왜 그렇게 미워합니까?」

웅성거림이 그친다.

「우리는 헤르메스라는 이름을 붙였지만, 학명은 호모 볼란티스입니다. 프랑키가 말했듯, 이 아이는 인간과 박쥐의 혼종이니 자라나면 날 줄 알게 될 겁니다. 여러분 중 날고 싶다는 소망을 품어 본 적 없는 분 있나요?」

허를 찌르는 질문이다.

「새처럼 3차원의 공간을 자유롭게 움직이고 싶다고 꿈꿔 본 적 없는 분이 있을까요? 알리스는 놀라운 발상을 했습니다. 인간이 살아남게 하기 위해 형태를 바꿔야겠다는 상상을 한 거죠. 더 이상 우리의 원자 폭탄으로 오염된 이 지상을 기어다니지 않아도 될 가능성을 선사함으로써 말입니다.」

잘했어, 시몽, 자기가 초기의 부정적인 반응을 멈춘 것 같네. 이제 내가 나설 차례야.

뉴 이비사의 분위기에 녹아들기 위해 공동체 보유 물품에서 가져온 연보라색 꽃무늬의 분홍색 원피스를 입은 알리스가 발언에 나선다.

「연구자로서 저에겐 한 가지 포부, 단 하나의 프로젝트, 단 하나의 집념뿐입니다. 인류 문명의 흔적이 미래에도 여전히 남아 있도록 하는 것이죠. 여러분은 전 지구적 참사의 생존자입니다. 이 재난은 우리의 과거 선택들이 옳지 못했다는 증거입니다. 저는 미래를 위해 다른 대책들을 찾으려 노력합니다. 그중 하나가 인간의 신체 형태를 새로이 창조하려는 것이고요. 헤르메스는 그렇게 해서 탄생했습니다.」

알리스는 작은 날개를 머뭇머뭇 펴며 옹알대는 아기를 높이 들어 올린다.

「그건 인간이 아냐!」 화장을 짙게 한 어느 여자가 확연히 적대적인 어조로 말한다.

「저도 인정합니다, 이 아이는 〈다르〉죠. 피부가 하얗고 날개가 있어요. 귀도 크고요. 발가락이 깁니다. 하지만 사소한 결함 없는 사람도 있나요?」

「그건 결함이 아니야.」 여자가 계속한다.

「어쨌든, 이 아이는 드문 자질이 있어요. 여러분 다수가 죽을 상황에도 이 아이는 분명 살아남을 겁니다. 인류를 구할 더 좋은 생각 있는 분은, 알려 주시거나 영원히 입을 다물어 주시죠.」

이 마지막 말에 무거운 침묵이 이어진다.

「제가 제안하는 방안은 이겁니다. 어쩌면 옳은 방안은 아닐지 모르죠. 더 나은 대책이 있다면 전 기꺼이 포기할 겁니다.」 알리스는 말을 잇는다.

좌중 여기저기서 웅성거림의 어조가 바뀐다.

단호하게 보여야 해. 내게 의구심이 든다는 걸 느끼면 이들은 날 따르지 않을 거야.

「프랑키가 말했듯, 이 아기의 이름은 헤르메스입니다. 지구에 태어난 최초의 살아 있는 혼종이고, 제게는 미래 인류의 모습을 보여 주는 전조입니다.」

시몽이 몸짓으로 응원을 보낸다. 알리스는 감사를 표하고 프랑키에게 마이크를 넘긴다.

「소중한 형제자매 여러분, 난 우리가 역사적인 사건을 목격하게 된 건 엄청난 행운이라고 생각해요. 인류의 모험을 다른 방식으로 계속해 나갈 존재의 탄생 말이죠. 그러니 흥을 깨지 맙시다. 알리스와 시몽의 노고에 박수를 보냅시다. 헤르메스에게 박수를 보내자고요. 헤르메스 만세!」

마을 지도자는 혼자 박수를 치기 시작한다. 과학자 커플이 뒤따른다.

이제 할 수 있는 건 다 했어.

「그거 정말…… 살아 있어요?」 금발의 다른 여자가 묻는다. 「로봇 인형 아니고요?」

프랑키가 대답한다.

「아니에요, 마르그리트, 장난감이 아니고, 알리스가 방금 설명한 것처럼 알리스와 시몽이 탄생시킨 혼종이에요. 우리 모두 박수갈채로 열광적인 환영의 뜻을 보일 수 있을 것 같은데요.」

다시금 세 사람은 박수를 치고, 마침내 좀 전의 마르그리트와 스무 명 남짓한 사람이 합세한다.

「헤르메스 만세!」 프랑키가 외친다.

몇 사람의 야유와 휘파람 소리가 들리지만, 점점 더 많은 이들이 입을 모아 따라 한다.

「헤르메스 만세!」

프랑키는 두 과학자를 돌아보고 낮은 소리로 말한다.

「다른 둘도 데려와요. 시간 끌어선 안 돼요.」

시몽이 단상에서 내려가 잠시 자취를 감췄다가 두 키메라 갓난아이를 품에 안고 나타난다. 프랑키는 고운 검은 털이 난 아기에게 다가간다.

「두 번째 걸작, 하데스! 지하 세계와 지옥의 그리스 신 이름을 따서 지었죠. 뭐 생각나는 거 없어요? 우리도 지하에 살고 어떤 날 밤에는…… 지옥 같은 난장판으로 놀잖아요……! 그럼 우리 하데스에게 뭐라고 해야 하죠?」

이번에도 군중 대부분이 입을 모아 소리친다.

「하데스 만세!」

이제 프랑키는 손짓으로 푸르스름한 회색 피부에 손에 물갈퀴 달린 갓난아이를 가리킨다.

「내가 제일 예뻐하는 녀석이에요. 마르세유 항구의 향기가 떠오르거든! 포세이돈을 소개합니다! 바다의 왕! 자, 포세이돈에게 뭐라고 할까요?」

「포세이돈 만세!」

놀라움이 지나가자 여러 사람이 단상에 올라가 혼종을 더 가까이서 보게 해달라고 청한다.

세 신생아는 완벽하게 처신한다. 마음을 녹이는 옹알거림과 쨱쨱 소리를 내며 손발을 꼼지락거린다.

「성공한 것 같아요.」 프랑키가 알리스와 시몽에게 공모의 윙크를 보내며 기뻐한다.

알리스는 속삭인다.

「잘됐어요, 우린 앞으로 계속 만들어 내고 싶으니까.」

「얼마나 할 건데요?」 프랑키가 성공에 도취되어 묻는다.

「한 종에 144명씩.」

프랑키가 기침을 한다.

「다시 말해 줄래요?」

「그러니까 144 곱하기 3, 432명의 어린 키메라를 내놓는 거죠. 너무 많아요, 아니면 괜찮아요? 물론 태어나게 하는 게 다는 아닐 거예요. 먹이고, 그에 더해 교육시키고, 머물 곳을 줘야 하니까.」

「나야 괜찮은데. 돌본다는 부분이 어떨지 모르겠네요. 사람들이 어떻게 반응할지도 모르겠고…… 지금 당장 확인해 보죠.」

프랑키는 마이크를 다시 잡고 외친다.

「마음에 들어요?」

군중은 긍정적인 웅성거림으로 찬성을 표한다.

「더 많이 태어나게 하면 어떨까요?」

「얼마나요?」 프랑키가 마르그리트라고 부른 금발 여자가 묻는다.

「글쎄…… 몇십 정도.」

「여기선 아이를 갖지 않기로 합의했잖아요.」 큰 콧수염을 기른 갈색 머리 남자가 말한다.

「입 다물어, 토마!」 마르그리트가 말을 끊는다. 「쟤네 좀 봐! 너무 귀엽잖아……!」

「잠깐, 잠깐…… 진정해요!」 마이크를 든 DJ가 중재한다. 「형제자매 여러분, 내 질문에 대답해 봐요. 새로운 혼종들을 태어나게 하는 거, 쿨해요, 안 쿨해요?」

다들 머뭇거린다. 그러다가 마르그리트가 목청껏 외친다.

「쿠우우울해요!」

다른 이들도 따라 한다.

「쿠우우울!」

「그러면 혼종들을 탄생시켜서, 교육하고 사랑해 줍시다, 찬성해요?」프랑키가 열정적으로 말한다.「참, 우리 중에 선생님 있어요?」

「네, 저요!」누군가 말한다.「난 역사 교사였어요.」

「난 초등학교 교사였어요.」여자 목소리가 뒤를 잇는다.

「나는 체육 교사였어요.」

「난 프랑스어 교사였어요.」

「이거 참 쿨한데요! 이제 부차적인 질문이 남았어요. 여기 아이들은 견딜 수 없다는 분들 있어요?」

「네, 나요.」토마가 즉각 대답한다.

두세 사람의 목소리가 난다.

「좋아요.」프랑키가 말한다.「솔직하게 나서 줘서 고마워요. 알리스와 시몽에게 뉴 이비사의 미래 시민들을 양성하도록 허가할지, 투표로 결정하기로 합시다. 거수로 결정하죠. 준비됐어요? 그럼 요 사랑스러운 작은 혼종들, 너무 멋진 작은 날개와 무지무지 귀여운 지느러미와 큰 손이 달린 요 녀석들이 우리와 함께하는 게 쿨하다고 생각하는 사람?」

손들이 올라간다.

프랑키는 집게손가락을 들어 차근차근 손 든 사람을 센다.「반대로 쿨하지 않다고 생각하는 사람?」

다른 손들이 올라가고, 개중에 토마의 손도 있다.

이번에도 프랑키는 손가락으로 수를 헤아린다.

「좋아요, 다수의 의견은⋯⋯ 흔종 찬성입니다!」

몇몇은 박수를 치고 몇몇은 실망스러운 한숨을 쉰다.

「그러면 오늘부로 우리 두 친구 시몽과 알리스는 요 매력적인 아이들을 계속 만들어 낼 수 있게 됐습니다. 조금 다르지만, 무엇보다 너무나 로큰롤적인 아이들이죠! 그거야말로 정말 쿨하고요! 예이!」

「반대표를 던진 사람들은 어떻게 할 셈이죠?」 토마가 묻는다.

「〈아이 없는〉 구역을 정해 거기 머물게 될 겁니다.」

다들 안도하여 이 제안을 받아들인다.

「또 한편으로, 넓은 생산 구역을 만들 거예요. 하고 싶은 사람은 누구나, 자발적으로, 인류의 구원자인 이 새로운 세대 키메라의 탄생을 도울 수 있도록 말이죠!」

프랑키는 두 과학자를 돌아보고 다시금 공모의 윙크를 한다.

「민주적인 투표라는 착각을 일으키는 게 중요하죠.」 그가 낮은 소리로 말한다. 「개인적으로 난 늘 민주주의라는 건 사실을 어떤 순간에 어떤 방식으로 제시하는지에 달렸을 뿐이라고 여겼어요. 어떤 때는 되고, 어떤 때는 안 되죠.」

「뭐, 지금은 됐잖아요, 안 그래요?」 시몽이 말한다.

프랑키는 몸을 굽히고 한층 더 낮은 소리로 속삭인다.

「그렇진 않아요⋯⋯. 사실 반대파가 다수였지만, 결과를 발표할 때 난 아무도 결과를 검토하지 않으리라는 걸 알았죠. 아무튼 내가 그럴 짬을 주지 않았으니까. 이런 걸 〈예술적인 모호함〉이라고 하죠. 이 기초적인 정치학 선물을 받아 두라고요. 당신들 프로젝트에 내 몫의 기여를 한 거예요.」

알리스는 만족의 한숨을 길게 내쉰다.

「언제나 보고 싶던 광경을 현실로 보게 되니 얼마나 이상한 기분인지⋯⋯ 더 이상 도달할 목표가 없어진 느낌이야.」

「자기는 사피엔스를 탄생시켜야 하잖아.」 시몽이 알리스의 배에 손을 얹으며 상기시킨다. 「시험관에서 제작한 세 혼종에 관심을 쏟는 만큼 뱃속에 품은 인간에게도 그랬으면 좋겠어.」

시몽의 말이 진실이면 어쩌지? 내가 내 아기보다 세 혼종 신생아를 더 걱정하고 있다면? 내게는 벌써 일이 가족보다 앞서게 됐어⋯⋯.

「그때도 내가 곁에서 촬영할 테니, 나만 믿으라고요.」 프랑키가 끼어든다.

시몽은 다시금 동반자의 배에 손을 올려놓는다. 안에서 아기가 움직이는 게 느껴진다. 알리스는 그에게 미소를 보낸다.

머지않아, 내가 내 몸으로 새로운 생명의 창조를 경험할 차례가 올 거야.

27

백과사전: 위촐족의 해산

멕시코 서쪽 시에라마드레산맥에 사는 위촐 인디언에게는 흥미로운 관습이 남아 있다. 해산 때 태어날 아기의 아버지는 예비 어머니 위편, 집 지붕을 떠받치는 대들보 위에 자리 잡는다. 그런 다음 아버지의 고환에 끈을 매고 어머니의 손에 끈 양 끝을 쥐여 준다. 그리하여 진통이 너무 심하면 어머니는 끈을 잡아당겨, 분만으로 인한 고통을 아버지도 함께 느끼게 할 수 있다.

에드몽 웰스, 『상대적이며 절대적인 지식의 백과사전』

28

「아…… 아! 아아악!」

세 혼종의 탄생이 평온하게 진행된 만큼, 인간의 해산은 고생스럽기 짝이 없다.

진통은 점점 극심해지고, 뉴 이비사 공동체 일원이며 전직 산부인과 의사인 제레미가 돕고 있음에도 아기는 쉬이 나오지 않는다.

의사는 시몽의 도움을 받아 깨끗한 시트를 깐 수술대와 물을 준비했지만, 마뜩잖은 기색이다.

「힘줘요, 알리스! 더 세게 힘줘요!」

알리스는 그 말에 따르려고 애쓰지만 소용이 없다. 시몽의 손을 쥔 손에 점점 더 힘이 들어간다.

「숨 쉬어.」 알리스가 겪는 엄청난 고통을 덜어 줄 수 없어 무력함을 느끼며 그가 말한다.

「힘줘요! 알리스, 애를 써봐요, 제대로 힘줘야 해요!」

〈힘줘, 힘줘〉, 말은 쉽지! 자기도 이런 입장이 되어 보라지, 얼마나 힘을 잘 주나!

「있는 힘껏 힘줘요!」

알리스는 계속해서 배를 수축시키려고 노력하지만 고통은 더해 갈 뿐이다.

「어서요, 알리스, 반드시 해낼 수 있어요.」 제레미가 재촉한다.

알리스의 호흡이 점점 거칠어진다. 몸 안쪽으로부터 찢기는 느낌과 더불어 자신을 채운 존재가 나가고 싶어 하는 것을 느낀다.

시몽은 더 이상 뭘 해야 도움이 될지 알 수 없다. 알리스에게 물컵을 주어 마시게 하고, 찬 수건으로 불타는 이마를 닦아 준다. 알리스가 자기 손을 으스러뜨리는데 찌푸리지도 않는다.

그렇게 몇 분이 흐르고, 몇십 분이 되었다가 몇 시간이 된다.

「어쩔 수 없지, 제왕 절개를 시행해야겠어요!」 의사가 복부를 촉진해 보고는 말한다.

「마취 없이요?」 시몽은 걱정한다.

「유감스럽지만 마취제 남은 게 없어요. 하지만 잘 아시다시피 이런 수술은 고대부터 실시되었죠. 율리우스 카이사르도 그렇게 태어났고 그래서 제왕 절개 수술이라는 이름이 붙었잖아요. 그리고 당연히 그 시대에 마취는 없었죠.」

무마취로 제왕 절개 분만을 하겠다는 소리 맞아? 내 배를 가르겠다고?

그 생각에 알리스는 공포에 질린다. 그리하여 새로운 분노에 사로잡히고 고통을 이겨 내며, 온 힘을 다해 근육을 수축시킨다. 자기 몸이 분출 중인 화산이 된 것 같다. 그리고 정신은 새로운 목표에 집중되어 있다. 내부에 있는 것을 내보내기.

제왕 절개 없이 자연 분만으로 출산에 성공해야 해.

알리스는 시몽의 손을 계속 쥐어짜며 긴 비명을 지른다.

「됐어요, 나와요!」제레미가 말한다.「머리를 꺼낼 수 있을 것 같은데, 신속하게 행동해야 해요. 탯줄 위치가 좋지 않아 까다로우니까.」

마침내 정수리가 보인다. 의사가 아기 목덜미 뒤로 손을 넣고, 알리스가 여전히 힘을 주는 가운데 신생아를 받아 낸다.

해냈어.

그런데 아이의 피부는 푸르스름할 정도로 어둡고, 아직 숨을 쉬지 않는다. 의사는 알리스가 보는 앞에서 심장 마사지를 시작하고, 알리스는 고통도 잊고 자기 몸에서 너무도 힘겹게 나온 이 존재의 생존만을 생각한다.

세 키메라에게 인공적으로 생명을 주는 데 성공한 마당에, 평범한 인간에게 생명을 주는 데 실패하진 않을 거야!

신생아는 숨을 쉬지 않는다.

시몽이 아기를 품에 안고, 응급 치료 수업에서 배운 대로 대뜸 아기의 작은 콧구멍을 꼭 잡고 입을 벌린 다음 자기 입을 맞대고 천천히 숨을 불어넣는다.

첫 호흡으로 아기의 폐가 열리고, 두 번째 호흡이 이어진다. 그리고 마침내 폐를 해방시키는 외침이 터지고 울음으로 변한다. 동시에 푸르스름하던 아기 피부가 갈색으로 변하고, 이어서 밝아지며 하얀색을 띠더니 장밋빛이 된다.

알리스의 눈에서 눈물이 흘러내리고, 입가에 닿자 환한 미소를 피워 올린다.

「딸이에요.」제레미가 알린다.

알리스는 아이를 받아 가슴에 꼭 끌어안는다.

감격에 겨운 시몽은 둘을 한꺼번에 감싸안는다.

「그렇게 어렵지도 않았어. 힘만 주면 되는걸, 그런데 아무도 내게 그 말을 안 해주더라……」알리스가 농담한다.

알리스는 동반자의 얼굴에 흐른 행복의 눈물을 손으로 닦아 준다.

딸을 바라본다. 아기는 갈색 머리칼은 자기를 닮았지만, 눈은 아버지처럼 연회색이다.

「오펠리아라고 부르자. 〈구원하는 자〉라는 뜻이야.」초록색 눈의 젊은 여자가 선언한다.

딸을 꼭 껴안고 있으면서도, 다른 세 아이가 잠자는 세 요람에서 눈을 떼지 못한다. 인간-박쥐 혼종, 인간-두더지 혼종, 인간-돌고래 혼종.

「아포칼립스 이후 마침내 생명이 다시 태어난 것 같아.」시몽이 선언한다.

알리스는 안심하여 한숨을 쉰다.

「이제 이 일이 끝났으니, 다른 아이들을 태어나게 하는 일만 남았어……」

29

다음 몇 달간, 프랑키가 알려 준 군 연구소에서 가져온 과학 실험 자재와 프로젝트에 열정을 품은 여러 자원 봉사자의 도움으로 2세대 키메라들이 태어난다. 알리스의 계획대로 한 종에 144명씩, 총 432명의 신생아가 첫 세 명에 더해져 혼종 수는 총 435가 된다.

처음에는 놀라고, 어떤 이들은 못마땅해하던 뉴 이비사 사람들 역시 너무도 귀여운 작은 날개, 지느러미, 긴 앞니가 있는 이 기묘한 아기들을 보고 마음이 누그러든다.

프랑키로 말할 것 같으면, 그야말로 자식 바보가 되었다. 오랫동안 곁을 지키며 신생아들을 흔들어 어르고 젖병을 물린다.

「어찌나 정이 가는지.」 그는 인정한다. 「나 때 〈포켓몬〉이라고 하던 녀석들이랑 좀 비슷해요!」

「그것 봐, 시몽.」 알리스가 오펠리에게 젖병을 물리며 말한다. 「모든 존재는 변화할 수 있어. 우린 프랑키의 변신을 목격했잖아. 얼마 전부터 술도 덜 마시고, 대마초도 덜

하고…….」

「선탠도 덜 하고 파티도 덜 하지…….」

「탁아소에 살다시피 하고 일찍 잠자리에 들지. 이러다가는 그도 결국 짝을 찾아 아이들을 낳을 거야…….」

「아무리 그래도 정도가 있다고요!」 프랑키가 분개한다. 「부풀려서 말할 건 없어요. 누가 뭐래도 일부일처 부부의 삶은 감옥이라는 생각을 내게서 없애진 못할걸요. 그건 매일 똑같은 요리만 먹는 거나 마찬가지일 테니까.」

「그런데 그 요리가 캐비아라면요?」 알리스가 떠본다.

프랑키는 그다운 요란한 너털웃음을 터뜨린다.

「뭐, 그래도 가끔은 피자가 먹고 싶어지겠죠! 이거 봐요, 난 DJ고, 전직 클럽 메디테라네 마을 지도자고, 에피쿠로스주의자라고요. 내가 이 애들을 무지 좋아하긴 해도 가족을 꾸릴 생각은 없어요. 게다가 날 좋아하는 뉴 이비사 주민 695명이 있는데 왜 한 여자에 만족해야 하죠? 내게 그건 전혀 이상적인 미래로 보이지 않는데요. 아, 천만의 말씀이고 말고.」

달이 감에 따라 뉴 이비사의 분위기가 달라진다. 파티는 전처럼 자주 열리지 않는다. 아기들을 깨우지 않기 위해 전체적으로 소리가 낮아진다. 여러 남녀가 자원하여 교대로 어린 혼종들을 돌보고 이후로 많은 이들이 짝을 맺어 가족을 만들고 싶다는 바람을 느낀다.

프로젝트에 공공연히 반대했던 토마조차 마르그리트와 맺어졌다. 프랑키 역시 독신주의 신념을 버리고 매력적인 젊은 여성과 완벽한 사랑을 즐기고 있다.

알리스는 미소 짓는다.

나 역시 달라졌어. 아이를 낳은 뒤로 자궁 내막증이 나은 것 같아. 더 이상 통증이 없어. 꼭 저주가 그친 것 같아.

오펠리를 출산해서 내 배가 나았어.

혼종 아기들은 잘 자라고, 나날이 발전하고 놀이를 무척 좋아한다. 자기들끼리도 어울리지만 인간과도 잘 어울린다. 얼굴엔 웃음 가득하고 뭐든 궁금해한다.

이들은 새로워. 이들은 순수해. 아직 인간 사회에 물들어 타락하지 않았어. 자기들이 어떤 세상에 내려왔는지 알게 되었을 때도 이 순수함을 간직할 수 있을까?

30

「……그렇게 해서 인류 4분의 3이 고작 며칠 만에 사라졌어요. 폭격을 맞아, 아니면 그 결과로 생긴 방사능 섞인 바람 때문에 말이죠.」알리스 카메러가 설명한다.

15년이 지났다.

대형 강의실로 변한 레알의 영화관에서, 어린 학생들이 전부, 조금 놀라, 현대사 수업의 결론에 귀를 기울인다. 가장 나이 많은 학생들은 청소년이지만, 다들 나이에 비해 몹시 성숙하다. 적어도 알리스가 그 나이 때 자기를 생각해 보면 그랬다.

「그래서 우린 여기 살고 있는 거예요. 땅 밑에 숨어 보호받으며.」알리스는 마무리를 짓는다.

긴 침묵이 이어진다.

「질문 있나요?」알리스는 하와이안 셔츠를 바로잡으며 묻는다.

그는 학생 559명이 있는 교실을 바라본다. 헤르메스, 포세이돈, 하데스를 포함한 혼종 435명에, 오펠리, 그리고 두 우주 비행사의 도착 이후 태어난 인간 123명이 더해진 숫자다.

다들 개량 셔츠와 재킷 차림이다. 뉴 이비사의 재단사들은 철마다 그들에게 특수 의복을 제작해 주는 게 즐거움이다. 에어리얼이 날개 달린 팔을 내놓을 수 있는 재킷, 디거의 굵은 팔에 맞는 소매가 아주 넉넉한 티셔츠, 노틱의 물갈퀴 달린 발에 맞는 큼직한 구두.

「왜 전쟁 충동을 견제할 대항 세력이 전혀 없었나요?」 포세이돈이 묻는다.

「평화적인 가치들을 옹호하는 이들은 힘이나 영향력이 부족했어요. 두 가지 길이 있다는 걸 기억하세요. 공포의 길 혹은 사랑의 길이라는 선택이죠. 인간의 감정을 움직이는 가장 강력한 원동력은 여전히 공포입니다. 바로 그것이 우리 유전자 속에 여전히 존재하는 영장류에게 위험을 피하도록 하고 그리하여 오늘날까지 살아남도록 한 거죠. 포식자, 질병, 전쟁, 뇌우에 대처하려면 공포라는 감정이 필수적이었습니다. 지배자들은 공포를 도구 삼아 대중을 조종함으로써 권력을 유지하거나 당선되었습니다. 공포 때문에 군 예산이 통과되었죠. 값비싸고 귀중한 그 많은 무기를 군수 창고에서 녹슬어 가게 할 수는 없었고요.」

「그럼 사랑은요?」 노틱 하나가 물갈퀴 달린 손을 들며 질문한다.

「사랑은 세상을 바꾸기엔 훨씬 느린 원동력이에요. 이전 수업에서 공포 서적과 영화, 몹시 폭력적인 비디오 게임이 큰 인기였다는 점을 다 같이 보았죠. 왜일까요? 그런 것들이 강렬하고 즉각적인 자극을 불러일으키고, 우리는 강렬한 감정을 느끼길 좋아하기 때문이에요. 부정적인 감정이라 해도 말이죠.」

「선생님 말씀은 사랑이 불러일으키는 감정은 약하다는 건가요?」 한 어린 에어리얼이 묻는다.

「여러분이 무기로 위협당하고 있다면, 생각을 멈추고 급히 행동하겠죠. 굴복하든, 달아나든, 맞서 싸우든 말이에요. 단순해요. 하지만 누가 키스하자고 한다면, 여러분은 생각에 빠지고, 따라서 망설이게 돼요. 여러분은 여러 감정 사이에서 갈등하게 되는데, 그 감정 대부분은 어린 시절로부터 오고 부모님과의 관계에서 영향을 받죠. 그러니까 한층 복잡해요.」

「하지만 우린 부모님이 없는걸요!」 디거 하나가 농담한다. 다들 왁자하게 웃음을 터뜨린다.

「방금 하신 설명은 위험에 대한 공포가 위험을 만들어 냈다는 뜻인가요?」 오펠리가 질문한다.

「3차 세계 대전 몇 년 전, 보안 문제는 인공 지능 시스템에 일임되었어요. 중요한 결정을 내림에 있어 인공 지능은 인간보다 더 신속하고 믿을 만하다고 여겨졌죠. 하지만 그들에겐 양심도 거리낌도 없었어요. 그들은 프로그램된 대로, 즉 미사일 공격에는 더 파괴적인 다른 미사일로 반격하여 임무를 완수했죠. 3차 세계 대전이 그토록 신속히 진행됐고 더욱이 그토록 파괴적이었던 건 그 때문이에요.」

어린 학생들은 모두 집중해 있다. 그들의 눈에서 알리스는 배우고 이해하려는 욕구를 느낄 수 있고, 어쩌면 이전 인류와 똑같은 실수를 다시 저지르지 않고자 하는 바람까지도 느껴지는 듯하다.

자신이 베푸는 교육이, 그리고 시몽과 함께 세운 이 학교가 알리스는 자랑스럽다.

15년 전 혼종들이 태어난 이후, 반려자 시몽과 그에 더해 자발적으로 나서 준 여러 교사들의 도움을 받아, 알리스는 이제 혼종이나 키메라가 아닌 〈새로운 인간〉이나 자기의 〈다른 아이들〉이라 부르는 아이들을 〈제대로 교육〉하는 데 상당한 공을 들였다. 이에 응해 아이들은 알리스를 대단한 존경을 담아 〈어머니〉라 부른다.

그렇게 알리스는 ESRA, 즉 상대적이며 절대적인 지식의 학교 École du Savoir Relatif et Absolu를 발전시켰다. 고대 피타고라스학파 학당과 에드몽 웰스의 백과사전 철학의 정신을 계승한 학교다. 말하기, 읽기, 쓰기를 가르쳤을 뿐 아니라, 역사, 지리, 수학, 과학 교육도 했다. 레알의 도서관 책들을 이용해 학생들에게 확고한 문학적 교양을 전수했고, 미디어실 자료를 통해 음악, 미술, 조각, 특히 영화의 세계를 발견함은 물론 실습까지 할 수 있게 하여 지식을 보충했다. 학생들은 매일 전쟁 전의 세계를 이해하고자 영화나 다큐멘터리를 한 편씩 본다.

알리스 카메러는 그들에게 의학, 심리학, 사회학, 정치학의 기초도 열성적으로 가르쳤다. 그에 더해, 자신의 가르침에 도덕과 윤리가 이미 포함되어 있다고 여겼으므로, 성경의

십계명에 나오는 기본 계율들을 익히게 하는 것도 중요하리라 생각했다. 〈살인하지 말지어다〉, 〈도둑질하지 말지어다〉처럼.

ESRA의 우수한 교육 수준을 보고, 많은 뉴 이비사 주민이 알리스의 혼종들을 보고 허가받아 낳은 자기 자녀들도 같은 교육을 받길 희망했다. 그런 요구가 워낙 드높았으므로 같은 나이의 혼종과 사피엔스 학생들은 함께, 사이좋게, 대형 강의실로 개조한 영화관에서 공동 수업을 받았다.

오펠리는 나이가 제일 많은 편이고 출중한 학생이다. 이내 어머니의 수업 도우미를 맡게 되었다. 그리고 인간과 혼종 구분 없이 잘 섞여 지내기에, 오펠리는 종종 부모님에게 혼종들이 그들의 가르침을 어떻게 받아들이는지 알려 주곤 한다.

대체로 혼종들이 사피엔스보다 더 뛰어난 학생임을 인정하지 않을 수 없다. 아마 다르다는 점 때문일까, 이 너무나 이상하고 복잡한 인간 문명을 배우면서 그들은 대개 호기심에 불타고, 열광적이기까지 하다.

알리스는 손뼉을 친다.

「수업은 끝났어요. 스포츠 센터로 가도 좋아요.」

학생 전원이 일어서 즐거운 듯 떠들썩하게 통로를 뛰어간다.

알리스는 강의록을 챙겨 시몽이 있는 실험실로 간다. 시몽은 혼종들로부터 채취한 세포에 방사능이 끼치는 영향을 연구 중이다.

「좀 있으면 총회가 시작돼. 새로운 세대 혼종과 인간 젊은 이들 거처를 마련하기 위한 뉴 이비사 확장 계획을 논의할 거야.」

「아 참, 정말 그래, 하루빨리 각자 개인 침실을 마련해 줘야 할 거야…….」

「프랑키가 우리 둘 다 꼭 출석해 달랬어.」

「일단 이 실험만 끝내고. 나중에 갈게.」

「좀 진척이 있어?」

시몽이 숫자가 빼곡히 들어찬 표를 보여 준다.

「외부 환경과 직면시키기 전에는 정말 방사능 저항력이 있는지 알 수 없을 거야. 자기의 생물학 연구는 잘돼 가?」

「우리가 건강한 혼종 첫 세대를 탄생시키는 데 성공하긴 했지만, 이들에게 번식 능력이 있는지는 확실하지 않다고 봐.」 알리스가 말한다.

「노새처럼 말이지?」

「그게 시스템의 한계야. 두 동물의 이종 교배로 태어난 혼종은 대부분 생식력이 없지. 아니면 자손이 퇴화된 상태로 태어나 살아남지 못하거나.」

「그 질문의 답을 알려면 우리 키메라들이 가임기가 될 때까지 기다려야겠군.」 시몽이 결론짓는다.

그러고는 긴 한숨을 내쉰다.

「어느 쪽이든, 내가 보기에는 그저 아주…….」

아주 뛰어난 학생이라고? 아주 호기심이 많다고? 아주 진지하다고? 아주 예의 바르다고?

그는 딱 맞는 말을 찾아내고 말한다.
「……귀엽기만 한데.」

31

「그럼 넌, 결코 존재하지 말았어야 할 종족이야!」

인간과 혼종 소년 280명이 레알 스포츠 센터 탈의실에 모여 있다. 오펠리가 있는 여자 탈의실은 다른 편에 있다. 그들을 감시할 어른들과도 멀리 떨어져 있다.

「어디 한번 다시 말해 볼래?」 갈색 머리의 키 작은 소년이 다부지게 따진다.

「너희는 저주받은 족속이야! 너희 아르메니아인들은 우리의 신성한 땅 나고르노카라바흐를 훔쳐 갔잖아.」 역시 갈색 머리의 다른 소년이 되풀이한다.

「그 반대야! 게다가 너희 튀르크족은 방어조차 하지 못한 우리를 1백만 명 넘게 학살했잖아!」

「거짓말쟁이! 너희 아르메니아인들은 동정받으려고 그 이야기를 퍼뜨리지만, 같은 시대에 많은 아르메니아인이 튀르크족을 학살했는데 그 이야기는 아무도 하지 않아.」 첫 번째 소년이 화를 낸다.

「민간인 1백만 명이 학살당했어. 그야말로 민족 말살이고,

우린 무기조차 없었어!」두 번째 소년이 반박한다.

두 소년은 웃통을 벗은 채 대거리하고, 다른 아이들도 이쪽편 혹은 저쪽편에 선다.

「저 말이 진짜야?」무슨 얘기인지 모르는 듯한 한 아이가 묻는다.

「정말이고말고! 1915년부터 1923년까지 아르메니아인들은 철저한 무관심 속에 죽어 갔어. 아무도 우리를 도와 저 튀르크 살인자들을 막아 주지 않았다고!」

「그건 하나부터 열까지 너희가 선전용으로 꾸며 낸 이야기야.」튀르크족 소년이 이를 악물고 식식거린다.

「너희 튀르크족은 학살밖에 할 줄 모르는 폭력적인 놈들이야. 핏속부터 살인자라고! 그런 후에 죄책감을 느끼지 않으려고 너희 입맛대로 역사를 고쳐 쓰지.」아르메니아 소년이 비난한다.

튀르크계 소년은 한 대 칠 기세로 주먹을 불끈 쥔다.

「우리가 폭력적이라는 말, 다시 해보시지!」그가 말한다.

다른 아이들도 가세한다. 두 무리가 지어진다. 튀르크 소년 뒤에 한 무리, 아르메니아 소년 뒤에 한 무리.

노틱 하나가 중재에 나선다. 포세이돈이다. 인간 학생들보다 키가 큰 그는 어딘지 권위가 있다.

「대체 무슨 소릴 하는 거니? 그 아르메니아 학살 이야기는 어머니의 수업 시간에 배운 적 없잖아.」

「우리 아버지가 전부 이야기해 주셨어. 아버지는 할아버지에게서 배웠고.」아르메니아 소년이 말한다.

「나도 우리 아버지가 말씀해 주셨어. 그리고 아르메니아인들이 튀르크족에게 나쁜 이미지를 씌우는 데 쓰는 그 엄청난 거짓말을 경계하라고도 하셨어.」

「그건 진실이야! 우리 아버지가 말씀하신 얘기야.」 아르메니아 소년이 지지 않고 말한다.

「나도야! 아버지가 그건 완전히 날조된 얘기라고 하셨어. 너희가 피해자인 척하고 사람들의 동정을 사려 한다고.」

두 무리는 서로 맞선다.

포세이돈이 나서서 말한다.

「둘 다 그만둬! 너희가 무슨 짓을 하는지 알기나 해? 너희는 과거의 역사를 두고 말다툼하는 거야! 그런 일 때문에 치고받고 싸울 생각이야? 그건…… 멍청한 짓이야! 세계 대전으로 지상의 인류 4분의 3이 사라졌을 거라는 사실을 일깨워 줘야겠니? 몇백만이 아니라 몇십억의 희생자가 났어. 너희는 생존자고! 그러니 말다툼은 그만두고 화해해. 악수하고, 오래전에 일어나 너희 조상들 일일 뿐인 분쟁 얘기는 그만두는 게 좋겠어.」

「너야 쉽게도 그렇게 말하겠지, 넌 조상이 없으니까.」 아르메니아 아이 편에 선 한 소년이 말한다.

포세이돈은 고개를 젓고 말한다.

「사실이야, 난 조상이 없어. 난 완전 새로이 이 세상에 났으니까. 과거의 고통이라는 무거운 돌이 가득한 등짐을 짊어지지 않고 말이야. 너희 사피엔스의 모습을 보렴. 너희는 모두 피해자나 가해자의 후손이야. 그리고 그 유산 때문에 서로를 형제처럼 여기지 못하지.」

같은 또래이면서 인간 아닌 존재 입에서 나온 이 지적은 그 자리의 소년들 모두에게 동요를 일으킨다.

다른 노틱들이 개입하여 포세이돈의 화해 시도를 도우려 한다. 디거와 에어리얼 소년들도 가세하여 대립하는 아이들을 떼어 놓으려 한다.

「그 말이 맞아, 우리 역시 조상이 없고, 따라서 머릿속을 들끓게 하는 오랜 원한도 전혀 없지.」헤르메스가 말한다. 「인간 친구들아, 고통스러운 과거에 매이는 건 그만두고 너희들 앞을 바라봐.」

그러나 상황이 길어짐에 따라 각 편을 드는 무리는 커져 간다.

「이 아르메니아 애와 나 사이의 반목은 훨씬 거대한 다른 문제를 드러내는 것이기도 해. 너희 키메라들은 이해할 수 없는 문제야.」튀르크족 소년이 설명한다.

「저런! 그게 뭔데?」푸르스름한 피부의 혼종이 묻는다.

「종교야.」한 튀르크 소년이 자랑스레 단언한다.「너희 키메라는 불신자들이야. 너희는 신앙 자체가 없지. 아르메니아인들은 기독교도고 우리 튀르크족은 무슬림이야. 그리고 전쟁이 끝났더라도 우리는 날 때부터 종교를 지녀. 부모님께 가르침받고 물려받는 거야.」

다른 소년 여럿이 동의한다.

「그리고 우린 우리의 신앙을 버릴 생각은 없어.」튀르크 소년이 잘라 말한다.

「우리도야.」아르메니아 소년이 말한다.

「잠깐, 잠깐만.」하데스가 끼어든다. 「1백 년도 더 지난 종교 전쟁 이야기로 싸우겠다는 거야?」

「1백 년이 아냐! 아르메니아 문명은 기원전 2500년에 탄생했어. 즉 수천 년 전에!」

「우리 튀르크족은 그보다 더 전부터 있었을걸. 우린 예언자에게 계시를 받았고 1000년경 개종했으니까. 저들은 그저…… 이교도에 불과해.」

「아니야, 이교도는 너희야.」아르메니아 소년이 가슴팍을 쑥 내밀며 대꾸한다.

「이교도에게 죽음을!」튀르크족 소년이 외친다.

그는 다른 아이가 몰래 손에 쥐여 준 드라이버를 꼬나들고, 포세이돈을 슬쩍 피해 아르메니아 소년이 미처 반응하기 전 배를 푹 찌른다.

그것이 신호탄이 된다. 즉각 두 편으로 나뉜 아이들은, 대부분 옷을 다 갈아입지도 못한 채, 서로 때리기 시작한다. 두 편 다 똑같은 구호를 외친다. 〈이교도에게 죽음을〉

헤르메스, 포세이돈, 하데스와 혼종 몇 명이 진정시키려 나선다. 하지만 자기들의 신앙을 지키고자 싸우려는 격분한 사피엔스들에 수적으로 밀린다.

포세이돈은 두 혼종 형제를 불러 말한다. 「이 집단 광기를 멈춰야 해.」

그들은 동족들을 부르고, 달려온 혼종 몇십 명의 도움을 받아 싸우는 두 편을 갈라놓으려고 힘을 합친다. 얼마 후 그들은 줄지어 효과적인 방어벽을 형성해 싸우려 드는 아이들을 그만두게 한다.

동시에 통로에서 이동하는 속도가 가장 빠른 에어리얼 몇 명이 부상자들을 구출한다. 다친 아이들은 진료소로 옮겨지고, 알리스가 오펠리를 낳을 때 도왔던 의사이며 그날의 당직인 제레미가 치료를 맡는다. 그는 간호사 한 명을 보내 다른 어른들에게 탈의실에서 벌어진 이 심각한 사건을 알린다.

알리스, 시몽, 프랑키가 걱정스러운 만큼 화도 나서 가장 먼저 달려온다.

「다 해결됐어요.」 하데스가 어른들을 안심시킨다.

「무슨 일이 있었던 거냐?」 시몽이 묻는다.

「옛날 역사 때문에 벌어진 말다툼이에요. 아주 심각해질 수도 있었지만, 최악의 결과는 피했어요.」

알리스는 디거의 맏이가 제 친구들을 감싸려 하는 것을 느낀다. 제레미에게 부상자들의 상태를 묻는다.

「이 아이는 드라이버로 배를 찔렸어요.」 그가 말한다.

「널 공격한 게 누군지 말하렴.」 알리스는 단호한 어조로 다친 아이를 다그친다. 「무슨 일이 있었던 거지?」

소년은 자기 관점대로의 사건을 자세히 이야기한다. 알리스는 어처구니가 없어 주저앉는다.

어떻게 이 애들은 벌써 이렇게 꽉 막혔을 수 있지?

이들은 누구도 본 적 없고, 성직자들이 순진한 자들을 휘두르려고 상상해 낸 신들 일로 조상 대의 싸움을 되풀이해. 열다섯 살짜리 아이들이 그런 일로 서로를 찢어발기려 들다니?

「그럼 지금은 상황이 어떻지?」 시몽이 걱정한다.

헤르메스가 대답한다.

「우리는 노틱과 디거 들의 도움으로 제일 복수심에 불타는 애들을 저지할 수 있었어요. 내 형제 에어리얼들이 다친 사람들을 이리로 데려왔고요.」

정상적인 사고를 하는 건 오직 혼종들뿐인 것 같아. 이들에겐 조상도 종교도 없다는 단순하고도 당연한 이유에서…….

프랑키는 이 사건으로 전체적인 분위기가 긴장되고 부정적 영향이 올 수 있음을 느끼고 말한다.

「이 일은 그냥 쉬쉬하고 지나가선 안 될 것 같아. 반대로, 기념할 일로 삼아야 해. 맞아, 기념할 일로 삼는 거야.」

「어떻게 할 생각인데?」 시몽이 묻는다.

「오늘 밤 행사를 열어 이 분쟁을 수습해 준 혼종들에게 감사를 표할 거야. 메달이라도 주면서. 클럽 메드에서 그렇게 했거든. 아이들에게 상으로 플라스틱 메달을 주는 거야. 애들은 거기 홀딱 넘어간다고. 그리고 각종 케이크가 나오는 뷔페도 준비할 거야. 단것은 마음을 안심시키고 가라앉혀 주거든.」

그리고 그날 밤, 축제가 열리는 방에서 프랑키는 그 자리의 모든 이들에게 사건 이야기를 한 뒤, 노틱, 디거, 에어리얼 젊은 영웅들에게 박수를 보내게 한다. 그런 다음 분쟁의 원인인 튀르크족 소년과 아르메니아 소년을 단상에 올라오게 해서 악수를 권한다.

두 10대 소년은 처음에는 거부하지만, 청중의 압박에 결국 모두의 박수를 받으며 그 상징적인 몸짓을 나눈다.

프랑키는 마무리한다.

「이처럼 혼종들은 그들이 잘 교육받았을 뿐 아니라, 기꺼이 인간을 돕기 위해 나설 의지가 있음을 보여 주었습니다.」

흥이 오른 마을 지도자는 특유의 마르세유 억양으로 말을 잇는다.

「혼종들에게 싸움을 중재할 의무는 없었습니다. 누가 그러라고 시킨 것도 아니고요. 그들은 순전한 공감에서 우러나 그러고 싶었던 겁니다. 게다가 어린 인간들을 설득해 싸움을 멈추게 했을 뿐 아니라, 부상자들을 진료소로 대피시키기까지 했죠. 이들은 더 효과적으로 일하기 위해 협조해서 노력할 줄을 알았습니다. 그 점이야말로 대단하죠. 고작 열다섯 살밖에 안 된 이 어린 혼종들이 어른의 도움이라곤 전혀 없이 서로 협력하여 다른 아이들, 그것도 자기들과 종이 다른 아이들을 구하는 데 필요한 결정을 훌륭하게 내렸으니까요.」

다시 한번 박수가 쏟아진다.

시몽이 알리스 쪽으로 몸을 굽히고 속삭인다.

「나쁜 것에서 좋은 것이 나올 수도 있군. 이젠 아무도 혼종들을 태어나게 한 목적에 이의를 제기하지 못할 거야.」

그런 다음 프랑키는 이 사건을 기념하는 의미로 모두 마음껏 먹고 마시라고 권한다. 다들 뷔페 테이블로 달려간다.

알리스와 시몽은 뒤로 물러서서 어른 아이 할 것 없이 차려진 달콤한 음식들을 마음껏 즐기는 청중을 바라본다.

「당신의 혼종들과 함께 살면 살수록, 더 평화로운 세상을 세워야겠다는 마음이 강해져.」 시몽이 말한다.

「〈우리의〉 혼종이지.」 알리스가 바로잡는다.

시몽은 알리스를 바라본다.

「이 실험의 끝까지 함께하고 있다는 게 믿어지지 않아.」

「우린 같이 성공한 거잖아.」 알리스는 주장한다.

시몽은 알리스의 허리를 붙들고 길게 키스한다.

「당신은 내 인생에 의미를 부여했어.」 그가 말한다. 「그전까지 내 목표는 말썽을 피하고 나 자신을 보호하는 거였어. 위험해 보이는 모든 것을 회피하며 방어 태세만 취했지. 하지만 당신이 내게 앞으로 나서는 법을, 위험을 무릅쓰는 법을 알려 줬어. 당신 덕분에 난 자신의 안전지대에서 벗어나서야 진정으로 살아간다는 걸 알게 됐어.」

「그리고 당신은 내게 누군가를 믿는 법을 알려 줬지.」 알리스가 대답한다. 「누군가의 존재로 거추장스러울 일 없이 나 혼자 빨리 갈 거라고 늘 믿었던 나였는데……! 당신은 좋은 동반자가 있으면 더 멀리 갈 수 있다는 걸 내게 보여 줬어.」

「이제 내 삶의 목적은 내 한계를 알아보기 위해 위험을 감수하는 거야.」 시몽은 생각에 잠겨 말한다.

「내 목적은 그대로야. 인류를 진화시켜 앞으로 올 온갖 시련에도 살아남게 하는 것.」

시몽은 과자를 먹으며 헤르메스, 포세이돈, 하데스와 대화에 열중한 딸 오펠리를 슬쩍 가리킨다. 넷은 다른 이들과 떨어져 저희끼리 모여 있다.

「우리 딸은 벌써 혼종들을 동등한 존재로 받아들인 것 같아.」

「가 보자.」 알리스가 시몽의 팔을 이끌며 권한다.

두 부모는 대화를 들으려고 슬그머니 딸에게 다가간다. 네 청소년은 주먹을 쥐고 오른팔을 앞으로 내밀어, 십자가 모양을 형성하고 있다.

「여섯!」 하데스가 말한다.

「여덟.」 헤르메스가 말한다.

「다섯?」 포세이돈이 망설이며 말한다.

「오펠리, 너는 몇 개일 것 같아?」

「좋아, 난 일곱으로 할래.」

무슨 얘기를 하는 거지?

넷은 동시에 손을 편다. 손바닥에는 조약돌들이 있다. 아이들은 조약돌을 세어 보고 헤르메스가 말한다.

「다섯! 포세이돈이 이겼다.」

그는 조약돌 하나를 바닥에 내려놓고, 모두 주먹을 쥐어 앞으로 뻗고 돌아가며 숫자를 부르는 일을 되풀이한다.

시몽이 소곤거린다.

「저건 무슨 놀이지?」

「알 것 같아. 〈세 조약돌 놀이〉라 불리는 아주 오래된 놀이야. 각 참가자는 손에 0개, 한 개, 두 개, 혹은 세 개의 조약돌을 쥐어. 모두의 손에 든 조약돌 총 개수를 알아맞히는 거야. 맞힌 사람은 조약돌 하나를 바닥에 내려놓고 놀이를 계속해.

세 번 이겨서 자기 몫의 조약돌 세 개를 다 털어 낸 사람이 그 판을 이겨. 단순하지만 직관과 심리학을 많이 요하는 놀이야.」

놀이! 왜 내가 진작 그 생각을 못 했을까! 놀이야말로 서로 다른 사고방식을 통합하고 학생들 간 화합을 이루는 최고의 방법이야. 특히 저렇게 단순한 놀이라면 그렇지. 수업에서 놀이를 더 많이 활용하는 걸 고려해 봐야겠어.

알리스와 시몽은 작은 모임을 계속해서 바라본다.

「우린 저 애들을 관찰하면서 배울 게 많다고 봐.」알리스가 말한다. 「아무튼 오펠리는 전혀 거북함 없이 저들이 마치…… 보통 사람인 것처럼 얘기를 나누는 것 같네.」

「자기에겐 그게 놀라워?」

「그렇지…… 우리가 그들을 만들었는데도, 난 여전히 그들이 정말 우리와 같은 존재라고 여기지 못하겠어.」

「우리가 그들의 창조자니까 그렇지.」시몽이 말한다. 「아마 그들이 그렇게 탄생했다는 사실을 잊고 그냥 우리 딸 친구처럼 봐야 할 거야.」

맞는 말이야. 그들이 존재하고 보통 사람처럼 대우받을 수 있도록 싸웠던 내가, 내 딸이 그들과 함께 놀고 웃는다고 놀라워하는 건 너무해.

포세이돈이 한 차례 더 이겨 그 판에서 승리한 듯한 가운데, 아이들은 고민되는 듯한 주제로 이야기를 나눈다.

알리스와 시몽은 더 가까이 다가간다.

「……그거 참, 놀라운데.」포세이돈이 말한다.

「난 자신 있어.」오펠리가 말한다.

「그럴 리 없어.」포세이돈이 말한다.

「그럴 가능성은 낮아 보이는데.」헤르메스가 주장한다.

「하지만 그건 너희가 아는 바에 따라 다르겠지…….」하데스가 온건한 어조로 말한다.

「절대 아니야!」포세이돈이 소리친다.「그런데 그건 시험해 보면 알 거 아냐.」

대체 무슨 소릴 하는 거지?

「그럼 너희는 증거를 원한다는 거야?」오펠리가 묻는다.

「당연하지.」

「보여 줘! 그것만 기다리고 있잖아…….」

「좋아, 여기 있어.」

오펠리는 포세이돈 쪽으로 몸을 기울이고 그의 입에 키스한다.

예상치 못한 그 행동에 다른 둘은 웃음을 터뜨리고 자기도 키스해 달라고 한다. 오펠리는 서슴지 않고 키스한다.

놀라움이 가라앉자 알리스는 생각에 빠진다.

공포냐 사랑이냐? 아무튼 저 네 아이는 한쪽을 선택한 것 같아. 그들이 인류를 변화시킬 수 있을까?

32

백과사전: 장바티스트 드 라마르크

장바티스트 드 라마르크는 〈변이론〉이라는 개념의 창시자다.

그는 군인으로 이력을 쌓다가 군대를 떠나 의학과 식물학에 몰두한다. 1779년 『프랑스 식물지』라는 책을 출간하는데, 꽃과 식물을 쉽게 식별할 수 있는 몇 가지 규칙을 수립한 저작이다. 책은 큰 성공을 거둔다. 그는 과학 아카데미에 입성해 〈왕실 정원 소속 곤충과 벌레 전문 자연사 교수〉라는 칭호를 얻는다.

이 명망 높은 지위에서 그는 파리에 자연사 박물관을 창설하고 무척추동물에 대한 동물학을 가르치며 무척추동물 목록 작성과 분류를 시작한다. 〈변이론〉 개념을 도출한 것은 그때였다. 종들이 시간의 흐름과 환경 변화에 따라 변화하면서 더 복잡해지고, 다양해지고, 특화된다는 개념이다.

1809년 라마르크는 『동물 철학』을 출간한다. 여기서 그는 종들이 내적 변이에 의해 진화한다는 이론을 전개한다. 〈발달 한계를 아직 넘지 않은 모든 동물에서, 한 기관을 빈번하고 지속적으로 사용하면 그 기관은 점차 강화되고, 발달하고, 커지고, 그렇게 사용한 기간에 비례하는 힘이 생긴다. 반면 어떤 기관을 계속해서 사용하지 않으면 그 기관은 약해지고 결국은 소멸한다.〉

그는 기린을 예로 드는데, 기린은 건기에 큰 나무 우듬지의 잎사귀에 닿기 위해 목을 쭉 빼고 그렇게 하여 제 기관을 변화시킨다. 그 후 기린이 새끼를 낳으면 새끼들 역시 가장 좋은 나뭇잎에 닿을 수 있는 점점 긴 목을 갖게 된다. 그리고 새끼 기린이 목을 길게 늘일수록 다음 세대의 기린 목은 더 길어진다. 마찬가지로, 라마르크에 의하면 두더지가 점차 시력이 퇴화한 것은 지하에서는 눈이 필요 없기 때문이다.

〈자연이 상황의 지속적 영향을 통해 개체들에게 얻거나 잃게 하는 모든 것은, 획득된 변화가 양성에 공통적이라면, 그들에게서 나온 새로운 개체들의 세대에도 보존된다.〉

이 저작 출간 이후 라마르크는 다른 과학자들에게 직설적인 공격을 받는다. 대표적으로 조르주 퀴비에가 그랬는데, 저명한 과학자였던 그는 종들이 진화하지 않는다는 〈고정론〉 주의자였다.

75세경 장바티스트 라마르크는 현미경을 지나치게 들여다본 탓에 시력을 잃는다. 동료들에게 평판을 잃고, 당대 학계에서 배척당해 곤궁에 빠진 그는 생계를 위해 외국 과학자들에게 꽃과 곤충 수집품을 판다. 그는 10년 후인 1829년,

85세의 나이에 외톨이에 무일푼으로, 동료들에게 업적을 무시당한 채 사망한다.

30년 뒤인 1859년, 찰스 다윈은 저서 『종의 기원』에서 자연 선택과 적자생존 이론을 전개하면서 진화에 관한 라마르크의 견해를 짚어 보고 비판한다. 다윈은 라마르크에게 가장 맹렬히 반대한 이들 중 하나이기도 하다. 그의 이론으로는, 모든 기린이 목이 길다면 그건 목이 가장 짧았던 기린들은 부적합하여 도태되었기 때문이다. 다윈은 이렇게 쓴다. 〈라마르크를 읽었는데 그는 형편없는 저자였다.〉

요약하자면, 찰스 다윈이 진화는 우연에 의해 이뤄진다고 본 반면 ― 가장 적합한 자가 선택되고 약한 자는 도태된다는 것은 당대의 엘리트주의 개념과도 부합한다 ― 장바티스트 라마르크는 진화는 변화할 능력이 있거나 변화하고자 하는 강한 열망을 드러내는 자들의 변화에 의해 이뤄지며, 각 존재는 스스로를 프로그래밍할 능력이 있다고 본다.

라마르크가 사망하고 60년이 지나, 몇몇 과학자들이(파울 카메러도 그중 하나다) 라마르크적인 사유를 재주창했지만 공식 학자들, 주로 다윈주의자들에게 즉각 공격당하고 평판이 실추당했다. 현재 라마르크의 작업은 잊히고 다윈의 이론들만이 학계 전체에서 유일하게 인정받는다.

하지만 몇몇 현상들, 가령 난초가 꿀벌을 성적으로 유인하려고 형태와 냄새까지 똑같이 변화하는 현상 등은 다윈주의로는 전혀 설명할 수 없고 라마르크의 이론에 비춰 보아야만 이해 가능하다. 라마르크에 따르면 생명체는 주변 환경에 적응하기 위해 자발적으로 변화할 능력이 있기 때문이다. 마찬가지로 〈후성 유전학〉이라는 이름의 새로운 학문 분야는 라마르크의 변이론을 현대적인 이름으로 부르는 데 지나지 않는다. 점점 더 많은 연구자들이 라마르크가 최초로 종들의 진화를 사유했을 뿐 아니라, 그의 이론들만이 유일하게 생명계의 복잡함을 이해하게 해준다는 점을 인정하고 있다.

에드몽 웰스, 『상대적이며 절대적인 지식의 백과사전』

제3막　　　　　줄기

33

튀르크 소년과 아르메니아 소년이 스포츠 센터 탈의실에서 소동을 벌인 이후 5년이 지났다.

스무 살의 젊은 여자가 긴 금발을 어깨에 늘어뜨리고 뉴이비사의 어느 통로를 홀로 걸어간다.

문득 뒤에서 발걸음 소리가 들린다. 여자는 돌아보지만, 아무도 보이지 않는다. 걸음을 계속한다.

갑자기 그가 있는 구역에서 천장에 달린 형광등이 전부 깜빡인다. 걸음을 재촉한다.

뒤에서는 여전히 그 발소리가 들린다. 불안한 나머지 달리기 시작한다. 형광등은 계속 깜빡거려, 점점 빨라지는 스트로보스코프 효과를 자아낸다.

별안간 형광등이 일순간 모조리 꺼진다. 젊은 여자는 두려움에 벌벌 떤다. 발소리는 날개 스치는 소리로 변하고 점차 가까워진다.

돌연 형광등이 다시 깜빡거리기 시작해, 간간이 어두운 복도를 밝힌다.

젊은 여자는 떨며 멈춰 선다.

그때 머리 위로 작은 시멘트 조각이 떨어진다. 여자는 겁에 질려 천천히 올려다보고, 그를 본다.

그는 발로 형광등에 매달려 여자를 쳐다본다. 커다란 귀는 파르르 떨리고, 코는 킁킁대며 여자의 냄새를 맡는다.

젊은 여자는 고함을 지른다. 너무 늦었다. 날개가 퍼덕이고, 에어리얼이 손가락처럼 길고 유연한 발가락이 달린 발로 여자의 입을 틀어막고, 날개의 막으로 몸을 둘러싸 꼭 끌어안는다.

「해칠 생각은 없어요.」 그가 귓전에 속삭인다. 「키스 한 번만 해줘요.」

여자는 그제야 그를 알아본다. 전에 본 적이 있다. ESRA의 수업에서도 자기를 따라다닌다.

금발의 젊은 여자는 벗어나려고 몸부림치며 에어리얼의 코끝을 세게 문다.

그는 아픔을 못 이겨 새된 비명을 지르며 날개를 펴고, 젊은 여자는 풀려난다.

여자는 뛰어가며 소리치기 시작한다.

「도와줘요! 살려 주세요!」

여자는 정신없이 뛰어 어머니 마르그리트와, 혼종에 반대하는 중심인물 중 하나인 아버지 토마와 함께 사는 거처로 피한다. 토마는 다른 남자들과 수도 배관을 고치는 중이다. 머리는 헝클어지고 반미치광이가 된 딸을 보고 그는 곧장 손을 멈춘다.

「에어리얼이!」 딸은 헐떡이며 말한다. 「어떤 에어리얼이 서쪽 통로에서 날 덮쳤어요!」

「뭐라고?」

「내 뒤를 밟아서는 내 위로 뛰어내렸어요! 날개로 나를 꼼짝 못하게 가두고 강제로 키스하려고 했어요.」

50대 남자는 앞뒤 재지 않고 커다란 스패너를 집어 들어 곤봉처럼 내두른다. 다른 남자들도 각자 연장 하나씩을 집는다. 망치, 밧줄, 쇠막대.

「놈이 이 구역을 떠나기 전에 서둘러 그 괴물을 붙잡자고!」 토마가 외친다.

이렇게 무장한 일행은 에어리얼을 찾아 통로를 돌진한다.

그들이 다가오는 것을 보고 혼종은 어떻게 행동할지 잠시 망설인다. 하지만 쫓는 이들의 적대적인 태도를 보아하니 선택의 여지가 없다. 그는 사피엔스들에게 쫓기며 발로 뛰어 달아난다. 이내 숨이 차자 날개를 펴고 날아오른다. 하지만 높이가 고작 3미터에 불과한 통로 천장 때문에 높이 날 수 없다.

그는 날갯짓해 옛 RER 통로로 접어들지만 그곳은 건물 잔해로 막혀 있다.

이미 추격자들이 위협적으로 다가온다.

「잡아라!」 토마가 득의만면한 표정으로 외친다.

「잠깐만요, 기다려 주세요! 제가 다 설명할게요.」 에어리얼은 자기변호를 하려 한다. 「전 살짝 키스만 하려 했던 거예요. 사피엔스와 키스하면 어떤 기분일지 알고 싶어서요.」

하지만 한 남자가 그쪽으로 올가미 밧줄을 던진다. 올가미 고리가 발을 꽉 조이고 혼종은 끌려 내려온다.

바닥에 내려오자 남자 다섯 명은 그에게 달려들어 마구잡이로 몰매를 퍼붓는다.

에어리얼은 더 이상 참지 못하고 공격자들의 귀를 고통스럽게 찌르는 날카로운 초음파 비명을 지른다. 그들은 구타를 멈춘다. 하지만 깜짝 놀람이 진정되자 구타는 한층 더 심하게 계속된다.

그때 통로 입구에서 초음파 비명을 듣고 위험을 감지한 젊은 에어리얼 세 명이 나타난다.

「놓아줘요!」 헤르메스가 소리친다.

토마는 그를 알아본다. 그 혼종이 제 부류 중 처음 태어났고 다른 이들보다 한층 우위에 있어 영향력을 행사한다는 것을 안다.

「이놈은 내 딸을 겁탈하려 했어, 대가를 치러야 해!」 그가 외친다.

「죄를 지었다면, 재판을 받게 해야죠.」 헤르메스는 자기 말이 단호하게 들리길 바라며 쏘아붙인다.

일행의 다른 남자들도 수긍한다. 토마는 결국 물러선다.

34

몇 시간 후, 포럼 데알의 주차장 2층에서 임시 법정이 열린다.

드넓은 공간 가장 안쪽에 있는 연단 위 책상에 프랑키가 앉아 좌중을 압도한다. 그는 헐렁한 검은 재킷 같은 것을 입고 있어 준엄한 분위기다. 오른쪽에 배심원 역을 맡은 인간 아홉 명이 있다.

연단 아래 한쪽 편에는 변호인 측 자리가 마련되고, 알리스가 몸소 변호인 역을 맡는다. 맞은편은 검사 측이다. 검사 역은 다름 아닌 토마다.

그가 먼저 발언을 시작한다.

「이 사건은 앞으로 줄줄이 일어날 일들의 시작에 불과합니다.」 그는 청중 앞을 서성거리며 단언한다. 「다른 사건들이 뒤를 이으리라는 데 의심의 여지가 없으니까요. 이 에어리얼이 저지른 짓이 그 점을 드러냅니다. 내 딸은 반사적으로 녀석의 코를 물었기에 가까스로 벗어났습니다. 하지만 다음번엔 무슨 일이 일어날까요? 강간이고, 범죄입니다! 그리고 우리 인간이 정신세계를 전혀 알 수 없는 이 괴물들이 동물적 충동에서 저지르는 짓들을 막을 수 있을까요?」

불만스러운 웅성거림이 군중들 사이에 퍼진다.

프랑키는 고개를 끄덕이고 선언한다.

「이제 피해자 발언하십시오.」

금발 소녀가 일어난다.

「저자가 맞아요!」 소녀는 알리스 옆에 앉은 에어리얼을 손가락질하며 분개한다. 「저자가 저를 쫓아오다가 천장에서 뛰어내려 저를 덮쳤어요. 그런 다음 큰 날개로 저를 감싸고 어찌나 바짝 다가왔던지 얼굴에 입김이 느껴질 정도였어요. 저에게 키스하려고까지 했다고요!」

소녀는 순전한 혐오감으로 몸서리친다.

「전 자기방어에 나서서 빠져나올 수 있었어요. 성공하지 못했다면 그는 분명 절 성폭행했을 거예요. 왜냐하면 전······ 제 몸에 닿는 그의 성기를 느꼈단 말이에요······ 꼭 발정 난 짐승 같았어요! 절 강간할 의도였던 게 확실해요!」

좌중이 동요하고 웅성거리는 소리가 커진다.

「에어리얼이 강간을 시도하다니!」 아버지가 되풀이한다. 「그들이 얼마나 유해한지 아시겠습니까! 이런 상황이 재발할 위험을 감수하실 건가요? 아무것도 하지 않는다면 분명 그렇게 될 겁니다! 그런 이유에서 저는 이 해로운 짐승을 우리 공동체에서 추방해 달라고 요구하는 겁니다! 이 에어리얼을 지상으로, 방사능에 오염된 쥐와 비둘기가 우글거리는 곳으로 보내자고요. 그렇게 애정이 간절하면 그들과 키스하면 되겠죠!」

재판장 뒤편에서 에어리얼, 디거, 노틱 들이 차마 앞에 나서지 못하고 사피엔스 방청객들 무리 뒤에 모인다.

프랑키는 논의를 재개시킨다.

「피고인 발언하세요. 검사와 피해자가 언급하는 행위들을 인정합니까?」

에어리얼은 두려움에 떤다. 옆에 앉은 알리스가 격려하려 애쓰며 다정한 눈빛으로 바라보지만, 소용없다. 에어리얼은 고개를 떨군 채 천천히 일어선다.

「인정합니다.」

「왜 그랬는지 설명할 수 있습니까?」

날개가 밧줄로 등에 묶인 에어리얼은 눈물이 그렁그렁한 얼굴로 알리스를 돌아본다. 알리스는 그의 머리를 쓰다듬고 손짓으로 말하라고 독려한다.

「저는…… 저도 제가 왜 그랬는지 모르겠습니다……. 저 예쁜 금발 사피엔스를 보고 순간 아주…… 매력적이라고 생각했어요. 어떤 충동처럼…… 저는 그저 키스하고 싶었을 뿐이에요. 그 이상은 아닙니다. 맹세합니다!」

다시금 청중이 수런거린다.

「할 말은 그게 전부입니까?」 프랑키가 묻는다.

「제가 무슨 정신으로 그랬는지 모르겠어요! 죄송합니다! 다시는 그러지 않겠다고 약속합니다. 그렇게 심각한 행동이라는 걸 깨닫지 못했습니다. 그…… 애정 표현이.」

「변호인 발언하세요. 알리스, 말씀하시죠.」

50대 여성은 확고한 동작으로 일어선다. 이 자리에, 그는 거의 25년 전 연구부 기자 회견실에서 발표할 때의 옷차림을 연상시키는 한 벌로 된 흰색 재킷과 스커트를 입고 있다. 회색 머리 타래가 군데군데 섞인 검은 머리는 높이 올려 묶었다. 방청객과 배심원을 번갈아 바라보며, 힘 있는 목소리로 말한다.

「요점을 확실히 짚어 두게 해주십시오. 하나, 피고인은 강간을 범하지 않았습니다. 둘, 누구를 죽인 것도 아닙니다. 셋, 그가 비난받는 사항은, 확실히 좀 서툴렀다는 것은 저도 인정합니다만, 한 존재가 자기와 다른 종에게 매력을 느끼고 그것을 표현한 일에 불과합니다. 이 사건이 일회적이고 단독 사건이라는 점도 고려되어야 합니다. 다른 한편, 피해자의 감정이 지당한 것이기는 하나, 어떠한 경우라도 우리가 그 때문에 성급한 결정을 내려서는 안 되며, 더욱이 과도한 처벌을 내려서는 안 됩니다. 화이트보드 위에서는 검은 점 하나가 눈에 잘 띈다는 사실을 잘 압니다만, 이번에는 그 점이 아주 작다는 사실을 인정해야 합니다. 해당 주제에 대한 우리 연구의 현 상황으로 볼 때, 피고인을 지상으로 내보내는 것은 사형 판결을 내리는 거나 마찬가지입니다.」

「본인이 직접 연구한 결과를 신뢰할 수 없다는 말입니까?」 검사 토마가 비꼰다. 「당신의 혼종들은 미트리다테스 면독법을 통해 외부 방사능을 견딜 수 있도록 DNA 변이를 마쳤다고 본인 입으로 설명하지 않았던가요?」

「분명 그랬습니다. 하지만 아직 그 점을 확인할 기회는 없었습니다.」

법정의 사람들이 소리 높여 한마디씩 한다. 〈여자애를 덮치지 말았어야지〉 하는 이들이 있는가 하면, 〈아냐, 그렇게까지 심하게 벌할 건 없잖아!〉라는 이들도 있고, 그 모든 게 귀가 먹먹할 정도로 소란스럽다.

검사 토마가 손을 든다.

「발언을 재요청합니다.」

「허가합니다.」 프랑키가 정숙을 요청하려 손으로 책상을 두드리며 귀를 기울인다.

「중대한 것으로 판단되는 정보를 공동체에 알리고 싶습니다. 저는 레알 대도서관의 미디어관 자료실에서 조사를 해보았습니다. 3차 세계 대전 발발 전, 알리스 카메러 교수는 만장일치로 반발을 샀습니다. 한 남자가 기자 회견 도중 교수를 저지하려는 시도도 있었고…….」

「이의 있습니다, 재판장님! 20년 전 그 남자는 저를 총으로 쏘아 죽이려 했습니다!」

「그자는 당신 실험의 위험성이 어느 정도인지 알아차렸던 모양이죠.」 토마가 빈정거린다.

「어떻게 그런 식으로…….」

「발언을 끝까지 들읍시다, 알리스.」 프랑키가 중재한다. 「하고자 하는 얘기가 뭡니까, 토마?」

「아니 땐 굴뚝에 연기 나지 않는다고 말씀드리는 것뿐입니다. 그렇게 많은 사람이 카메러 교수의 활동을 어떻게든 저지하고 싶었다는 건, 그럴 만한 이유가 있어서겠죠.」

「그건……」 알리스는 다시금 그의 말을 끊으려 한다.

「모두가 교수를 싫어했고……」

「그런 식의 발언은……」

「그런데 가엾게도 순진한 우리는 우리의 성소에 저 사람을 맞아들이고 그 사악한 프로젝트를 완수하게 허락했습니다.」 토마는 목소리를 높인다. 「제 생각은 이렇습니다. 우리는 사과 안에 벌레가 들어가 안에서부터 썩게 하는 것을 그냥 두었습니다. 그리고 지금 그 결과가 이겁니다. 우리는 괴물들 틈에 살고 있는 것입니다!」

알리스는 분노가 온몸을 휩쓰는 것을 느낀다.

「그런 식으로 말씀하실 수는……」

하지만 토마가 말을 끝내게 놔두지 않는다.

「내 딸이 저 여자의 악마적인 상상력에서 나온 생물 하나에게 공격받았습니다. 이젠 행동에 나설 때입니다! 저 해로운 짐승 435마리가 피해 끼치는 일은 끝장내야 합니다. 본보기로 저 폭행범 에어리얼을 추방하는 게 그 시작이고요……」

「다시 한번 말씀드리지만 지상에 내보내면 그는 분명……」

「죽을 거라고요? 당신이 실험을 능숙하게 시행하지 못해서요? 당연한 결과죠! 이 키메라 중 누구도 다시는 우리 중 하나를 공격할 엄두를 내지 못하도록 본보기를 보여 줍시다! 다시 한번 말씀드리겠습니다. 색을 밝히는 이 더러운 에어리얼을 지상으로 추방해야 합니다!」

좌중의 여러 사람이 구호처럼 외친다.

「지상으로! 지상으로!」

「에어리얼에게 죽음을!」

이렇게 진실이 백일하에 드러나는군. 이들은 늘 내 혼종들을 괴물로 여겼지만, 반동주의자로 보이기 싫어 입을 다물고 있었던 거야. 토마는 그들의 대변인에 불과해.

판사 프랑키가 손뼉을 치며 정숙을 요구하지만 아무도 그 말을 따르지 않는다. 군중은 흥분으로 끓어오른다.

법정 뒤편에서 에어리얼 혼종 144명이 피해자 아버지와 청중의 종족 차별적인 태도에 분개하여 수군거린다. 젊은 노틱 145명과 디거 145명도 못마땅한 기색이지만 자기들을 향한 적의가 한층 거세질까 봐 대놓고 표현하지는 못한다.

알리스는 절망하여 한숨을 쉰다.

제기랄, 너무 좋은 일은 오래가지 못하지.

여전히 구속된 채 옆 의자에 잔뜩 웅크리고 있는 젊은 피고인을 바라본다.

그들 안에는 어쩔 수 없는 동물적인 부분이 남아 있어……. 하지만 사람들이 겁을 먹은 지금 그 점을 어떻게 설명한담?

떠들썩함이 심해지는 가운데, 과학자는 잠시 눈을 감는다.

뉴 이비사에서 구인류와 완벽하게 어울리며 공존할 수 있도록 충분히 교육받은 신인류가 탄생하는 중이라 생각했는데.

판사 프랑키는 분위기가 가라앉지 않자 의자 발치에 두었던 라스타 색깔 가방에서 권총을 꺼내 허공에 대고 세 발 쏜다. 이중 천장에서 플라스틱 조각이 떨어진다.

깜짝 놀라 좌중이 조용해진다.

「좋습니다. 이제 표결로 넘어가죠.」

프랑키는 단상 위 자기 옆에 앉은 아홉 인간을 돌아보며 엄숙한 투로 말한다.

「배심원 여러분, 여러분은 피해자와 가해자의 증언, 검사 토마와 변호인 알리스의 논거를 들으셨습니다. 피고인을 지상으로 추방하느냐 마느냐를 결정하는 것은 여러분입니다. 이미 시간 낭비가 많았습니다. 거수투표로 정하겠습니다.」

이번에는 불리한 평결이 나와도 그가 속임수를 써서 우리 편을 들어 주지 못하겠지.

「이 에어리얼을 뉴 이비사에서 쫓아내 강제로 지상에 내보내야 한다고 생각하시는 분?」

배심원 한 사람이 처음 손을 들고, 두 사람이 뒤이어 손을 든다. 네 번째 사람이 망설이다가 자기도 손을 든다. 다섯 번째 사람이 손을 들썩이다가 마음을 바꾼다.

「그러면 추방 찬성이 네 표이므로 추방 반대가 다섯 표입니다. 피고인을 무죄 방면합니다.」

즉각 에어리얼의 날개가 구속에서 풀린다. 다시 웅성거림이 드높아진다. 여전히 맨 뒤쪽에서 몸을 사리고 있는 혼종들은 안심하지만 그런 기색을 드러내지 않는다.

이럴 수가, 우리가 이겼어. 분명 유죄 판결을 내릴 거라 생각했는데. 어쩌면 그들도 혼종과 인간 사이가 화목한 편이 낫다는 걸 깨달았나 봐.

그럼에도 분위기는 팽팽하게 긴장되어 있다. 어떤 이들은 박수를 치고, 어떤 이들은 배심원들과 판사 프랑키에게 휘파람을 불고 야유를 해댄다.

그런데 갑자기 토마가 프랑키의 책상으로 돌진해 권총을 집어 들고 무죄 방면된 젊은 에어리얼을 겨냥한다. 에어리얼은 공포로 몸이 마비되어 곧장 날개를 방패 삼지만 꼼짝하지 못하고 굳어 있다.

토마의 손가락이 방아쇠를 당긴다. 그리고 모든 일이 슬로 모션처럼 일어난다. 총구에서 불꽃이 솟고 9밀리미터 탄환이 공중을 가른다.

알리스는 돌처럼 굳어 눈으로 공중을 나는 총알의 궤적을 좇는다.

바로 그때 단상 끝에 서 있던 시몽이 몸을 날려 있는 힘껏 에어리얼을 밀쳐 아슬아슬하게 목숨을 구한다. 젊은 혼종은 본능적으로 즉각 천장에 달라붙는다. 총알은 결국 시멘트 벽에 가서 박힌다.

토마가 다시 한번 에어리얼을 조준하지만, 이미 시몽이 그에게 달려들었다. 총탄은 빗나가 이번에는 천장 형광등에 맞는다. 두 남자는 바닥을 구르며 서로를 막으려고 드잡이한다.

두 사람이 여전히 한 덩이로 뒹구는 와중에 세 번째 총성이 울린다. 그들의 몸이 굳어진다.

안 돼……. 이럴 수는 없어!

오펠리가 군중을 헤치고 부모님 있는 데까지 다가오며 비명을 지른다.

「아빠!」

시몽은 흘러나오는 피를 막으려는 듯 상체에 손을 대고 쓰러진다. 여전히 손에 권총을 든 토마는 넋이 나가 바닥에 그대로 앉아 있다.

알리스는 반려인 곁으로 달려간다. 시몽은 눈에 띄게 창백해지고 숨을 헐떡이기 시작한다.

젊은 에어리얼이 분노로 떨며 무기를 빼앗으려고 천장에서 토마를 향해 달려든다. 토마는 반사적으로 다시 방아쇠를 당긴다. 총알은 박쥐 인간의 심장을 관통하고, 그는 그 자리에 쓰러진다.

「혼종들에게 죽음을!」누군가 외친다.

그것이 신호탄이 된다. 몇 초 만에 그 구호는 전쟁의 함성이 된다. 인간과 혼종 사이에 전면전이 벌어진다.

「당신 말이 맞았어, 알리스…….」시몽이 중얼거린다.

그는 알리스에게 미소를 보이고, 기침하더니 숨을 깊이 들이마시고 몇 마디를 한다.

「……누구나…… 변할 수…… 있어.」

오펠리가 흐느끼며 아버지 곁에 웅크려 앉아 손을 잡는다. 시몽은 고통스레 숨을 쉰다.

「나는…… 나는 겁쟁이였지만…… 지금은…….」

「영웅적이야.」알리스가 뺨이 눈물범벅이 되어 말을 끊는다.

그는 딱하게 일그러진 미소를 짓고 또 기침한다. 입가에서 피가 흐른다.

「이제 내…… 마지막…… 변신의…… 때가 왔어. 나는 육신이었고…… 이제는 변모해서…… 물질적 외피에서 해방

된…… 순수한 영혼이 되는 거야. 당신 덕분에 난…….」

그는 말을 끝맺지 못한다.

그들 주변에서 싸움이 점점 격화된다. 사피엔스와 혼종 사이의 모든 갈등, 속으로만 품었던 생각, 질투와 경쟁의식이 폭발하며 훤히 까발려지는 것 같다.

천장 가까이 날아올라 난투극에서 떨어져 있으려고 애쓰는 에어리얼들은 인간들이 던지는 무거운 물건들의 표적이 된다. 맞아서 바닥에 떨어지면 즉각 집단 폭행을 당한다. 그들의 뼈가 부서지는 음산한 소리가 주차장에 울린다.

디거들은 인간의 팔과 허벅지에 앞니를 꽂는다. 한편 노틱들은 물갈퀴 달린 손을 십분 이용해 요란하게 울리는 따귀를 갈겨 댄다.

DJ 콘솔 근처에서 노틱과 싸우던 한 인간이 저도 모르게 프로그램 버튼 하나를 누르는 통에 펑크록 곡인 「갓 세이브 더 퀸」이 울려 퍼진다. 귀가 먹먹해지는 리듬과 더불어, 섹스 피스톨스의 조니 로튼 목소리가 〈노 퓨처〉라 외치고 동시에 오색의 스트로보스코프 조명들이 켜진다.

다른 인간이 에어리얼들의 공격을 횃불로 물리치려다가 단상에 불을 붙이고 만다. 불난 곳에서 피어나는 연기가 설상가상으로 혼란을 더한다.

불길에 결국 화재 경보 장치가 발동하고, 그 무엇으로도 막을 수 없을 듯한 광분한 군중들 위로 물줄기가 뿜어져 나온다.

35

백과사전: 메아리 전설

한 어린 소녀가 어머니와 산악 지대의 좁은 골짜기를 산책한다. 소녀는 한 번도 본 적 없는 풍경에 감동하여 외친다.
「정말 아름답다!」
메아리가 돌아온다.
「……아름답다.」
소녀는 놀라서 묻는다.
「누가 말하는 거야?」
그리고 이번에도 메아리가 울린다.
「……말하는 거야.」
「넌 누구야?」
메아리는 그 말을 그대로 돌려준다.
소녀는 화가 난다.
「내가 먼저 물어봤잖아. 그러니까 대답해, 너 먼저!」
「……너 먼저!」

소녀는 분통이 터진다.

「네가 누군지는 모르겠지만 너 참 바보구나!」

메아리는 계속된다.

「……너 참 바보구나.」

「날 욕하는 거야?」

「……욕하는 거야.」

「너 짜증 나!」

「……너 짜증 나.」

「누군지 몰라도 난 네가 미워.」

「……난 네가 미워.」

그때 소녀는 자기가 너무했고 얘기를 나누는 상대도 아마 기분이 상했을 거라는 생각이 든다.

「좋아요, 진심으로 한 말은 아니었어요. 전 당신을 알지도 못하는걸요. 제가 예의 없이 굴었다면 사과할게요.」

「……사과할게요.」

「나쁜 마음은 전혀 없어요.」

「……전혀 없어요.」

「이제 보니, 전 당신이 무척 좋아요.」

「……당신이 무척 좋아요.」

이 경험에 놀란 소녀는 어머니를 보고 묻는다.

「어떻게 된 거예요, 엄마?」

어머니는 재미있어하며 말해 준다.

「그건 메아리라는 거야. 메아리는 삶에서 우리 태도의 영향을 보여 주는 흥미로운 은유이기도 하단다. 보내는 대로 돌아오는 거야. 두려움을 보내면, 네게도 두려움이 오지. 불신을 보내면 너도 불신을 받아. 모욕을 보내면 네게도 모욕이 돌아와. 사랑을 보내면 너도 사랑을 받지. 우주는 네가 보낸 것을 언제나 되돌려주는 거울처럼 돌아간단다.」

에드몽 웰스, 『상대적이며 절대적인 지식의 백과사전』

36

여전히 광분하여 싸우는 사람들 위로 화재 경보 장치의 마지막 물방울이 떨어졌다.

음악은 끊겼지만 번쩍이는 스포트라이트는 여전히 죽음의 춤을 계속하며 시체가 널린 바닥을 비춘다.

난장판 한가운데 알리스와 오펠리는 아직도 시몽 곁에 있다. 과학자는 눈물이 그렁그렁한 눈으로 천천히 일어서고, 오색찬란한 조명이 연달아 그 젖은 얼굴을 비춘다.

시몽이 죽었어.

다 끝났어.

내가 다 망쳤어.

그는 반려자를 품에 안고 방 한구석으로 데려가 눕히고, 주위를 둘러본다. 주변은 참혹하다.

혼종과 인간 사이 우호 관계는 깨졌어.

이제는 신뢰를 되돌릴 수 없을 거야. 두 집단의 상호 존중과 경의는 끝났어.

불현듯 어린 시절의 기억이 떠오른다. 갓 태어나 몇 미터 날아가지도 못하고 거미줄에 걸린 나비가 생각난다.

　폭력과 파괴 속을 나아가는 것 역시 진화의 흐름이야. 모든 것을 극복하고 살아남는 자가 계속해서 세상을 바꿀 수 있는 거고…….

　프랑키가 곁으로 온다. 아무 말 없이 그는 어머니와 딸을 차례로 껴안는다. 그러고는 말한다.

「상황이 이렇게 빠르고 이렇게 심하게 악화될 줄은 몰랐어. 모든 일이 내가 손쓸 새도 없이 벌어졌어.」

　알리스는 대꾸하지 않는다.

　프랑키는 단호한 걸음으로 단상을 향해 걸어가, 콘솔의 마이크를 켜 귀를 찢는 잡음을 내고, 마이크에 대고 소리친다.

「그만둬!」

　싸움이 단번에 멎는다. 좀 전의 소음보다 더 귀를 먹먹하게 하는 정적이 옛 주차장을 점령한다.

　사람들이 각 진영으로 모인다. 피해는 막심하다. 소녀를 덮쳤던 에어리얼을 포함해 혼종 측 사망자는 열셋, 시몽과 토마를 포함한 인간 측 사망자는 여덟이다. 이에 더해 중경상을 입은 부상자가 50여 명이다.

　이성을 되찾은 듯한 혼종과 인간 들은 자발적으로 전장을 청소한다. 지하 4층을 부상자 치료소로 쓰기로 하고, 뉴 이비사의 의사들이 감독을 맡는다. 사망자들은 매장 전까지 지상으로 이어지는 통로에 한 줄로 눕혀 둔다.

　그날 밤은 알리스에게 고문과도 같다. 오펠리를 달래려 애쓰지만 헛일이고, 결국 오펠리는 너무 우느라 기운이 다

빠져 새벽에야 잠든다.

　내가 이 일을 정말로 겪은 게 맞나?

　오늘 일어난 일은 내 책임일까?

　어째서 뭔가 잘 풀리기 시작하는 순간, 적대적인 힘들이 일어나 모든 걸 망쳐 놓는 거지?

　시몽은 내게 나 자신의 본모습을 보여 준 남자였어.

　그 덕분에 난 내가 한갓 과학자이지만은 않음을 깨달았어. 내가 여자이기도 하다는 것을.

　그 덕분에 난 자기 자신을 잃지도 부정하지도 않으면서 두 사람이 완벽한 일치를 이루며 살아갈 수 있음을 깨달았어.

　이런 생각들이 머릿속을 어지럽게 오간다. 이른 새벽, 알리스는 시몽의 추도사가 될 글을 종이에 끄적인다. 하지만 이해할 수 없이 꽉 막혀 버려 적절한 단어를 찾기가 힘들다. 상실의 고통이 너무나 강렬하다.

　그 없이 어떻게 살지? 그의 지지와 사랑 없이 어떻게 계속하지?

　장례식은 다음 날 이른 시각으로 정해졌다. 부패로 인한 미생물과 각종 박테리아 발생을 우려하여, 공동체에서는 시신을 오래 지체하지 않고 매장하는 것이 습관이었다.

　지하철 터널의 한 구역을 특별히 치워 대규모 묘지가 만들어졌다.

　정해진 시각, 뉴 이비사 공동체 전원이 넓은 주차장에 모인다. 시몽의 관은 단상 위 탁자에 얹혀 있다. 오펠리는 아래편 맨 앞줄에 앉아 있고, 프랑키와 혼종 친구들 곁에 앉은 그 모습은 가냘프다. 혼종 셋과 인간 하나가 시몽의 관을 닫는 순간, 검은 옷을 입은 알리스가 말문을 연다.

「시몽은 평생 두려움 속에 살았고, 그가 누구보다 더 용감하다는 사실을 보여 준 날, 목숨으로 대가를 치릅니다. 이 사실에서 우리는 어떤 결론을 내려야 할까요? 겁쟁이들이 용감한 자들보다 더 오래 산다는 것? 저는 그런 단순한 요약을 받아들이길 거부합니다. 저는 시몽이 완벽한 삶을 살았다고 생각하고 싶습니다. 그는 불리함을 안고 삶을 시작했으나, 빛의 길을 찾기 위해 그것을 극복했습니다. 그때부터 모든 게 이루어졌습니다. 그는 사랑을, 저의 사랑을 경험했고, 오펠리가 태어나면서 아버지 됨을 겪었습니다. 그는 영혼의 불멸을 체험할 것입니다. 저는 절대 그를 잊지 않을 것이고 인간과 혼종 들이 그의 추억을 간직하도록 온 힘을 다할 테니까요. 시몽이 없었다면 혼종들은 세상에 나지 못했을 것입니다. 그가 없었다면 저는 어머니가 될 수 없었을 것입니다. 그가 없었다면 미래는 결코 가능하지 못했을 것입니다. 그의 죽음을 불러온 특별한 상황을 언급하자면······.」

알리스는 잠시 사이를 둔다. 너무 긴장해서 말을 계속하기 어렵다. 그러다가 말을 잇는다.

「저는 이 상황들이 시대 변화를 드러낸다고 생각합니다. 이제 혼종들은 더 이상 어린애가 아니며, 가장 난폭하고 고통스러운 방식으로 어른의 세상에 들어왔습니다.」

알리스는 시선을 오펠리에게 향한다. 딸은 형제처럼 여기는 세 혼종, 헤르메스, 하데스, 포세이돈에게 기대 있다. 그는 말을 계속한다.

「시몽, 당신의 불멸의 영혼이 내 얘길 듣는다는 거 알아. 당신이 경이로운 반려자였다는 것을 알아줘. 당신 영혼은 하늘로 올라가 빛과 하나 될 수 있을 거야. 영원히 당신을 잊지 않을게, 시몽. 당신이라는 사람으로 있어 줘서 고맙고 당신이 이룩한 모든 것에 대해 고마워. 존재해 줘서 고마워.」

오펠리의 흐느낌이 침묵을 깨고, 인간 참석자 여러 명과 수많은 키메라의 흐느낌이 뒤를 잇는다.

그 후 네 사람이 터널 땅바닥에 매장을 진행한다. 프랑키가 비석을 세우고 비석에는 이렇게 새겨져 있다. 〈시몽 스티글리츠 교수, 혼종의 공동 창조자.〉

다른 사망자들도 가족과 친구 들에 둘러싸여 땅에 묻힌다.

혼종 최초의 사망자들이다. 가장 나이 많은 이가 고작 스무 살이다. 추모를 위해 세 종은 저마다 인간의 장례식을 본뜬 장례 의식을 올리고, 자기 종의 고유한 스타일에 맞춘 서로 다른 모티프로 비석을 세웠다.

모든 의식이 끝나고 프랑키가 집으로 개조한 알리스의 주차 칸으로 찾아온다.

「우리 얘기 좀 해야겠어. 뭐냐면…… 그러니까, 다른 사람들이 날 찾아와서 이 일이 되풀이될 위험을 감수하고 싶지 않다고 했어.」

알리스는 책상 서랍을 뒤적이는 데 몰두해 등을 돌리고 대꾸하지 않는다.

「내 말 알아들었는지 모르겠어, 알리스. 하지만…… 뉴 이비사 사람들은 더 이상 실험을 계속하길 원치 않아.」

과학자의 몸이 굳어진다. 프랑키는 계속 말한다.

「그들은 키메라와 계속 같이 살기를 원치 않아. 그들을 이해해 줘야지. 하루 만에 사망자 여덟 명이라니, 엄청난 수야. 3차 세계 대전 종전 이후 우리가 맞은 죽음은 단 세 건이었어. 대령과 다른 두 노인이었지.」

「혼종 쪽 피해자는 더 많아!」 알리스가 얼음장 같은 목소리로 반박한다. 「정확히 말하면 열셋이야.」

「그래, 하지만 그들은 키메라잖아. 엄밀히 말해…… 우리와 같진 않아.」

알리스는 이를 악물고 설명한다.

「그들의 뇌는 우리 뇌와 가까워. 그들은 말하고, 글을 써. 그들의 희로애락은 우리와 똑같아. 우리와 똑같이 고통을 느껴. 우리와 똑같이 감정을 느껴.」

「말장난하지 마. 그래도 그들은…… 동물이야.」

「그게 뭐? 우리도 동물이야! 〈동물animal〉이라는 단어는 〈생의 숨결, 생명의 원동력, 영혼〉을 뜻하는 anima에서 왔어. 옛사람들은 동물에게 영혼이 있음을 이해했기 때문이야.」

「정말 그들에게 영혼이 있을까, 알리스? 당신이 창조한 존재들은 모두 〈새로워〉. 아무튼 그들은 환생한 존재일 수 없어.」

짜증 나게 하기 시작하네. 난 이런 형이상학적 토론을 계속할 기분이 아니야. 지금은 정말이지 그럴 때가 아니잖아.

프랑키는 자신의 논증을 펼친다.

「게다가 이 키메라들에게 인간적인 부분이 있다 해도, 그들이 우리와 똑같이 생각하지 않는다는 걸 우리는 알아.」

「아, 그래? 그들의 인간성이 의심되면 함께 토론을 해보면 알 텐데.」

프랑키는 화가 난 듯하다.

「알리스, 그런 논의로 들어가고 싶지 않아. 키메라들은 우리 뉴 이비사 공동체가 탄생했을 때 거기 없었어. 사실을 직시하자고. 새로 온 그들은 통합된 게 아냐, 허용되고 있을 뿐이지.」

알리스는 꼼짝하지 않고 프랑키와 똑바로 눈을 마주친다.

「난 당신들이 그들을 동등한 존재로 받아들인 줄 알았어.」

「그들은 여덟 사람을 죽였어! 내…… 동족들은 그들이 우리의 호의와 환대를 악용한 이방인이라고 여겨.」

「그들은 여기서 태어났어.」

「여기서 태어나도 좋다고 허가받았지, 그건 달라!」 프랑키가 흥분한다. 「그리고 우리가 승낙한 건 상황이 어떻게 될지 몰라서였어. 그런데 상황은 좋지 않게 됐어.」

다시금 알리스는 자기가 느끼는 바를 표현하려다 참는다.

이 사람은 마음을 정했어. 어떻게 해도 설득할 수 없을 거야.

축제는 끝났어.

프랑키가 시선을 피한다.

「알리스? 키메라들이 모두 여기서 떠나는 게 최선이야. 이렇게 말하면 아마…….」

「사형 선고를 내리는 거지.」 알리스가 말을 끊는다.

「당신은 이해해 줄 거라고 믿어.」

아니.

「단 한 명의 행동에 모두가 대가를 치르다니, 그건 부당해.」

「어쨌든 우리가 더 이상 평화로운 공존을 믿을 수 없을 거라는 사실을 당신도 잘 알잖아.」

분노에 사로잡혀선 안 돼.

「당신은 공동체의 대표로서 말하지만, 당신 개인적인 생각은 어때, 프랑키?」

마을 지도자는 한쪽 발에서 다른 발로 체중을 옮겨 싣는다.

「나는 우리가 공존을 시도했고 실패했다고 생각해. 우리는 너무 달라. 고집부려 봐야 아무 소용 없을 때가 있어. 동그라미에 네모를 넣을 수는 없는 거야……. 그래, 동그라미에 네모를.」

앨리스는 논쟁을 키우지 않기로 한다. 프랑키는 계속한다.

「그리고 새로 태어난 우리 아이들은 너무 소중해서, 우리 아이들이 당신의 키메라들에게 공격당할 위험을 무릅쓸 수 없어.」

그에게 〈키메라〉라는 단어는 더 부정적이야. 계속해서 그 말로 혼종들을 지칭하고 있어.

앨리스는 폭발한다.

「우리가 아니었으면 아이들을 갖지도 못했을 거면서! 당신이 말하는 그 키메라들, 당신은 그들을 사랑했잖아, 기억하겠지! 젖병을 물리고, 밤새도록 곁을 지키며 다시 잠재우곤 했지. 인간 아이들끼리 다퉜을 때 그 애들이 중재했던 거 봤잖아! 프랑키, 당신이 술과 담배를 끊고 일찍 잠자리에 들게 된 것도 다 그들 덕이야!」

프랑키의 얼굴이 갑자기 굳어진다. 알리스는 그렇게 침울한 표정의 그를 본 적이 없다.

「알리스, 마을 지도자로서 나는 이 공동체의 생존을 책임지고 있어. 그렇기에 구성원들이 내게 키메라를 없애 달라고 요구하면, 내 감정은 중요치 않아. 나는 공동체에 이로운 일을 해야 해. 내 사람들을 지켜야 해.」

결국 이렇게 되는군, 우리 우정은 이제 끝났어.

「혼종들에게 사형 선고를 내리면서까지 그렇게 하겠다는 거야?」

프랑키는 아무것도 못 들은 척하며 말을 계속한다.

「시몽과 당신이 처음 왔을 때, 혼종들은 방사능에도 견딜 수 있도록 면역을 키웠다고 분명 말했지?」

「확인해 볼 기회가 없었잖아, 잘 알면서!」

「그럼 잘 되기를 기도해야지.」

알리스는 절망이 엄습하는 것을 느낀다.

지상에 나가는 순간 정말 다 죽는 건가?

시몽을 잃은 것만도 견디기 버거운데, 프랑키의 선고로 개인적인 애도에 집단적 비극까지 더해진다.

최악의 일은 꼬리를 물고 일어나.

바로 그때 뱃속에서 통증이 고개를 든다.

안 돼, 이럴 수는 없어.

알리스는 오래된 적을 알아본다. 출산과 충만한 삶 덕분에 그 병이 없어졌다고 믿었건만, 병은 잠복한 채 스트레스 받는 시기만을 노리고 있었음을 깨닫는다.

신체의 작동은 부자들에게만 돈을 빌려주는 은행과 똑같아. 심신이 편한 사람들에게만 건강을 선사하지. 힘겨움을 겪는 이들에게선 건강을 앗아 가고.

「그렇다면 우리는 지상으로 추방되는 거군······.」

마을 지도자는 고개를 젓는다.

「왜〈우리〉야? 혼종들이 추방되는 거야. 당신과 딸은 인간이니까 당연히 머물러도 돼.」

「나 없이 떠나게 하는 건 말도 안 돼. 내가 그들을 태어나게 했으니 저버리지 않을 거야. 그리고 난 오펠리를 알아. 그 애는 날 따라올 거야.」

알리스는 하와이안 셔츠를 입은 남자에게 다가가 어깨에 오른손을 얹는다.

「난 당신이 변했다고 생각했어, 프랑키.」 알리스는 엄숙하게 말한다. 「어찌 됐든 우리를 받아들여 줘서 고마웠어. 여기까지 올 수 있었던 것만 해도 당신이 도와준 덕분이야.」

프랑키는 인사를 하고 알리스를 홀로 남겨 둔다.

알리스는 인상을 쓰며 일어선다.

오펠리에게 알려야지.

알리스는 딸 방문을 두드린다. 침대에 축 늘어진 오펠리는 아버지의 죽음에 이어 혼종과 생존자들 간 화합이 깨진 일로 크게 동요해 여전히 충격에서 헤어나지 못한 상태다.

알리스는 침대 가장자리에 앉아 딸의 등을 한참 어루만진다.

「내일 우리는 떠날 거야.」 그가 말한다.

오펠리는 깜짝 놀란다.

「어디로 가요?」

「지상으로 간단다, 딸아. 어떤 변신들은 지속적이지 않고 최종적이지도 않지. 프랑키는 예전 모습대로, 자기중심적인 향락가로 돌아가 버렸어. 이곳 인간 공동체는 제 본질을 되찾았고, 그건 최초의 호모 사피엔스의 본질이기도 하지. 겁 많고, 공격적이고, 다른 존재들을 전부 불신해. 언젠가 그들도 깨닫게 되겠지. 하지만 그날은 아직 오지 않았구나. 그러니 그때까지 우리는 그들처럼 되지 않도록 여기서 멀어져야 해.」

37

 6월의 그날 새벽, 프랑스의 옛 수도는 낮게 깔린 뿌연 안개로 뒤덮여 몇십 미터 이상은 내다보이지 않는다.
 알리스는 방사능 방호복을 입고 랑뷔토 지하철역에서 나온다. 머리에는 헬멧을 쓰고 있다. 한 손에는 귀중한 가이거 계수기를 들고 다른 손에는 권총을 들었다.
 주변을 살펴보고, 다음으로 계수기를 들여다본다. 역시 형광 오렌지색 방호복으로 단단히 무장한 채 물러서서 기다리고 있는 오펠리를 돌아보며 외친다.
「30!」
 소녀는 어머니에게 다가간다.
「확실해요?」
「20년 만에 수치가 많이 내려간 것 같아. 하지만 아직 우리가 보호 장비 없이 나갈 수 있을 만큼은 아니야. 아무튼 우리, 〈보통〉 인간은 말이야.」
 오펠리는 대꾸가 없다. 외부에서 보는 풍경에 정신이 팔렸다.

알리스는 플라톤의 동굴의 비유를 생각한다.

사람들은 동굴 깊은 곳에 살며, 나갈 엄두를 내지 못하고 내벽에 비친 그림자를 보며 상상적 표상으로만 세상을 이해하지……. 오늘, 내 딸이 모든 게 믿음과 환각에 불과한 동굴에서 나와 마침내 진짜 세상을 발견하는구나.

알리스 자신도 눈에 보이는 광경에 놀란다. 지하에서 살았던 탓에 지상이 어땠는지 잊고 말았다.

「그럼 혼종들은요?」 오펠리가 걱정한다.

「진실이 밝혀질 순간이지. 내 계산대로라면 에어리얼, 디거, 노틱 세 종은 40밀리시버트까지의 방사능 오염 환경에서 버틸 수 있어. 그러니까 30이라면 이론적으로는 괜찮을 거야. 그걸 알아볼 유일한 방법은 해보는 것뿐이야. 자, 올라오라고 하렴.」

오펠리가 지하철 출입구로 모습을 감춘다. 몇 분 후 헤르메스와 함께 다시 나온다. 튀르비고 거리로 나오면서 박쥐 인간은 얼떨떨해한다. 처음에는 걱정스러워하다가, 천장이 없음에 일단은 놀라고 이내 몹시 기뻐한다. 그때까지 알지 못했던 해방감을 느낀다.

그는 눈을 감고 숨을 깊이 들이켠다. 몇 초 동안 숨을 멈추고 있다가 내쉰다. 신선한 공기를 호흡하는 기쁨을 맛본다. 그리고 미소를 지으며 환희에 차 길고 투명한 날개를 편다.

안개가 걷히고 주변의 폐허가 드러나기 시작하자, 그는 자신이 보호 장비 없이 밖으로 나온 최초의 혼종임을 깨닫는다. 최초이자 유일한. 그는 날개를 퍼덕인다.

「기다려라, 헤르메스, 아직 날지 마.」 알리스가 타이른다. 「여기 앉아 보렴. 구토나 피부 발진 같은 악영향이 없는지 좀 보자.」

에어리얼은 그 말에 따른다.

과학자는 그의 맥박을 재고 호흡과 심장 박동 소리를 들어 본다. 눈과 혀를 살펴보고 체온을 잰다. 기침을 시켜 보고, 오른쪽에서 왼쪽으로 손가락을 움직이며 시선으로 좇아 보라고 한다. 무릎을 두드려 반사도 확인한다.

「구역질은 안 나니?」

그는 아니라는 몸짓을 한다.

「머리가 아프진 않니? 편두통이나 현기증은?」

헤르메스는 심호흡을 여러 차례 더 하고 날개를 활짝 펴더니 황홀한 기색을 보인다.

「지하에서보다 여기가 훨씬 몸 상태가 좋아요.」 그는 잘라 말한다. 「무한히 펼쳐진 저 하늘 앞에 있으니 날아오르고 싶은 마음을 억누를 수 없네요……」

「좋아, 그러면…… 무사히 버티는 것 같네.」 알리스가 딸에게 말한다. 「미트리다테스 면독법으로 방사능 저항력을 기른다는 시몽의 아이디어가 마침내 빛을 보는구나.」

헤르메스의 눈은 하늘에 못 박혀 있다. 날개 끝이 초조하게 파닥거리며 움직인다.

「조금만 기다리렴, 아직 그럴 때가 아냐.」 알리스는 달랜다. 「일단 다 모여서 집단 이주 계획을 짜야지.」

두 인간은 이어서 포세이돈과 하데스를 지상으로 올라오

게 하고, 그들 역시 폐허가 된 도시의 정경 앞에서 넋이 나간다.

포세이돈이 공기 중의 습기를 반가워하는 만큼, 하데스는 햇빛에서 눈을 보호하려 한다.

몇 분 후 알리스는 그들에게도 헤르메스에게 했던 것과 같은 검사를 진행한다. 결과는 의심의 여지가 없다. 세 혼종은 지상 생활에 적응된 것 같다.

알리스는 확고한 어조로 딸에게 외친다.

「가서 다른 이들도 올려 보내렴!」

419명의 혼종은 한 줄로 길게 서서 한 명씩 지하철 출입구 계단을 올라온다. 다들 눈앞에 펼쳐진 세상의 광경에 얼떨떨해한다.

「일단 지금은 그룹별로 잘 모여 있어라.」 알리스가 명한다.

다들 고개를 끄덕이고, 이렇게 이뤄진 행렬은 마침내 걷기 시작한다.

형광 오렌지색 방호복 슈트 덕분에 눈에 잘 띄는 알리스와 오펠리가 행진에 앞장선다. 알리스는 마지막으로 거리 끝에 보이는 포럼 데알 건물을 뒤돌아본다.

안녕, 프랑키. 뉴 이비사 주민 여러분도. 당신들은 새로운 것을 받아들이려 하지 않았으니, 옛것과 함께 지하에 머무르겠지. 키메라들을 원하지 않았으니, 당신들끼리 남겠지. 축제를 열어. 마음껏 즐겨. 우린 더 이상 당신들에게 위험이 되지 않을 테니. 지금껏 살아온 대로 늙어, 다른 것에 대한 두려움 속에. 그리고 당신들 중 가장 진화한 이들이라면, 어쩌면 변화할 기회를 놓친 것을 조금은 아쉬워하면서.

앞으로 나아가면서, 알리스는 주의 깊게 주변 환경을 관찰한다. 땅 밑에 갇혀 있던 20년간 자연은 마음껏 활개를 폈다. 풀과 덤불과 덩굴 식물은 관목이며 큰 나무가 되어 금 간 시멘트를 뚫고 자라거나 아스팔트 속으로 뿌리를 내렸다.

어떤 상황에서도 파리를 떠나지 않는 터줏대감 비둘기와 쥐 말고도, 다른 곤충, 파충류, 새, 포유류 여러 종이 번성했다.

어느 길모퉁이를 돌자 일행은 멧돼지같이 생긴 것과 마주치는데, 더 꼼꼼히 뜯어보니 사실 그것은 멧돼지 같은 새끼들을 거느린 털북숭이 돼지다. 그런데 오싹한 점이 있다. 다들 눈이 세 개다.

「미디어실 비디오로 본 돼지들과 다르게 생겼는데요.」 오펠리가 지적한다.

「사실이야, 전에는 저렇지 않았어.」 알리스가 말한다. 「방사능이 확산되었을 때 변이했을 거야. 우리를 보고도 겁먹지 않는 걸 보니 인간의 존재를 경험한 적 없을 거야. 인간들이 제 조상들을 어떻게 대했는지 모르는 거지.」

그 말이 사실임을 확인해 주듯, 세눈박이 멧돼지들은 검은 점박이 무늬의 빨갛고 커다란 버섯들을 바닥에서 뽑아 요란하게 씹기에만 바쁘다.

그들이 성찬을 즐기게 내버려두고, 일행은 놀람에 찬 소곤거림을 주고받으며 계속 앞으로 나아간다.

저들에겐 모든 게 놀랍기만 해. 저들이 세상을 발견하도록 놔둬야지.

「주변을 탐험해도 좋지만, 단체로 행동해야 해.」알리스가 당부한다.

혼종들은 신이 나서 식물과 먼지가 가득한 상점들로 모험을 떠난다. 상점에 쌓인 물건들은 그들에게 매혹과 놀라움 가득한 보물이나 마찬가지다. 에어리얼 몇 명은 슈퍼히어로 테마 장난감을 파는 가게에 들어간다. 자기들과 닮은 피겨를 보고는 즐거워한다.

자기들이 사피엔스의 무의식 속에 전부터 존재했다고 생각할 게 분명해.

노틱들은 해저 잠수용품 가게를 찾아 오리발과 잠수복과 마스크를 보고 감탄한다. 한편 디거들은 버려진 건설 중장비를 발견해, 땅을 파도록 설계된 그 기계들을 부러워하며 바라본다. 착암기, 굴착기, 불도저 등.

오펠리가 스포츠용품 판매점을 발견한다. 어머니는 다 같이 가보자고 한다. 디거 140명과 에어리얼 139명은 뉴 이비사의 지하에 살며 평생 경험한 형광등 불빛보다 더 강렬한 햇빛을 견딜 수 있도록 선글라스를 착용한다. 노틱 140명은 섬세하고 연약한 피부가 쉬이 건조해지지 않도록 몸을 덮는 옷을 입는다.

알리스와 오펠리는 배낭들을 챙겨 생존에 꼭 필요할 캠핑용품을 담는다. 나침반, 스위스 멀티 나이프, 라이터, 로프, 접이식 삽과 곡괭이, 침낭, 칼, 마체테, 수통.

좀 더 가다 만난 슈퍼마켓에서는 기적적으로 멀쩡한 통조림들을 발견한다.

「20년이 지났는데 음식이 아직도 먹을 수 있는 상태라니 믿어지지 않아요.」오펠리가 놀란다.

「전쟁 전의 농식품 업계에서 제품에 새로 나온 강력한 방부제를 주입하고 두터운 금속 포장으로 감쌌기 때문이야. 그런 화학 물질 효과가 어찌나 대단했는지 인간 시체가 더 이상 썩지 않을 정도였지. 친자 확인 검사라든지, 그런 일로 관을 열어야 할 때면 시체는 온전한 상태로 발견됐지.」

「구인류는 생태계의 일부이길 거부했다는 말씀인가요?」

「저걸 보렴.」알리스는 바닥에 있는 아직도 옷을 입은 한 여자 형상을 가리킨다. 「저 여자는 완전히 분해되지도 않았어.」

어머니와 딸은 시체에 다가간다.

「이 젤라틴 같은 덩어리는 뭐예요?」

「실리콘 보형물이야. 여자들은, 때로 남자들도, 가슴, 엉덩이, 입술, 광대뼈, 심지어 턱에까지 보형물을 넣곤 했지. 더 유혹적으로 보이려고 말이야.」

종의 최종 진화로서 인플루언서들이 완전히⋯⋯ 생분해적이지는 않다는 증거로군.

일행 전원은 포스트 아포칼립스 파리의 혼란 속을 계속해서 행진한다.

앞장선 포세이돈은 가장 힘센 팔을 지녔기에 마체테를 크게 휘둘러 길을 튼다. 그러나 앞에 녹슨 자동차 잔해와 식물이 뒤엉켜 길이 막히자 멈춰 설 수밖에 없고, 모두가 같이 멈춰 선다.

그러자 헤르메스가 나서서 알리스를 들어 올린다. 알리스를 데리고 날아 고철 더미를 넘어 반대편에 내려놓는다. 다음은 오펠리가 붙들려 공중을 날아 장벽을 넘는다. 지하의 막힌 공간에서만 살았던 오펠리는 처음 경험하는 공중 부양을 만끽한다.

다른 에어리얼들도 곧장 이를 따라하여, 날지 못하는 땅 파는 혼종과 헤엄치는 혼종 들을 들어 장벽 너머로 옮겨 준다.

그런 후 일행 전원이 행진을 계속한다.

더 가서는 도로 터널 속을 지나가는데, 터널 역시 중간이 무너져 막혀 있다. 이번에는 디거들이 발톱 달린 힘센 손과 예리한 앞니를 이용해 흙에 통로를 파서 길을 낸다.

「파리를 가로질러 가려고 힘 빼봐야 소용없어. 계속해서 무성한 식물이나 무너진 건물이나 뒤엉킨 자동차 들이 앞길을 막을 거야.」알리스가 말한다.

「어떻게 하는 게 좋겠어요?」오펠리가 묻는다.

「처음부터 그렇게 했어야 하는데. 물길로 가는 거야.」

알리스의 허락을 받고 노틱 몇 명이 물에 뛰어든다. 센강에는 아직 짐배들이 떠 있다. 혼종들이 선체가 멀쩡한 배를 하나 고르고, 디거들이 이번에도 힘센 팔과 발톱 달린 손과 예리한 앞니로 배를 뒤덮은 수생 식물들을 제거한다.

일행은 배에 올라탄다. 노틱 십여 명이 배 뒤편에 자리 잡고 하반신을 물에 담근 채 일사불란하게 발차기 한다. 물갈퀴 달린 발 덕분에 배에 속력이 붙는다.

그 위에서는 에어리얼들이 정찰병 노릇을 한다. 굳은 날개를 풀려고 여러 차례 공중회전과 활공을 한 후, 자리를 잡고 망을 본다. 얼마 안 가 유목(流木)과 배들이 뒤섞여 둑을 이루고 있다고 알려 온다.

「옛날에 인간이 정복했던 장소들을 자연이 이 정도까지 탈환했을 줄은 몰랐어.」 알리스는 한숨을 쉰다.

그들은 에펠탑 앞을 지나간다. 에펠탑은 세 우주 비행사가 ISS를 탈출해 셔틀 창에서 보았을 때와 다름없이 서 있다. 하지만 알리스가 가까이서 살펴보니 건축물은 이제 거대한 버팀목으로 변해 온갖 덩굴 식물들이 휘감고 올라 녹슨 금속을 뒤덮었다. 꽃과 곤충 들이 점령한 꼭대기에는 매들이 선회한다.

동물들도 강둑을 차지했다. 형형색색의 이국적인 새들이 센강 기슭 위를 난다.

노란 펠리컨들이 있다.

자연은 언제나 생존의 길을 찾아. 형태와 종과 색의 다양화는 자연의 힘이 표현된 거야.

알리스 곁에서 오펠리는 실체를 알지 못했던 이 새로운 세상에 훨씬 더 경이로워한다. 물론 전쟁 전 파리의 사진과 다큐멘터리 들을 보았지만, 전부가, 레이스 커튼 같은 구름이 드리운 하늘조차, 오펠리에게는 예술 작품 같아 보인다.

「이 도시는 얼마나 아름다웠을까요!」 오펠리는 황홀해

한다.

「세계에서 가장 아름다웠지…….」 알리스도 동의한다. 「아무튼 내가 보기에는 말이야. 하지만 솔직히 말하면 무성하게 자란 이런 식물과 동물 들이 있고 자동차가 없는 지금은 새로운 매력이 있고, 그것도 썩 마음에 드는구나.」

바로 그 순간 형광 분홍색 큰홍학 떼가 옛 라디오 프랑스 본사 맞은편 시뉴섬에서 날아오르면서 화사한 색채의 터치를 더한다.

더 멀리서는 검은 반점이 있는 흰말들이 자그마한 까만 두꺼비가 빽빽이 올라탄 수련들 한가운데서 강물에 들어가 평온하게 물을 마신다.

짐배 앞쪽에 자리 잡은 두 사피엔스는 눈앞에 펼쳐지는 도시 정글의 풍경에 매혹되어 샅샅이 훑어본다.

오펠리는 이토록 다양한 색채, 경치, 식물과 동물이 있다는 게 꿈만 같다.

「그래도 정말 놀랍구나. 이 모든 동식물이 30밀리시버트로 오염된 환경에 적응할 수 있었다니.」 알리스가 생각을 입 밖에 낸다.

「체르노빌 때도 그러지 않았어요?」 오펠리는 어머니가 읽어 준 『상대적이며 절대적인 지식의 백과사전』 한 대목을 기억하고 묻는다.

「맞아. 방사능이 태아에 끼친 영향에서 비롯되었을 기형들이 나타난 것과 마찬가지였지.」

엄마와 합지증처럼…….

두 여자는 강둑에서 그들을 지켜보는 듯한 다른 세눈박이 멧돼지 무리를 알아챈다.

「내 조상 파울 카메러와 그보다 앞서 장바티스트 드 라마르크가 옳았다는 증거야.」 알리스가 평한다. 「유전자 프로그래밍은 환경에 적응하기 위해 변화한 후 변이된 세대들을 태어나게 해. 이 주제를 연구한 과학자들은 이 새로운 학문 분야를 〈후성 유전학〉이라 불렀지.」

거대한 흰 뿔이 달린 터키옥색 푸른 털 사슴이 멀리까지 울리는 긴 울음소리를 낸다.

「자연은 다양성을 사랑한다는 내 이론이 옳다는 확증이기도 해.」 알리스는 덧붙인다. 「모든 것을 획일화하는 인간의 지배가 사라지고 나니, 어린아이 같은 정신이 마음껏 자신을 표출하며 온갖 형태와 색과 특징의 동물들을 창조해 내려는 것 같구나. 스스로의 즐거움을 위해서인 듯 말이야.」

「전쟁 전의 이 도시 얘기를 더 들려주세요.」 오펠리가 청한다. 「전에는 어땠어요? 파리에는 주민이 많았나요?」

「5백만 명 정도였지. 우리 눈앞에 펼쳐진, 드문드문 폐허가 솟은 이 정글은 옛날에는 집들, 건물들, 그리고 세월이 흐르며 여러 차례 다른 계획에 따라 놓인 길들이 한데 뭉쳐 있었어. 그곳을 수많은 버스, 트럭, 자동차, 오토바이, 자전거, 킥보드, 보행자 들이 쉬지 않고 돌아다녔지. 특히 자동차들이. 그 모든 것이 엄청난 소음과 배기가스를 냈어. 주로 보이는 동물은 목줄을 찬 개들과 비둘기들이었지.」

「들개 떼는 없었고요?」 오펠리가 놀란다.

「들개도, 세눈박이 멧돼지도, 푸른 사슴도, 큰홍학도 없었지……」 알리스가 재미있다는 듯 대꾸한다.

「엄마는 꼭 3차 세계 대전이 파리의 옛 삶의 방식을 끝장낸 게 달갑다는 듯 말씀하시네요.」

알리스는 딸의 손을 어루만진다.

「네가 보는 건 아마 진화의 흐름일 거야. 마치 자연이 다시금 자유롭게 스스로를 표현하고자 놓여날 틈을 찾다가, 인간들이 서로를 죽이도록 부추긴 것 같구나.」

알리스는 한숨을 쉬더니 한순간 눈빛이 어두워진다.

「나 역시 공해에, 소음에, 연기에 일조했어.」 그는 인정한다. 「플라스틱 물건들을 소비하고 구입하는 걸 즐거움으로 삼았고, 때로는 쓰지도 않고 금세 내버렸지. 그게 구세계였어. 우리는 깨닫지 못했어. 하지만 그 모든 게 이젠 다 끝났고 지금 우리는 모세를 따라간 최초의 히브리인들처럼 새로운 세계를 건설하려 나섰구나!」

「우리에겐 약속의 땅이 없고 우리는 사막이 아닌 정글을 건너고 있다는 작은 차이만 빼고요.」 오펠리가 보충한다.

노틱들은 교대로 배의 추진기 역할을 하고, 에어리얼들은 계속 주변에 장애물이나 위험이 없는지 감시한다. 경고를 받으면 디거들이 나서서 열심히 길을 뚫는다.

망명객 424명은 구불구불한 센강을 따라가고, 남서쪽 이시레물리노에서 파리를 벗어난다. 그 후 불로뉴빌랑쿠르를 지나고, 더 북쪽으로 가서는 르발루아페레, 아스니에르를 지난다.

항해에 나선 지 몇 시간이 지나 해가 기울기 시작하고 키메라들은 피곤을 느낀다. 디거들은 배가 앞뒤 양옆으로 흔들리는 통에 점점 〈물멀미〉를 한다. 에어리얼들의 망보는 능력도 저하된다. 그들 역시 배 위에 있으면 〈물멀미〉를 느낀다.

노틱들만 알리스가 얘기해 주었고 책과 영화에서 수없이 많이 접했던 놀라운 개념에 도달할 기세다. 바다, 무한히 펼쳐져 있다는 그 넓디넓은 물에.

밤이 저물 무렵, 배는 댐에 막혀 서는데, 이번에는 아무래도 넘어가지 못할 것 같다. 나무줄기, 양철 판, 시멘트 덩어리인 그 댐 위에는 알리스가 알던 것보다 두 배는 큰 알비노 비버들이 돌아다닌다.

디거들이 그 설치류들과 싸우자고 하고, 에어리얼과 노틱들도 거드는데, 알리스가 잘라 말한다.

「이건 멈춰야 한다는 신호야.」

이어서 알리스는 일행에게 말한다.

「다들 피곤하니, 쉴 곳을 찾아야 할 때야. 여기서부터는 내려서 걸어가자.」

「그다음에는요?」 오펠리가 묻는다.

「아마 숲에 둘러싸인 쉴 만한 장소를 찾을 수 있을 거야.」

알리스의 청에 따라 헤르메스가 가이거 계수기를 들고 그곳에서 날아올라 방사능이 가장 약한 장소를 찾으러 간다.

한 시간이 지나 그가 돌아와서 알린다.

「북쪽으로 더 가면, 연못이 하나 있는데, 그 근처는 방사능이 10밀리시버트 아래예요.」

「길을 안내하렴.」 알리스가 계수기를 받아 들며 즉시 대답한다.

일행은 길게 한 줄로 서서 점점 숲이 울창해지는 어느 구역으로 들어선다. 지는 해가 보름달에 자리를 내주고, 나뭇잎 사이로 들어오는 훤한 달빛이 길을 비춘다.

그들 둘레에서 곤충과 야생 동물이 내는 무수한 소리로 식물들이 사락거린다.

「숲속 깊이 들어갈수록 방사능 수치가 낮아지는구나.」 알리스가 12 이하를 가리키는 가이거 계수기를 보며 말한다. 「이 큰 나무들이 방사능을 흡수한 것 같아.」

한 시간쯤 걷자 빈터가 나온다. 한복판에는 키 큰 나무에 둘러싸인 연못이 하나 있고 연못가에는 남쪽에는 작은 별장, 북쪽으로는 주차장이 있다. 〈퀴퀴파 숲 연못〉이라는 표지판이 있다. 알리스는 주변을 살펴본다.

이곳이 마음에 들어.

이번에는 가이거 계수기가 그토록 바라던 10밀리시버트라는 수치를 가리킨다. 두 인간은 망설이다가, 오펠리가 먼저 나서서 헬멧과 방사능 방호복을 벗고, 어머니도 뒤따른다. 둘 다 신선한 공기를 한껏 들이마신다. 몸에 흘러드는 산소가 도취한 듯한 감각을 자아낸다.

마침내 필터를 거치지 않은 공기를 호흡하니 정말 좋다!

은근한 향들이 섞인 냄새에 오펠리는 콧구멍을 벌름거린다. 꽃들과 풀들 향기가 섞인 냄새지만, 나무와 분해 중인 다양한 물질 냄새도 들어 있다. 이 처음 접하는 감각 정보들의 뉘앙스를 더 잘 파악하고 싶어 오펠리는 본능적으로 눈을 감는다. 곤충들, 새소리, 바람 소리, 모든 게 황홀하다.

두 사람은 얼굴에 닿는 공기를 느끼고, 피부는 극도로 민감한 막이 된 듯하다. 알리스는 땅을 만지고 부드러운 흙에 손가락을 꽂는다. 오펠리도 쭈그리고 앉아 똑같이 한다.

두 사람은 그 갈색 물질이 맨손에 닿는 감각을 즐긴다.

그런 다음 나무줄기, 나뭇잎, 풀 들을 만진다. 알리스는 꽃향기를 맡고 몇 송이를 입에 넣고 씹기까지 한다.

드디어 우리의 오감이 작동할 수 있어.

「3차 세계 대전이 이제야 완전히 끝난 것 같아.」 그는 말한다.

어머니와 딸은 이끼와 수지와 연못에서 조류(藻類)가 발효되는 냄새를 풍기는 공기를 몇 분간 원 없이 들이마신다. 혼종들은 그 둘레에 둥글게 모여 사피엔스 지도자들이 다음 지시를 내려 주길 참을성 있게 기다린다.

원정대의 자연스러운 지도자로서 알리스는 모두에게 말한다.

「좋아. 우리는 방사능이 아주 약한 지역에 도달했어. 여기 마을을 세울 거야.」

포세이돈이 손을 든다.

「우리 노틱에게 마을은 반드시 언제든 연못에 닿을 수 있는 장소여야 해요. 따라서 저는 마을이 물가에 세워져야 한다고 봅니다.」

헤르메스도 발언을 요청한다.

「우리로서는 마을이 큰 나무들 근처였으면 좋겠습니다. 높은 곳에 올라갈 수 있도록요.」

「우리 디거는 지하 도시를 세우고 싶어요. 이 빈터가 딱 좋을 것 같은데요.」

알리스는 모두를 만족시키려 한다.

「각자의 특별한 요청 사항 잘 알겠어. 그렇다면 독립된 마을 세 개로 이루어진 공동체를 세우자.」

알리스는 배낭에서 종이와 연필을 꺼낸다.

연못을 그리고, 북쪽에 디거 140인, 동쪽에 노틱 140인, 서쪽에 에어리얼 139인의 영역을 표시한다.

여러 혼종이 다가와서 지도를 들여다본다.

「오펠리와 나는 연못 남쪽 별장에 살 거야, 오는 길에 본 집 말이야.」

각 무리는 지체 없이 흩어져 밤을 보낼 임시 야영지를 꾸린다.

다들 벌써부터 각자의 영역을 어떻게 개발할지 계획을 의논하기 시작한다. 그들의 흥분이 생생히 느껴진다.

38

이후 몇 달 동안 세 키메라 도시는 울창한 퀴퀴파 숲속에 버섯처럼 쑥쑥 자라난다.

저마다 폐허가 된 근처 마을로 원정대를 보내 자재를 가져온다. 삽, 곡괭이, 사다리, 망치, 가위. 그뿐만 아니라 아직 멀쩡한 불도저 한 대, 트랙터 한 대, 전기톱 하나, 가솔린 착암기 두 대, 통에 든 연료까지. 뉴 이비사에 살 때 익숙하게 썼던 옷, 가구, 물건 들도 가져온다.

맨 처음 생겨난 건축물은 디거 시티라고 이름 붙은 두더지 둔덕으로, 피라미드와 무척 흡사하다. 두더지 인간들이 보금자리로 삼은 곳이다. 파낸 흙의 엄청난 양으로 미루어 보아, 알리스는 어렵잖게 땅속에 파인 수많은 지하 통로들을 상상할 수 있다.

노틱들은 자기 마을에 노틱 시티라는 이름을 붙였다. 그들은 필로티를 세운 위에 나무로 지은 집을 올렸다. 나무를 자르는 일은 디거들, 통나무를 연못가까지 나르는 일은 에어리얼들의 도움을 받았다.

그 답례로 힘이 세고 키가 큰 노틱들은 형제 혼종들이 집 짓는 일을 돕는데, 특히 디거들의 흙 둔덕 아래에 지하 관개 시설을 갖추는 데 큰 도움을 준다.

에어리얼들의 집은 공 모양이며 키 큰 나무들 높은 가지에 얹혀 있다. 역시 나무로 지어졌고 디거들이 나무를 베어 얇은 널빤지로 다듬어 주었다.

두더지 인간, 돌고래 인간, 박쥐 인간의 협동 작업은 무척 효과적이었다. 유일한 한계는 신체적 차이점이다. 노틱들은 두더지 굴의 일부 비좁은 통로에는 들어갈 수 없고, 디거들은 현기증을 느껴 에어리얼 집을 거의 방문하지 않으며, 폐소 공포증이 있는 에어리얼들은 땅속이나 물속에 들어가는 건 사양이다.

알리스와 오펠리 역시 디거들의 도움을 받아 별장을 수리한다.

모두 함께 힘을 모아, 전에 퀴퀴파 연못 주차장이었던 자리에 단체 모임의 자리가 될 광장을 설치한다.

날이 가면서 공동체의 생활에 자리가 잡힌다. 세 마을과 두 인간은 사이좋게 살아간다.

금요일 저녁마다 오펠리가 제 〈형제들〉이라 부르는 헤르메스, 하데스, 포세이돈은 알리스의 별장에 와서 식사를 한다. 작업 진척 상황을 보고하고 새로운 계획안을 제안하는 시간이기도 하다.

세 혼종의 태도를 보고, 알리스는 각 종족의 맏이들, 동족들이 종종 〈왕〉이라 부르는 이들이 자기 딸을 사랑한다는 예감이 든다.

오펠리가 특정한 한 명을 선택하지 않는 한, 균형이 유지되겠지.

한편 혼종들이 언제나 〈어머니〉라 부르는 알리스는 통솔자로서의 역할을 아주 중대히 받아들인다. 광장에서 공동 수업을 열어 혼종들의 교육을 계속하는 한편, 인류 역사와 인류의 미래가 어떨지에 대한 토론도 벌인다.

그리고 모두가 고대하던 소식이 마침내 들린다.

디거 하나가 임신했고 해산 직전이다.

알리스와 오펠리는 곧장 하데스에게, 문제가 생겼을 때 손을 쓸 수 있도록 젊은 임신부를 자기 집으로 옮겨 달라고 부탁한다.

임신으로 배가 축 처진 디거 여자는 몹시 지친 모습이다. 곁에 있는 예비 아버지는 아이를 낳을 장본인보다 더 걱정스러워 보인다. 긴 앞니로 거대한 발톱을 물어뜯는 바람에 딸깍거리는 소리가 나고 각질층이 커다란 부스러기가 되어 바닥에 쌓인다.

별장 밖에서는 다른 디거들이 삼삼오오 모여 창문을 들여다보며 뭐라도 더 알아내려 한다. 퀴퀴파 주민 전부의 관심이 쏠려 있다.

드디어 혼종들이 아이를 낳을 수 있는지 알 수 있게 됐어, 그들이 불임인 노새의 저주를 극복했는지.

「진정해요.」 오펠리가 아버지 디거에게 말한다. 「어떻게 해야 할지 엄마는 다 아세요.」

그리고는 문턱을 넘어오기까지 한 몇몇 다른 디거들을 보고 외친다.

「해산이 최고의 환경에서 진행되도록 자리를 비켜 줬으면 좋겠어요.」

다리를 쳐들고 누운 젊은 여자 디거는 땀을 몹시 흘리고 호흡이 거칠다.

「나오나 봐요!」 마침내 그가 말한다.

알리스가 다가가고 과연 산모의 다리 사이로 살이 언뜻 보인다.

됐어.

섬세한 손놀림으로 알리스는 신생아의 배출을 돕는다.

그리고 마침내 작은 디거가 나온다. 온몸이 보드라운 검은 솜털로 덮여 있다. 벌써 감각모가 있고 손이 크다. 아기는 눈을 감은 채 움직임이 없고 외침도 울음소리도 내지 않는다.

알리스는 아기의 흉부에 귀를 갖다 댄다.

심장 박동이 전혀 들리지 않는다.

아버지는 피가 날 때까지 손톱을 물어뜯는다. 주위에서 디거들이 점점 걱정스러워한다.

알리스는 탯줄을 끊고 신생아를 탁자에 올려놓고 심장 박동이나 호흡을 일으키려고 여러 가지 마사지를 시도한다.

숨 쉬어! 힘내, 숨 쉬어!

헛수고다.

알리스는 체념하여 아버지 쪽을 보고 고개를 저어 보인다. 그런데 갑자기 엄마 디거가 헐떡이며 신음한다.

아기가 하나 더 있어.

어느 모로 보나 새로운 아기 디거가 나오려는 게 확실하다.

아버지는 이제 석상처럼 굳어 있다.

알리스는 아주 부드럽게 두 번째 아기 디거를 붙잡고, 탯줄을 끊고 신생아를 수건으로 싸서 탁자에 얹는다. 이 아이도 숨을 쉬지 않는다.

알리스는 오펠리가 태어났을 때 시몽이 했던 처치를 기억해 낸다. 신생아 디거의 입에 자기 입을 갖다 대고, 숨을 들이쉬었다가 계속 가슴을 마사지하며 깊이 불어 넣는다.

이번에도 실패다.

그 자리에 긴장이 흐른다. 별장 앞에 모인 혼종들은 서서히 지금 일어나는 일에 자기들의 앞날이 달려 있음을 깨닫는다.

분명 노새의 저주야.

혼종들이 생존 가능한 아이를 낳을 수 없다면, 내가 이룬 모든 것이 아무 소용 없어져. 그저 한 번 살다 가는 세 종을 창조했을 뿐이야.

한 번 쓰고 버리는 티슈처럼.

그런데 엄마 디거가 다시금 헐떡인다. 세 번째 신생아가 나타난다.

몇 명이나 되는 거지?

알리스는 초음파 기계가 수중에 없는 게 유감스럽다. 최상의 환경에서 신생아들을 맞이할 준비를 갖추고 어쩌면 목숨도 살릴 수 있었을 텐데.

정성을 아끼지 않고 돌보았는데도 세 번째 신생아 역시 먼저 두 아이처럼 반응이 없다. 그때 오펠리가 아기의 발을 잡아 거꾸로 들고, 흔든 다음 등을 때린다. 알리스는 뭐라 하지 않고 지켜본다.

이렇게 된 마당에야.

그리고 기적이 일어난다.

아기 디거가 외침을 터뜨리고 이내 울음으로 바뀐다.

마치 폭풍이 막 지나간 것처럼, 지켜보던 이들의 긴장이 단숨에 풀린다.

아기 어머니는 기쁨의 눈물을 흘린다. 아버지와 알리스도 마찬가지다.

알리스는 아기의 가슴에 귀를 대고 귀 기울인다.

숨을 쉬고 심장이 뛰어.

장하다, 내 딸.

오펠리는 감격에 겨웠다. 아기 디거의 코가 움찔거리는 것 같다. 오펠리가 아기를 제 어머니 배에 올려놓자 신생아는 본능적으로 네 개의 젖꼭지 중 하나를 향해 기어간다.

즉, 최초의 감각은 후각이군.

아기 디거는 게걸스럽게 젖을 빨고 얌전해진다.

두 번째 감각은 미각이고.

두 손으로 어머니 배의 털을 움켜쥐고 귀중한 음료를 빨기에 제일 편한 자세를 찾는다.

세 번째 감각은 촉각이야.

반면 눈은 여전히 감긴 채다.

알리스는 기르던 고양이가 새끼를 낳았을 때 비슷한 광경을 봤던 기억이 난다. 아기 고양이들은 생후 며칠간 눈을 뜨지 못했는데도 젖꼭지를 찾을 줄 알았다.

그런데 디거 여자가 고통으로 찡그리더니 참지 못하고 또 신음을 흘린다.

아직도 하나 더 있어.

「너에게 맡기마, 오펠리.」 알리스가 말한다. 「네가 나보다 더 재능 있는 것 같구나.」

그렇게 해서 오펠리가 두 번째로 살아 있는 아기 디거를 태어나게 하고, 그 자리에 모인 혼종들은 박수갈채를 보내 경사를 축하한다.

정말 다행이야! 이제는 알게 됐어. 혼종들은 자손을 남길 수 있어. 꼭 1백 퍼센트 성공은 아니더라도.

디거들은 공식적으로 최초의 미래 인류종이 됐어. 호모 수브테라리스.

몇 주 후 최초의 에어리얼들이 태어난다. 온몸이 하얗고 작은 날개가 달린, 귀가 크고 둥글게 튀어나온 검은 눈을 한 신생아 두 명이다. 디거 때와 달리 안타까운 사산아는 없다.

그로부터 얼마 후에 첫 번째 노틱 여아가 태어난다. 외동딸이며 다른 혼종 아기들보다 몸집이 큰 이 아기 노틱은 털이 없고, 파르스름한 회색의 매끄러운 피부에 물고기처럼 둥근 눈을 지녔다.

아기를 어르면서, 알리스는 공동체의 공식 조산사로 인정받게 된 딸이 대단히 자랑스럽고 한없이 고맙다. 품에 안은 것이 안데르센 동화에 나오는, 하지만 진짜인 인어 공주 같다는 생각을 떨칠 수가 없다.

「우리끼리 얘기니까 말인데요, 엄마. 지금 와서 말하는 거지만,」 오펠리가 한참 손을 씻고 나서 말한다. 「전 엄마의 키메라들이 자식을 낳지 못할 줄 알았어요.」

「세 종이 다 번식에 성공했으니, 미래의 모든 희망이 활짝 열렸어.」 알리스는 딸을 끌어안으며 말한다.

밖에서는 노틱들이 명랑하게 삑삑거리는 소리가 들린다.

미래의 세상은 그들 거야. 알리스는 생각한다.

지금부터 모든 게 다시 시작될 수 있어.

운과 방법이 조금만 따라 준다면…… 전보다 더 낫게.

39

백과사전: 체르노빌에서 종들의 적응

1986년 4월 26일 체르노빌 원자력 발전소가 폭발하고 이 재난으로 거대한 방사능 구름이 형성된 이후, 많은 종이 소멸했으나 일부는 살아남았다. 어떤 종들은 변이해서 번성하기까지 했는데, 멸종되었다고 믿었던 종들이 이 지역에 나타났을 정도였다. 불곰, 들소, 늑대, 스라소니, 야생마 등이었다.

그런데 살아남은 동물들에서는 형태적 변화가 눈에 띈다. 사슴은 크기가 줄어들고 털이 무성해졌고, 토끼는 더 빨라지고, 역설적으로 그들은 털이 듬성듬성해졌다. 제비는 더 작아지고 본능적으로 방사능 오염이 가장 덜한 지역에 둥지를 틀었다. 개구리는 검게 변하고, 꿀벌은 벌집을 지을 때 봉방을 더 둥그스름하게 짓기 시작했고, 거미는 냄새를 더 강하게 풍기는 실로 거미줄을 쳤다. 한편 생존한 식물들은 방사능으로 손상된 DNA를 지속적으로 회복시킬 수 있는 특수

효소들을 발달시켰다. 식물 잎사귀도 마찬가지로 색이 변해 녹색이 덜하고 붉은색이 강해졌다.

에드몽 웰스, 『상대적이며 절대적인 지식의 백과사전』

제2권에서 계속

옮긴이 **김희진** 성균관대학교에서 프랑스어문학과 영어영문학을 전공하고 프랑스어문학 박사과정을 수료했다. 출판 기획 번역 네트워크 〈사이에〉의 위원으로 활동한다. 옮긴 책으로 가엘 파유의 『나의 작은 나라』, 베르나르 베르베르의 〈고양이 시리즈〉인 『베르나르 베르베르의 문명』과 『베르나르 베르베르의 고양이』, 저메이카 킨케이드의 『미스터 포터』와 『내 어머니의 자서전』, 다비드 포앙키노스의 『두 번째 아이』, 앙투안 볼로딘의 『찬란한 종착역』, 루이스 캐럴의 『이상한 나라의 앨리스』 등 다수가 있다.

키메라의 땅 1

발행일	2025년 8월 20일 초판 1쇄
	2025년 8월 30일 초판 5쇄
지은이	**베르나르 베르베르**
옮긴이	**김희진**
발행인	**홍예빈**
발행처	주식회사 **열린책들**

경기도 파주시 문발로 253 파주출판도시
전화 031-955-4000 팩스 031-955-4004
홈페이지 www.openbooks.co.kr 이메일 literature@openbooks.co.kr

Copyright (C) 주식회사 열린책들, 2025, *Printed in Korea.*
ISBN 978-89-329-2534-9 04860
ISBN 978-89-329-2533-2 (세트)